马振骋译文集

蒙田意大利游记

〔法〕米歇尔·德·蒙田 著
马振骋 译

人民文学出版社

图书在版编目(CIP)数据

蒙田意大利游记/(法)米歇尔·德·蒙田著;马振骋译.—北京:人民文学出版社,2021
(马振骋译文集)
ISBN 978-7-02-014687-1

Ⅰ.①蒙… Ⅱ.①米… ②马… Ⅲ.①游记-作品集-法国-中世纪 Ⅳ.①I565.63

中国版本图书馆 CIP 数据核字(2018)第 246186 号

责任编辑　卜艳冰　张玉贞　汤　淼
封面设计　钱　珺

出版发行　人民文学出版社
社　　址　北京市朝内大街 166 号
邮政编码　100705
网　　址　http://www.rw-cn.com

印　　刷　杭州钱江彩色印务有限公司
经　　销　全国新华书店等

字　　数　253 千字
开　　本　890 毫米×1240 毫米　1/32
印　　张　12.75
版　　次　2018 年 2 月北京第 1 版
印　　次　2021 年 1 月第 1 次印刷

书　　号　978-7-02-014687-1
定　　价　59.00 元

如有印装质量问题,请与本社图书销售中心调换。电话:010-65233595

目 录

译序　蒙田的《意大利游记》/ 马振骋　　　　　　1

意大利游记　　　　　　　　　　　　　　　　1

穿越法国去瑞士（一五八〇年九月五日—十八日）　3

瑞士（一五八〇年九月二十九日—十月七日）　　18

德意志、奥地利和阿尔卑斯地区（一五八〇年
　十月八日—二十七日）　　　　　　　　　　36

意大利，去罗马的路上（一五八〇年十月
　二十八日—十一月二十九日）　　　　　　　75

意大利：罗马（一五八〇年十一月三十日—
　一五八一年四月十九日）　　　　　　　　　112

意大利：从罗马到洛雷托和拉维拉（一五八一年
　四月十九日—五月七日）　　　　　　　　　158

意大利：初访拉维拉（一五八一年五月七日—
　六月二十一日）　　　　　　　　　　　　　187

意大利：佛罗伦萨—比萨—卢卡（一五八一年
　六月二十一日—八月十三日）　　　　　　　217

意大利：第二次逗留拉维拉（一五八一年八月
　十四日—九月十二日）　　　　　　　　　　238

书信		279
序文		281
〇一	致安东尼·迪普拉先生,巴黎市长	282
〇二	致父亲的信	284
〇三	致蒙田大人阁下	301
〇四	致亨利·德·梅姆阁下	302
〇五	致洛比塔尔大人	304
〇六	致朗萨克先生	307
〇七	告读者	309
〇八	致保尔·德·弗瓦先生	311
〇九	致吾妻蒙田夫人	315
一〇	致波尔多市政官先生们	317
一一	致马蒂尼翁大人	318
一二	致南都依埃大人	319
一三	呈亨利三世国王	320
一四	呈那瓦尔国王	325
一五	致马蒂尼翁大人	327
一六	致马蒂尼翁元帅	328
一七	致杜布依先生	329
一八	致马蒂尼翁大人	330
一九	致马蒂尼翁元帅	332
二〇	致波尔多市政官先生们	333
二一	致马蒂尼翁元帅	334
二二	致马蒂尼翁元帅	336
二三	致马蒂尼翁元帅	338

二四	致波尔多市政官先生们	339
二五	致马蒂尼翁元帅	340
二六	致马蒂尼翁元帅	343
二七	致马蒂尼翁元帅	345
二八	致马蒂尼翁元帅	347
二九	致马蒂尼翁元帅	348
三〇	致马蒂尼翁元帅	351
三一	致波尔多市政官先生们	353
三二	致波尔多市政官先生们	354
三三	致马蒂尼翁元帅	355
三四	致马蒂尼翁元帅	356
三五	致波尔米埃夫人	357
三六	致安东尼·卢瓦泽尔先生	358
三七	呈亨利四世国王	359
三八	致M	362
三九	呈亨利四世国王	363

家庭纪事 365
序文 367
纪事 368

书房格言 381
序文 383
格言 385

译序
蒙田的《意大利游记》

马振骋

当年,蒙田(一五三三——一五九二)在《随笔集》[①]第三卷提到,他获得罗马元老院和平民会议颁发的"罗马公民证书",人们才知道他旅行到过瑞士、德国和意大利。他对人性世情观察入微,在《随笔集》中记录了很多家长里短的生活琐事,然而对这次历时一年多的漫游却只字不提,未免让人感到意外。岁月荏苒,这件事慢慢也被人淡忘了。

(一)

这样过了近一百八十年。一七七〇年,尚斯拉德的教堂司铎普吕尼神父搜寻佩里戈尔地区的历史资料,来到了蒙田城堡,那时产业已经易主,由塞居尔·德·拉·罗凯特伯爵居住。管家给神父捧出一只旧箱子,里面都是遗忘了几辈子的泛黄纸张。神父发现其中一份书稿,疑是蒙田写的旅行日记。征得伯爵同意,他把稿子带走再作深入研究。

神父对这份遗稿的真实性深信不疑后,再到巴黎请教几位

[①] 蒙田《随笔集》指蒙田时代与以后一些时代的书名。本书中的《七星文库·蒙田全集》指自伽利玛出版社出版的那套丛书。而《蒙田随笔全集》则是指由本人独自翻译并出版的中文版蒙田随笔,首版于2009年。

专家，他们一致认定这部旅行日记确是蒙田的手迹无疑。

稿子是小对开本，共二百七十八页，十六世纪末的字体与纸张。手稿前面三分之一出自别人之手，三分之二是蒙田亲笔。蒙田在意大利卢卡水疗时，觉得用当地语言记事更加方便贴切，他书写的部分中一大半用的是意大利语，回到法国境内又改用法语书写。因而这是一部颇为奇特的作品。

若要让这么一部文稿出版，要做大量的校勘编辑工作。首先要把上面随意或者当时尚未定型的拼法辨别清楚，将几乎不存在的标点补全，这工作由普吕尼神父开始做了，不久塞居尔伯爵收回稿子，交给更有名望的学者、国王图书馆馆长默尼埃·德·盖隆编辑出版。工作人员经过反复研讨，最后定下这条原则，原书只改动错别字，词汇与结构基本保持不变，即使有点欠通而又没有把握勘正之处，为了不让读者怀疑对原作有丝毫的不尊重，也尽量保存原貌。

原稿中最难处理的还是意大利语部分。首先意大利书面语言还处在蜕变时期，而蒙田使用——用盖隆的话说——自以为是的那种意大利语，夹了许多托卡斯纳地区的方言、俗语，这让两世纪以后的意大利人感到无从下手。幸而，付梓之前，撒丁国王御前考古学家、法国皇家碑铭古文艺学院外籍院士巴尔托利恰巧在巴黎，他欣然接受这项翻译工作，还增加了一些语法与历史注释。

一七七四年，盖隆在罗马和巴黎接连出版了三个版本，稍后在当年和第二年又出了两个版本，可见当时此书受欢迎的程度。后来，存放在国王图书馆的日记原稿不翼而飞。盖隆主编的五个版本虽有不少欠缺之处，相互还不完全相同，但是后来的人只能用这五个版本进行比对了。

（二）

原稿到编者手里时并不完整，缺了前面几页，据盖隆说："好像是撕去的。"缺了这几页，也少了一些重要信息。蒙田"投入智慧女神的怀抱"后十年，还在专心写他的随笔，在波尔多出版了一部分，丝毫没有封笔的想法，怎么突然决定离开妻女，撂下庄园管理外出旅行，而且一走就是十七个月？

《随笔集》对这次旅行没有直接记载。蒙田只是说："旅行我觉得还是一种有益的锻炼，见到陌生新奇的事物，心灵会处于不停的活跃状态。我常说培养一个人，要向他持之以恒地介绍其他五花八门的人生、观念和风俗，让他欣赏自然界各种形态生生不息的演变，我不知道除此以外还有什么更好的学校。"在另一处又说："贪恋新奇的脾性养成我爱好旅行的愿望，但是也要有其他情景促成此事。"

那么是什么情景促成了他的旅行呢？他在路上积极前往有温泉浴场的地区，住上一段时间，医治他从三四年前开始时时发作的肾绞痛。这是一个家族遗传病，他的父亲就是死于此病。因此有人说是这件事使他不敢掉以轻心，要走出城堡换一换空气，试一试各地温泉的疗效。

缺了那几页，我们也不知道蒙田在什么情况下决定和准备出行的。这也只能从历史与传记中去拼合当时的情景。

一五八〇年，宗教战争在欧洲打得不可开交。法国历史上称为"三亨利之战"也在这时候爆发。亨利三世代表王室势力，亨利·德·那瓦尔支持被称为"胡格诺"的新教派，亨利·德·吉兹不满王室对新教的妥协态度，率领天主教神圣联盟，是胡格诺的死敌。

从蒙田年表来看，蒙田在一五八〇年六月二十二日离开蒙田城堡。亨利三世已在一周前下令围困被神圣联盟占领的费尔。那是一座小城，但在宗教战争中是多次易手的兵家必争之地。拥护王室的马蒂尼翁元帅在七月七日实施围城计划。蒙田把战争看成"人类的一种疾病"，还是要履行贵族的义务。他未必参加冲锋陷阵，不过七月份大部分时间是在费尔的外围地区度过的。八月二日，他的好友菲利贝尔·德·格拉蒙伯爵阵前受伤四天后去世，蒙田护送格拉蒙的灵柩到苏瓦松。以后一个月他的行踪就没有记录了。费尔攻城战在九月十二日成功结束。《意大利游记》一开始提到蒙田是九月五日，说他已在巴黎北面瓦兹河上的博蒙启程了，"……蒙田先生派马特科隆先生随同那位青年侍从，火速前去探望那位伯爵，看到他受的伤还不致有生命之虞。"

那位受伤的伯爵是谁？是不是在围城中受伤的？都不清楚。我们读了后面的文章才知道，同行旅伴只是四个不满二十岁的青年，包括他的亲弟弟马特科隆领主。旅伴中好像就只有一人陪同他走完全程。此外就是他们的随从仆人。

（三）

　　意大利旅行日记的一个特殊之处，就是前面三分之一由另一人代写，由于他的介入，我们在阅读这部书时就多了一个维度。

　　这个人是谁？不知道；是什么身份？不知道。他在旅途中照顾行李、安排行程、联系食宿，对蒙田的生活起居真情关切，此外还执笔撰写沿途见闻。从他的语言与字迹来看，他肯定不是一个没有文化的下人，更可能是一位不得志的文人。因而姑且称他为"秘书"。他在日记中提到蒙田时，用第三人称"蒙田先生"，可是他的文风与蒙田颇为相像，因此后人认为他是在蒙田口授下写的。但是从事情的提法来看又不像，显然"秘书"处理情节有相当的自主权。

　　旅途中他并不始终陪伴在蒙田身边，有时他到前站办理其他事项，然而他不在时蒙田的行程照样记在日记里。是事后听蒙田叙述补写上去还是怎么的？但是层次不乱，完全可以分清哪些话应该派在蒙田头上，还是秘书头上。在他写的那部分，"我认为""以我看来"，只是指秘书本人；"他们"指"蒙田先生等人"，"我们"指"蒙田他们和自己"，偶尔"我们"与"他们"交替使用，这确实是一种奇异的文体。

　　秘书以旁观者的身份实录旅途情境，不论如何客观，总掺杂个人感情，因而在他的笔端下，我们看到的不是在书房对着白纸说话的蒙田，而是在生活中对着人说话的蒙田。这部分就成了珍贵的蒙田画像与自画像。这对蒙田其人其事，反而有更多的记述，也带来更多的想法，无意中也包含更多的暗示。蒙田旅行日记最详尽的编注者福斯达·加拉维尼在一篇序言中说："日记若一开始就由蒙田自己来写，我们对他的旅行、对他的旅行方式，总之对蒙田本人，反而更少知道。"

（四）

蒙田，这个习惯于在书本中漫游、遐想、探索的人，一旦走出塔楼里的圆形书房，要看的是什么呢？

他有机会深入不同的国家，并抓住机会去了解当地人。一般游客都会说上一大通的名胜古迹，不是他的重点关注对象。他的目光停留在表现"人"的标志上，不论是乡野播种的土地，还是城市的行政结构、马路铺设、建筑特点，以及新出现的工艺技术与农耕器械，都表现出强烈的兴趣。他对新奇的虹吸现象、城门防盗机关，也努力作一番认真的描述。

他饶有兴趣地观看江洋大盗卡泰纳的伏法场面、犹太会堂里的割礼仪式、礼拜堂内装神弄鬼的驱魔作法、赛神会上鞭笞派惨不忍睹的自虐；记述自己晋谒教皇的仪礼，出席贵族家的宴请、圣周期间罗马万人空巷的宗教大游行。蒙田读过许多古希腊罗马的书籍，惊异于古代名妓的华丽生活；如今到了罗马，也要领略一下这些名媛的遗风流韵。据他说在罗马、威尼斯只是想与青楼女子聊一聊她们的偏门子生活，然而陪聊费与度夜资同价不打折，这令他像挨了斩，感觉很不爽。

蒙田到了一个地方，不像其他法国人喜欢扎堆。他远远避开老乡，最怕有人用法语上来搭讪，进餐厅坐到外国人最多的桌子边，点的也是当地的特色菜。他入境随俗，充分享受当地人的舒逸生活，组织舞会邀请村民参加，做游戏，搞发奖，时而还跟村姑说几句俏皮话调调情，充分发扬中世纪乡绅好客的风气。

尽管历代有人对蒙田的宗教观争论不休，他毫不讳言自己是天主教徒。但是他心底所谓的神性其实只是最崇高的人性。他引用圣奥古斯丁的话说，人自以为想象出了上帝，其实想象出来的还是人自己。宗教只是以其包含的人性，以其在人的心灵与生活中所占的地位来说，才使他关切。新旧两大教派大打出手，他觉得都是在假借神的旨意做违反神的事。他对宗教战争深恶痛绝，他路上遇到新教中的人，不论是路德派、加尔文派，还是茨温利派，都主动接近他们，努力了解他们推出改革的真意。这种做法需要极大的勇气与宽容，因为那是个不同教派的人都可以任意相互诛杀的时代。对他来说，跟教士谈论改革与跟妓女了解生活，都是重要性不相上下的人性研究与自我教育。

（五）

蒙田旅行，就像蒙田写作，表面上信马由缰。他的随笔从古代轶事，掺入个人议论，引到生死、苦乐、人生须臾、命运无常的命题，最后告示世人怎样过好这一生。蒙田走在旅途上，一路虽有日程表，但是随时可以改变，好像也是走到哪里是哪里。有评论家说，要不是波尔多议会正式函告他已当选为波尔多市长，又加上国王敦促他届时上任，真还不知道他什么时候会打道回府呢。

那么，这趟不知其如何开始、原本也可能不知其如何结束的旅行，到底是为的什么？既然已无法从其主观意图去了解，不妨从事实过程上去揣测和分析。

一五八〇年九月五日从法国博蒙出发，途经瑞士、奥地利和德国的意大利之旅，历时共十七个月又八天。从一五八〇年十月二十八日进入意大利博尔萨诺之日起，到一五八一年十月三十一日离开都灵和苏斯之日止，在意大利整整过了一年又四天。旅居意大利时，又两次进入罗马。第一次从一五八〇年十一月三十日到一五八一年四月十九日，逗留四个半月，然后离开到外省旅行。第二次从一五八一年十月一日到十月十五日，又盘桓半个月。之前，四月五日获得正式罗马公民资格证书。他进入罗马时是旅客，离开罗马时是公民。一直自称不慕名利的蒙田在《随笔集》里全文转录证书的内容，可见他的自尊心感到极大的满足。

文艺复兴是古希腊文明的复活，人文主义要让一切归于以人为本，中世纪一统天下的神学史观从此开始走向没落。在欧洲首先举起文艺复兴火炬的是意大利。

那时亚平宁半岛上各城邦公侯都称雄一方，为了建立自己的霸业与威望，竞相网罗人才，奖励文学艺术、知识科学。这大概也是在积累今日所谓的软实力，在东西方历史上早已不乏其例。

当时欧洲人到意大利旅行，接近于一种朝圣行为。在蒙田内心还有更深切的冲动与理由。我们知道，蒙田还在牙牙学语时，父亲从意大利带回来一位不会说法语的德国教师，让三岁的蒙田跟着他学习拉丁语，开始罗马文化培养。蒙田说自己知道卢浮宫以前就知道朱庇特神殿，知道塞纳河以前就知道台伯河。他更可以算是个罗马人。

他初到罗马，雇了一名导游，后来把他辞了。前一个晚上静心在灯下阅读不同的图片和书籍，第二天游现场去印证自己的书本知识。普通游客看到的罗马只是它头上的一片天空和脚下的地理位置，蒙田对罗马的认识更多是抽象与静观的。他说："我觉得自己对这个世纪一无用处，也就投身到那个世纪，那么迷恋这个古老的罗马，自由、正直、兴隆昌盛……叫我兴奋，叫我热情澎湃。因此我永远看不够罗马人的街道与房屋，以及罗马直至对蹠地的遗址废墟，每次都兴意盎然。看到这些古迹，知道曾是那些常听人提起的历史名人生活起居的地方，使我们感动不已，要超过听说他们的事迹和阅读他们的记述……"

历史就是这样残酷无情，罗马扩张它的疆域和文明，同时也使多少生灵涂炭，多少民族沦为奴隶；它征服全世界，全世界也对它恨之入骨。罗马消亡了，它的废墟也被埋葬，要做到它湮灭无闻。

然而那么多世纪过去，那么多浩劫降临，罗马的废墟还是保存了下来，还从那里掀起了文艺复兴运动，使欧洲文明得以延续并发扬光大。这座普天下万众景仰的永恒之城……"天下还没有一个地方受到天庭这么坚定不移的厚爱，即使废墟也辉煌灿烂，它在坟墓里也保持帝国皇家的气派。"蒙田到意大利的旅行，我们不是可以说是对古希腊罗马文化的一次朝拜，为他的写作增添更为深刻的论述？

（六）

《意大利游记》在我国还是初次翻译。今天能从这部书里看到什么呢？首先是它直接反映了十六世纪的意大利。一五二七年，罗马遭到了神圣罗马帝国查理五世军队的洗劫，那时还处于百废待兴的阶段，虽然达·芬奇、米开朗琪罗、拉斐尔、提香、丁托列托、维罗纳斯、柯雷乔已经完成了自己的杰作。但是真正用绘画、雕塑等艺术品把罗马、佛罗伦萨、威尼斯装扮得玲珑剔透、光彩炫目的，还是在此后不久的西克斯特五世教皇时代。蒙田看到的主要是希腊精神的传承与新旧罗马的交接，这点与二百多年后歌德的游记颇不相同。歌德看到的是文艺复兴后结出的果，蒙田看到的是文艺复兴前留下的根。

沿途城镇在蒙田看来不是孤立的单体，而是珍珠似的串在一起的长链，在时间上如此，在空间上也是如此。经过一个地方都郑重其事标出距离，如：

洛雷托（十五里）……

……

安科纳（十五里）……

那就是说洛雷托离前一站十五里,而安科纳又离洛雷托十五里。这个标志想来蒙田也有他的用意,当年马可·波罗行走在路上得到这样的体会,他说:"旅行时你意识到差别在消失,每座城市与所有城市都是相像的。"但是蒙田又像司汤达所说的,一路上眼睛看着不同的东西。距离是间隔符号,也是连接符号。

《意大利游记》还向我们证实,蒙田在《随笔集》中对自己的描述是真诚的,首先这部书是写给自己看的,生活中的真性情与语言上的不讲究毕露无遗。旅行日记写于去瑞士、德国和意大利的来回路途上。此后在波尔多当了两任市长,共四年;一五八五年卸职后,在蒙田城堡书房阅读大量历史书籍,继续写他的随笔。他若有意要出版日记,完全有时间整理修饰。现在这样出版,虽然有违于作者的原意,反倒留下一件可信的证据。有人说《意大利游记》是《随笔集》的后店,意思是店堂卖的与库房藏的货色没有什么两样。不是像卢梭在《忏悔录》中说的:"我把蒙田看作这类假老实的带头人物,他们讲真话也为的是骗人……只暴露一些可爱的缺点……蒙田把自己画得更酷似本人,但是只画了个侧面。"《意大利游记》给我们提供了另一个侧面,这两个侧面是完全对得上号的。

这部作品文采不追求飞扬华丽,真情则相当流露。从阅读的角度来看,也有一些不甚有趣的章节。我们在随笔中看到蒙田,如同在他逝世后三十年出生的莫里哀,对当时的医生极尽嘲笑之能事。蒙田不信任医生,说后悔以前没有对自己病程的详细记录，以便总结出对自己的治疗方法。他到温泉浴场，不厌其烦地谈一天喝下多少杯矿泉水，泡上多长时间温泉，尿出什么样大小形状的结石等等。这有点令人扫兴，但也不能怪他，还是前面那句话，他没有要别人读他这部书，就像外人擅自推开你的房门，可不能怪你怎么赤裸上身站在镜子前不够雅观。

蒙田《随笔集》出版前后都作过几次重大增删修改。此书若由蒙田亲自定稿，肯定不会像目前这样，如今这部保持原生态的率性之作，读者看来也有其自然妩媚之处。

意大利游记

（途经瑞士、德国）

穿越法国去瑞士

（一五八〇年九月五日—十八日）

这部分日记由秘书用法语写成[①]

……蒙田先生派马特科隆先生随同那位青年侍从，火速前去探望那位伯爵，看到他受的伤还不致有性命之虞。在博蒙，埃斯蒂萨克先生加入队伍同路旅行，跟着他一起来的有一位贵族、一名贴身男仆、一头骡子，还有两名跟班和一名赶骡夫随同步行，他分摊一半路资。一五八〇年九月五日星期一，午饭后我们从博蒙出发，马不停蹄到了

莫城（十二里）吃晚饭，这是一座美丽的小城镇，坐落在马恩河畔。小城分三部分。市区与郊区在河的这边，朝向巴黎。过了桥另有一块地方称为市场，河水环绕，四周还有一条风光旖旎的沟渠，那里有大量居民和房屋。这地方从前筑有巍峨的城墙和敌楼，防卫森严；然而在第二次胡格诺动乱中[②]，因为大多数居民属于这一派，所有这些碉堡要塞都被下令拆毁。这个城区，虽然其余部分俱已沦陷[③]，但仍坚持抵抗英国人的进

[①] 《意大利游记》一书前两页阙如。马特科隆是蒙田最年幼的弟弟，那时才二十岁。但是当时蒙田与旅伴在什么地方，那位伯爵是谁，又是为什么受伤，都没有提及。
[②] 发生在1567年。第二年查理九世与胡格诺派订立和约。但是圣巴托罗缪惨案后，1572年8月25日，莫城内的新教徒遭屠杀。
[③] 英法百年战争中，1422年，莫城曾被英国国王亨利五世的军队围困。

攻；作为嘉奖，全城居民都免缴人头税和其他税项。他们指出马恩河上有一座长约两三百步的小岛，据说是英国人投放在水中的填土，在上面置放辎重武器以攻击市场，因年深日久已成了实土。

在郊区，我们看到了圣法隆修道院，这是一座非常古老的寺院，他们给我们看丹麦人奥奇埃①的住屋和他的客厅。有一间古代膳房，放了一些大而长的石桌子，其体积实属罕见。膳房中间在内战以前涌出一泓清泉，供三餐之用。大部分修士还是来自贵族。特别值得一提的是有一座显赫的古墓，上面直躺着两具骑士的石头雕像，身躯巨大。他们说这是丹麦人奥奇埃和另一位辅弼大臣。上面既没有字碑，也无族徽，只有一名本堂神父约在百年前命人添加的那句拉丁语句子：埋葬于此的是两位无名英雄。他们给我们看的宝物中有这两位骑士的遗骸。从肩胛到肘子的骨头，约有我们当代普通身材者整条胳臂的长度，比蒙田先生的胳臂还稍长一点。他们还给我们看他们的两把宝剑，长度大约相当于我们的双手剑，剑锋上有不少缺口。

在莫城时，蒙田先生前去拜访圣司提反教堂的司库朱斯特·特莱尔，在法国知识界颇有声望，是一位年已六十的瘦小老人，曾游历埃及和耶路撒冷，在君士坦丁堡住了七年。他给蒙田参观他的图书馆和花园内的珍奇。最罕见的是一棵黄杨树，茂密的枝叶向四处展开，巧妙修剪后像一只浑圆光溜的

---

① 查理曼大帝的十二辅弼大臣之一。

球，有一个人那么高。

星期二，我们在莫城吃过中饭后，赶到

夏尔里（七里）投宿。星期三中饭后前去

多尔芒（七里）投宿。第二天星期四上午，赶到

埃佩尔奈（五里）吃中饭。埃斯蒂萨克先生和蒙田先生到了此地，就去圣母寺望弥撒，这也是他们的习惯。还因为从前斯特罗齐元帅在蒂翁维尔围城战中战死时，蒙田先生亲眼目睹人家把他的尸体担进这座教堂。他打听他的墓地，发现他埋在那里，面对大祭台既没有墓碑也没有族徽和墓志铭之类的标志。有人告知我们说是王后下令让他下葬时不用任何仪式和排场，因为这是元帅的意愿。雷恩市主教是巴黎汉纳金家族的人，那时是这座教堂的本堂神父，正在那里主持祭礼。这天也是九月圣母节的日子。

弥撒后，蒙田先生在教堂里跟马尔多纳先生交谈，他是知名的耶稣会会士，精通神学与哲学。午饭后，马尔多纳先生到蒙田先生的住处来拜访时，他们好多话都是在讨论学问。他们还谈到其他事，由于马尔多纳与内维尔先生去过列日，刚从那里的水疗浴场回来，对蒙田先生说那里的水非常冷，大家认为饮用的水愈冷疗效愈好。那里的水冷得有人喝了会打冷战和起鸡皮疙瘩；但是过不了一会儿胃里会感觉十分暖和。他每次喝

上一百盎司。但有的人根据自己的需要用不同刻度的杯子。这水不但可以在空腹时喝，还可以在饭后喝。他说疗效跟加斯科涅的矿泉相似。就他本人来说，他好几次喝了之后全身出汗、心跳加快，感到其药力很强，对身体却没有任何损害。他还看到试验，把青蛙和其他小动物扔在水里便立即死亡。据说在盛了这种水的杯子上放一块手帕，手帕立即就会发黄。饮用至少两周或三周。那个地方生活食宿非常方便，适合肠梗阻与尿结石病的治疗。然而，内维尔先生和他待了一阵后并不比以前更健康。

他身边还跟着内维尔先生的管家，他们给蒙田先生一份帖子，上面提到蒙庞西埃先生与内维尔先生的纠葛缘由，为了让他有所知晓，有贵族问起时可以代为解释。我们在星期五上午离开，到了

沙隆（七里），投宿在王冠旅馆，这是一家精致的旅舍，使用银质餐具；大部分床单与盖被是丝做的。这个地区的普通民房用切成小方块的白垩土做成，约半尺左右宽，其他还有用干打垒的，同样形状。第二天我们在午饭后离开，投宿在

维特里·勒·弗朗索瓦（七里），坐落在马恩河畔的一座小城，三四十年前建立在另一个被烧毁的维特里的旧址上[1]。它保留了原有布局匀称、风景宜人的特点，城中心有一座归于法国

---

[1] 旧城在 1544 年战争中被神圣罗马帝国皇帝查理五世烧毁，后由法国国王弗朗索瓦一世重建，故名为维特里·勒·弗朗索瓦以表纪念。

最美之列的正方形大广场。

我们在这里听到三则难忘的故事。一则是波旁家族的吉兹老公爵夫人,年已八十七岁,尚健在,还能步行四分之一里地。

另一则是不多日子以前,在附近一个叫蒙提埃昂代尔的地方,有人为了下面这件事而上了绞架。在肖蒙昂巴西尼四周有七八个少女几年前一起商定穿扮成男人,在当地这样继续过日子。其中有一名到了维特里,取名马里,做编织工为生,假装成安分守己的青年,对每个人都客客气气。在维特里,他跟一个女人(至今还活着)订了婚。但是两人之间有了龃龉,婚约也就解除。之后他到了这个蒙提埃昂代尔,依然操旧业维持生计,他爱上了一个女人,娶了她,据说还和她琴瑟和谐地过了四五个月;但是他被从肖蒙来的一个人认了出来,这事情闹上了法庭,她被判处绞刑,她还说宁可服刑也不愿改回去做女人。她就这样被吊死了,罪名是使用不明不白的器具作为性器官的代用品。

另一则故事涉及的人尚在人世,名叫日耳曼,出身低微,没有手艺,也无工作,他在二十二岁前是女儿身,城里的人看到她都认识她,只是注意到她下巴颏四周比其他女人的毛更浓些,大家叫她胡子玛丽。有一天他跳跃时用了力,男性器官露了出来。勒依古尔红衣主教那时是沙隆的主教,给他取名日耳曼。他可是没有结过婚。他有一把浓厚的大胡子。我们没能看见他,因为他住在村里。也是在这个城里女孩嘴里常唱一首歌，歌词是相互告诫走路不要跨大步，生怕像玛丽·日耳曼那样变成了男人。他们说昂布鲁瓦兹·帕雷还把这个故事写进了他的外科医书里，这故事绝对可靠，是城里重要官员向蒙田先生这样说的。我们星期日上午早餐后离开该地，马不停蹄地来到

巴勒杜克（九里），这地方蒙田先生从前来过，他没有发现什么值得一提的事，除了当地一位年事最高的神父，个人花费巨款，天天连续不断进行公共工程的建造。他的名字叫吉尔·德·特雷夫。他建造了一座极尽豪华的礼拜堂，其大理石、绘画和装潢在法国都绝无仅有；还建造了一幢法国最美丽的府邸，也即将完成布置，给它配置最好的布局、最好的家具、最好的布幔，俱做工精巧，图案华丽，简直是仙居：他要把它做成一所学院，以后捐赠出来，用他的私产进行管理运营。

我们星期一晌午在巴勒杜克吃过中饭，离开后投宿在

莫瓦日（四里）。这是一个小村庄，蒙田先生因腹绞痛而停留下来，也由于这个原因，他放弃了原本的游览计划，不去这条道路四周的图勒、梅斯、南希、茹安维尔和圣迪齐埃，而赶往勃隆皮埃的温泉浴场。我们星期二上午从莫瓦日出发，来到离此一里的

沃库勒尔吃中饭,我们沿了默兹河走进一个叫

默兹河畔顿雷米的村子,离沃库勒尔三里路,那位自称圣女贞德或百合少女的著名奥尔良少女就出生在这里。她的后裔都受皇恩册封为贵族,给我们观看国王赐给他们的纹章,天蓝色,镶在一把带王冠的金柄直剑上,剑的一边还镶嵌两朵金百合。沃库勒尔的接待人员送给卡萨利①先生一枚这样图案的盾形纹章。在贞德出生的小屋前墙上画有她的辉煌事迹,但是年代久远的图画损坏严重。沿着一座葡萄园有一棵树,他们称为圣女树②,毫无奇特之处。我们当晚动身投宿在

纳夫夏托(五里),在这里的科尔得利(绳索腰带修士)教堂内,有许多当地贵族的坟墓,古的有三四百年之久,墓碑上的铭刻都用这样的句子:某某葬于此,他殁于岁月已消逝一千二百年之时。蒙田先生参观了他们的图书馆,藏书很多,但是没有珍本。有一口井,用大桶汲水,用双脚转动靠在一个枢轴上的木板,一块圆木接在这上面,用绳子系在井上。他在其他地方也看到过相似的井。与井相连的还有一口巨大的石池子,高出井栏约五六尺,桶从那里举上来,不用人劳作水就会倒入池内,桶倒空后又往下沉。水池的高度足够让井水通过铅管流入食堂、厨房和面包房,又通过高处的石槽像天然井似的

---

① 贝尔纳·德·卡萨利,蒙田的小妹夫,与蒙田一路旅行至罗马后分手。
② 这是一棵山毛榉,据传圣女贞德在此树下听到神的召唤。

往外喷。我们上午在纳夫夏托用过早餐离开,到

米尔库(六里)吃晚饭。美丽的小城,蒙田先生在这里获悉波旁纳男爵先生与夫人的消息,他们就在附近不远。

第二天上午早餐后,他绕道到四分之一里外去看普塞的修女。这类的教会学舍在这个地区有好几家,专门接受上等家庭的女儿学习。她们在里面进修学业,可领取一笔一百、二百或三百埃居的俸禄,有的多些,有的少些,还有一个单身宿舍,独立居住。还接受寄养的少女。没有保持童贞的要求,除非是对修道院长一类的女官员。她们的穿着也很随意,跟世俗少女一样,除了头上披一块白纱,在教堂举行仪式合唱时,就把大衣留在座位上。单身居住的修女也可在宿舍里自由接待为了求婚或者其他原因来找她们的访客。要离开的修女可以把她们的俸禄出让或售给她们愿意的人,只要那个人符合条件;因为本地有几位领主正式担任这项职务,起誓承担义务,去证明人家介绍的少女出身名门贵族。一名修女同时享受三四份俸禄也无不可。此外,她们也像在其他地方履行宗教义务。大部分修女都在里面终其一生,不愿意改变身份。我们从那里到

埃皮纳尔(五里)吃晚饭。这是坐落在摩泽尔河畔的美丽小城。它禁止我们入内,因为我们在纳夫夏托待过,那里不久以前发生过瘟疫。第二天早晨,我们到

勃隆皮埃（四里）吃中饭。从巴勒杜克起,"里"的长度又按照加斯科涅的尺寸计算,愈往德国愈长,直到最后会长达两倍和三倍。

我们在一五八〇年九月十六日星期五下午二时到达这里。这个地方夹在洛林与德国之间的一块洼地里,四周高岗林立,把它死死包围。谷底生成好几股天然的冷泉或热泉。热的泉水无臭无味,可以饮用的都是热的,所以蒙田先生必须把它从一个杯子换到另一个杯子。人们常饮的只有两处。从东面斜坡流出的用于浴场,他们称为王后浴场,这水留在嘴里有一种甜丝丝的甘草味,没有其他不适;但是据蒙田先生说,如果仔细品味它有一种说不出的铁味道。在这对面山脚下流出的那股山泉,蒙田先生只喝了一天,较为苦涩,有明矾味。

当地的疗法只是沐浴,一天两次或三次。有些人在浴场里用餐,一般也都在那里拔罐儿和放血,他们只是在排毒以后才服用。若饮用的话,也就是在浴场里喝上一杯或两杯。他们觉得蒙田先生的疗法很奇怪,他每天早晨七点钟,事前不服什么药就喝上九玻璃杯,这相当于一罐子;十二点钟吃中饭;他两天泡一次温泉,约在四点钟,在水中泡上一小时。那一天他很乐意不吃晚饭。

我们在这里看到有的人治愈了溃疡,有的人治愈了湿疹。在这里一般疗程至少是一个月。他们竭力推荐在春季五月份来,由于天气寒冷,八月后泡温泉的就不多了;但是我们还是看到不少客人,因为天气要比往年更干燥更温暖,持续也更长久。

蒙田先生在这里交了几位朋友，说话投机和引以为知己的是弗朗什-孔泰的安德洛领主，他的父亲是查理五世皇帝的御马厩总管，他本人是奥地利唐·胡安军队中的第一陆军元帅；当我们失去圣康坦时，他依然担任圣康坦的总督。他一部分胡子与一部分眉毛雪白，他告诉蒙田先生说这个变化是一下子发生的，那一天他在家里很烦恼，他的一位兄弟被阿尔法公爵当作埃格蒙和霍纳伯爵的同谋处死了①，他的手托住头颅的这一边的头发变白了，他身边的人以为这是石粉偶然掉落在上面。自此以后他的头发就成了这个样。

这家浴场从前只有德国人常来光顾；但是近几年来，弗朗什-孔泰的人和许多法国人也成群结队而来，浴场有好几家，但是只有一家主要的大浴场，建成古式的椭圆形结构。三十五尺长，十五尺阔。温泉从底部分几个口子冒出，顶部流动冷水，根据使用者的意愿调节水温。从旁边出入池子坐上位子，像我们的马厩那样装上几根木栅栏，上面放几块木板遮挡阳光与雨水。浴池四周有三四级石阶像戏园子，浴客可以坐或靠在上面。这里一切都悠然自在，虽然男人除了一条短裤、女士除了一条衬衫以外几乎赤身裸体走入池内，不太雅观。

我们住在天使旅馆，这是最佳的旅舍，还因它与两家浴场相连。整个旅舍有好几间客房，一天只需付十五苏。当地人都

---

① 埃格蒙伯爵和霍纳伯爵，两人为荷兰的独立而斗争，1568年6月4日在布鲁塞尔被阿尔法公爵下令斩首于布鲁塞尔。此故事被贝多芬、歌德作为创作题材。

有木柴在市场叫卖，只因这个地区满山是树木，他们只要砍伐就可。这里的女人都做得一手好菜。旅游旺季，这个旅舍日租费会涨至一埃居，但还是便宜。喂马饲料是七苏，其他一切费用都同样合情合理。旅舍不铺张，但十分方便；它有许多走廊贯通，房间都是独立的，互不妨碍。酒与面包则很差。

这里民风淳朴敦厚，思想自由理智。习俗法规都不敢有丝毫违背。在大浴场门前的一块牌子上，他们每年要用德语和法语把下列的条文刷新重写一遍：

克洛德·德·里纳克，骑士，圣巴莱斯蒙、蒙杜勒·昂·弗莱特、朗达古等地领主，我们的君主公爵大人的顾问和侍从，驻孚日的大法官：
今颁如下告示：
鉴于勃隆皮埃温泉浴场有来自各国各地区的男女贵宾，为了保证他们的休息和安静，按照殿下的意旨，我们以前颁布，而今再颁布如下条文：
即：以前对于轻微过失的纪律性惩处依然由德国人执行，照旧不变。此外还由他们负责监督礼仪、条例和规章的实施，他们一直以此维持温泉浴场的良好风气，惩处他们本国人的违禁行为，不对任何人进行敲诈勒索，也不使用任何亵渎和不敬语言反对天主教教会和教会的传统。

任何人，不论他们是什么身份、地位、地区和省份，不得彼此使用侮辱性语言，挑动是非，制造争端，携带武器进入浴场，招摇撞骗，操弄武器，违禁者将以扰乱社会安宁、叛乱和不服殿下罪予以严厉惩处。

禁止一切妓女和骚妇进入浴场，或走入五百步范围以内区域，否则将在浴场四个角落接受鞭刑。凡客人中有收留或掩护者将予以监禁和任意性罚款。

禁止任何人对本浴场内的夫人、小姐和其他妇人、少女使用轻佻下流语言，动手动脚不礼貌，不顾社会礼仪任意出入浴场，违禁者也将予以同样的惩处。

上帝与大自然使本地浴场受益匪浅，具备各种治疗和舒解功能，为此必须保持清洁卫生，以避免传染病与疾患滋生传播，特地责成浴场主人日夜密切注意与检查入池浴客的身体状况，要求他们夜间保持谨慎安静，不喧哗，不惹是生非，若有人不服劝阻，他必须立即向官府告发，予以儆戒性惩罚。

此外，任何从传染病场所过来的人，禁止进入或走近勃隆皮埃地区，违者将处以极刑。明确责成市镇长官与司法人员严加防范，本地区居民都必须向我们呈送报告，内容包括他们接待和留宿的人的姓名、外号、地址，违者将处以徒刑。

上述条例规章今日在勃隆皮埃大浴场大门前当众宣布，尚有法语和德语书写的副本张贴于大浴场附近各个醒目处。

由我们孚日大法官签署于勃隆皮埃，基督纪元一千五百……五月四日

　　　　　　　　　　　　　　　　　　　　大法官签名

我们在当地从九月十八日[①]待到二十七日。蒙田先生在十一个早晨喝这个水,有八天每天喝九杯,有三天每天喝七杯,温泉泡了五次。他觉得水很好喝,总是在午饭前喝下。他觉得除了利尿以外也无其他疗效。他胃口好。睡眠、肠胃这些日常功能也没有因水而变坏。第六天,他腹绞痛,非常厉害,比平时凶,在右边,他从前在阿尔萨克有过一次,很轻微,事后也没有感觉。这次痛了四个小时,感觉明显,结石通过输尿管和小腹排了出来。最初两天,他排出两粒在膀胱里的小石头,后来有时有尿沙。但是他离开浴场时,认为引起疼痛的结石还留在膀胱里,其他小石头想来已经排了出来。他认为这水的疗效与质量对他来说相当于巴涅尔德比戈尔高山泉上的浴场。浴水他觉得非常温和;确实有六个月或一周岁的儿童一般在池里像青蛙似的划水。他出汗多,但不猛。他依照当地的做法,为了答谢主人,要我留下一块刻有他的纹章的盾形木板,当地的画家收了一埃居就做成了。主人小心翼翼地把它挂到外墙上。

在九月二十七日那天中饭后,我们离开,经过一个山区,马蹄声响遍四方,仿佛我们走在一座拱顶下,也好像我们周围鼓声隆隆。我们赶路投宿在

勒米尔蒙(两里)。美丽的小城,有独角兽标志的旅舍;洛

[①] 法语版原注谓,应为"十六日",这句话说明日记不是天天记的。而英译版则把"十八日"擅自改为"十六日"。

林的所有城镇（这是最后一座）都有舒适方便的旅店，招待不亚于法国其他地方。

这里的女修道院非常著名，跟我提到的普塞的那几家情况一样。她们向洛林公爵要求这个城镇的自主权和公国地位。埃斯蒂萨克先生和蒙田先生一到这里立即前去拜访她们，参观了好些修女宿舍，非常美丽，陈设讲究。她们的院长出身丹特维尔家族，现已亡故，她们正忙于选择另一位院长，萨姆伯爵的妹妹有意担任此职。

他们去看望执事，她出身于卢德尔家族，她曾向蒙田先生表示敬意，派人到勃隆皮埃温泉拜访他，并送他菜蓟、山鹑和一桶葡萄酒。他们在那里听说某些邻近的村庄每年逢圣灵降临节要向她们送上两桶白雪作为租税；没有雪也可以是四头白牛拉的大车。据他们说雪的租税从来不会收不到，虽然我们经过的那个季节，天气热得跟加斯科涅一样。

她们只在头上披一块白色面纱，上面再盖一块黑纱。她们在修道院内穿黑袍，布料与样式可随自己喜欢，到其他地方则穿花色的，衬裙、浅口鞋、厚底鞋都任意选择；也跟其他女子一样面纱上戴帽子[1]。她们在父系和母系方面必须有四家是贵族。一到晚上他们便向修女告别。

第二天天刚亮，我们从那里出发；我们已经上了马，修道院院长派了一位贵族来到蒙田先生跟前，请他去见她，蒙田先

---

[1] 按照当时习俗，这些修女在宗教仪式以外时间，穿着都可以按照自己的心意，普塞的修女也是如此。

生照办。我们为此停留了一个小时。这家女修道院委托他在罗马办件事。此后，我们长时间沿着摩泽尔河走在一条非常赏心悦目的峡谷里。我们到

布桑（四里）吃中饭。一个贫瘠的小村，最后一个说法语的村庄，埃斯蒂萨克先生和蒙田先生穿了有人提供的布工作服，前往参观洛林公爵在那里深入山洞下二百步的银矿。中饭后，我们继续走山路，他们指给我们看许多东西，尤其是峭壁上的鹰巢（在那里他们可以捕到老鹰，在本地只值三个德斯通）和摩泽尔河源头；我们到

塔姆（四里）吃晚饭。

这是说德语的第一座城镇，臣服于皇帝，非常美丽。

瑞 士

(一五八〇年九月二十九日—十月七日)

第二天早晨,我们发现一块美丽的大平原,其左边是种满葡萄的山坡,景色优美,培育良好,一起的加斯科涅人当时看了也说从来没见过这么绵延一片的葡萄地。那时正是葡萄收获的季节。我们到

米卢兹(两里)吃中饭。一座美丽的瑞士小城,在巴塞尔州内①。蒙田先生走去参观教堂;因为那里的人不是天主教徒。他看到的教堂就像在全国各地一样井然有序,几乎没有丝毫改变,除了取走祭台与圣像,并不能说弄得面目全非了。他看到这个地方风气自由,治理有方,感到无限高兴,还见到了葡萄园主人。他在一座金碧辉煌的王宫里主持了市议会后回来,设宴招待他的客人;他没有扈从,也没有架子,向他们敬酒;他曾经率领四队步兵随同让·卡齐米尔进入法国援助胡格诺派反对国王,二十多年以前还是国王三百埃居年俸的领取者。这位老爷在桌上毫不夸耀或做作,向他叙述他的经历与生活;特别提到他们帮助国王就是反对胡格诺派,从他们的宗教上来说也

---

① 米卢兹,今日在阿尔萨斯区内,1798 年起归属法国。据唐纳德·弗莱姆译的《意大利游记》一书之注,米卢兹在当时是与瑞士联盟结盟的一座自由帝国城市。

是没什么为难之处①。在我们一路上有好几个人跟我们说起这件事,在我们的费尔围城②时他们城市参加的人就有五十多个。他们照样娶信仰我们宗教的女子为妻,在牧师面前证婚,并不逼迫她们改宗。

午饭后,我们离开那里走进一个美丽、平坦、非常富饶的国家,有许多美丽的村庄和客栈。我们到

巴塞尔(三里)过夜。美丽的城市,约有布卢瓦那么大,分两部分,因为莱茵河在一座非常宽大的木桥下穿越城市中心。市府向埃斯蒂萨克先生和蒙田先生表示敬意,派了一名官员给他们送上当地的葡萄酒,还在席间发表一大篇演说,蒙田先生的答辞也说了很久,在同一座大厅里用餐的还有许多德国人和法国人,也向双方脱帽致敬。主人充当他们之间的翻译。酒非常好喝。

我们在这里看到最奇特的是费利克斯·普拉特鲁斯医生的住宅,上面涂满别处难得一见的法兰西风格矫情画。医生把那幢房子造得既宽敞又豪华。此外他还在撰写一部药草书,进度很快。其他人用颜料画出药草的本色,而他则把药草原物粘贴在纸本上,技术精到,药草的叶子与纤维在上面都纤毫不差;他翻阅他的书时什么都不会掉落;他还指出那些药草贴上已有

---

① 让·卡齐米尔,巴拉丁伯爵和选帝侯,曾两度(1568—1576)率兵增援法国的胡格诺派。随后又为法国国王服务。
② 1580年费尔围城时,蒙田正在当地,他的朋友格拉蒙伯爵战死这段事在他的《随笔集》第三卷第四章提及。他没有等到9月12日城市投降,即启程旅行。

二十多年。我们还在他的家里和公共学校里看到几具竖立完整的人体骨骼。

他们还有这样的事，就是他们城里的钟，不是郊区的钟，总是提前一小时先敲响。也就是说敲十点钟时其实只是九点钟。据他们说，因为从前他们的市钟的误敲，而拯救了城市逃过敌人已计划好的攻城阴谋。

"巴塞尔"最初写成"Basilée"，这个地名不是出自希腊语，而是来自德语"Base"，意为"通道"。

我们在那里遇见许多学者，如撰写《戏剧论》的作者格里努斯，那位医生（普拉特鲁斯）和弗朗索瓦·霍特曼。后两位先生在他们抵达后第二天即共进晚餐。蒙田先生听了他们不同的回答认为他们在自己的宗教问题上意见并不一致：一部分人自称是茨温利派，另一部分自称是加尔文派，再有一部分自称是马丁·路德派。他还听说有不少人心里想的还是罗马宗教。领受圣餐礼的做法一般都放进嘴里，但是也有人愿意伸手去接，牧师也不敢触动不同宗教仪式这根弦。

他们的教堂内部有我在其他地方说过的那种布局。外部还是画满圣像，古代坟墓依然保存原样，上面写满祈祷词超度死者的灵魂。管风琴、钟、钟楼的十字架、彩色玻璃上圣像画都原封不动，祭坛的凳子座位也复如此。他们把洗礼池放在大祭坛的原地，在大殿的顶端造了另一个用于圣体瞻礼的祭坛：巴塞尔的那个祭坛布局非常精美。加尔都西教堂房屋建筑美轮美奂，保养维修十分仔细，即使布置与家具也都留在原地，他们在签订协定时做出会这样做的承诺，以此来证明自己的诚信。当地的主教对他们很敌视，住在城外自己的教区内，使大部分乡民保持从前的信仰。他从城市领取五万里弗尔津贴。主教的选举继续进行不误。

许多人向蒙田先生抱怨女性放荡与男人酗酒。这里我们去参观一个穷人家孩子做脐疝手术，外科大夫对待他非常粗暴。我们还参观了一家公共图书馆，非常美丽，建在河边，地段优越。我们第二天整天待在那里；其后一天，吃了中饭后沿着莱茵河走了两里路左右；然后我们折向左边穿过一片富饶平坦的土地。

这个国家到处是用之不尽的泉水。每个村庄、每个十字大道，莫不都有非常美丽的井。他们说根据已有的探测在巴塞尔已有三百多口。

他们习惯上——即使朝着洛林方向——都非有露台不可，以致每幢楼房上窗子之间对着路的位置也留出开门的部位，以便有朝一日可以造露台。从埃皮纳尔开始，在这个国家不管如何小的乡村房屋，都配置玻璃窗。好房子室内与墙外都装饰大量玻璃门窗，镶嵌做工良好，花色图案也丰富[1]。他们的铁器也多，还有铁艺方面的能工巧匠，远远超过我们；还有教堂再小也有一口华丽的钟和一个日晷仪。他们制瓦铺瓦也都技艺精湛，以致他们房屋墙面都铺上色彩鲜艳、造型奇特的上釉砖

---

[1] 罗马人使用玻璃窗。在意大利和法国用布嵌窗框，或用护窗板。

瓦，房间地面也是如此。

他们的厨房也用陶瓷铺得无比精致。他们使用多的是冷杉，木工师傅手艺高超；因此他们的木桶都有雕刻，大多数上釉涂漆。炉子间也就是说众人在一起用餐的餐厅，非常豪华。每个厅内家具齐全，足够放上五六张配备凳子的餐桌。所有客人都在一起用餐，每组都有自己的桌子。最普通的旅舍也都有两三个这样美丽的餐厅。门窗很多，装上花色丰富的玻璃；然而他们显然更关心的还是膳食质量。

因为房间寒碜得很，床上没有帷子，一个房间总有三四张床连接一起；没有炉子，要暖身只有到大厅和炉子间里去；其他地方从不生火，到他们的厨房里去又被他们认为不合规矩。房间服务设施很不干净，谁有运气还可以得到一块白布，按照他们的习惯床头从不铺布。他们很少提供盖被，除了有时有一条脏得很的羽毛毯。可是他们都是出色的厨师，尤其精于做鱼。他们用以抵御夜寒与风的仅是一层玻璃窗，前面也没有挡板，他们的房屋不论在炉子间还是卧室，都是门窗很多很明亮。即使在夜里也不常关玻璃窗。

餐桌服务与我们那里大相径庭。他们在酒里从不掺水，这样做是有道理的。因为他们的酒度数不高，就是与掺水的加斯科涅酒相比，我们的人也觉得不够劲。因而它们可以说都是淡而无味。他们让仆人跟主人同桌或者在邻桌同时吃饭。因为这只要一个仆人侍候一张大桌子，尤其各人面前都有自己的银壶或银杯，侍候的人见到壶倒空，立即负责装满，通过一把锡制或木制的长嘴壶倒酒过来，不用把它挪动位子。至于肉食，他们每顿只是供应两或三盆。他们把各种不同的肉跟调料一起拌和，跟我们的调制很不相同。有时层层叠叠放在一只长腿的铁架子上端上桌子。在这架子上面一盆菜，下面又是一盆菜。

他们的桌子很大，有圆的也有方的。端菜上桌很不容易，仆人利落地把这些盆子一次撤走，又端来两盆新的，这样换盆六至七次。一盆不撤走另一盆决不送上。他们撤走肉后要上水果时，在桌子中央放上一只柳条篮或者一只彩绘大木盘，最尊贵的客人首先把他的盆子放进上述篮子里，然后再轮到其余的人，这方面他们遵守严格的身份地位。仆人利落地取走篮子，然后端上两盆水果，像其他一样杂放一起。他们还很乐意放上萝卜，犹如在烤肉中间配上煮梨。

此外，他们特别看重虾，隆重地放在一只总是有盖的盘子里端上来，相互传来传去，对于其他肉食很少这样做。虽则他们这个国家产虾丰富，天天可食，还是把它看作美味佳肴。他们在入座与起座时也不提供水洗手；餐厅角落有一只系绳的小水壶，人人都去那里取水，就像在我们的修道院里一样。

大多数人使用木盘，甚至木锅与木尿桶，这一切都干干净净，洁白无垢。其他有人在木盘上再加锡制的盘子，直到最后一道水果用的都是木餐具。他们使用木头只是相沿成习。即使使用木头时还是给你递上银壶喝酒，他们这些多得不计其数。

他们把木家具以及卧房木地板都擦得闪闪发亮。他们的床都很高，一般要踏了台阶上去；差不多到处的大床底下还有小床。由于他们都是做铁器的巧手，他们的叉子几乎都是如钟一样依靠弹簧或重心原理来转动，或者用宽而轻的杉木扇板，插在壁炉的烟囱里，借烟和热气的迅速流动而旋转，他们则转动烤肉让它逐渐慢慢烤熟；他们的肉烤得都太干了些。这样的风车只有巴登这样的大旅店里使用，那里烧大火。转速非常均匀稳定。从洛林起，大部分壁炉跟我们的形状不一样。

他们把炉子砌在厨房的中央或角落，差不多厨房的整个宽度都用于烟囱的走向。这是一个有七八平方步的大口子，朝着屋顶逐渐缩小。这样有空间把大扇板放到一个地方，而在我们那里扇板占了管道很大位子，把烟道也都堵了。

最普通的一顿饭由于服务时间长，耗时三四个钟点；事实上他们吃得远远没有我们那么匆忙，也就更加养生。他们有品种丰富的粮食、鱼肉，在这些桌子上——至少在我们那张桌子上——摆满了这些佳肴。星期五对谁都不供应肉食；他们说那天他们一般不吃东西。物价跟法国巴黎附近相差不多。马匹得到的饲料一般也吃不完。我们到

霍恩（四里）住宿。这是奥地利公国的一个小村子。

第二天是周日，我们去望弥撒，我注意到女人占教堂左边，男人占教堂右边，互不混杂。她们有好几排横放的凳子，前后排列，适合坐的高度。她们跪在凳子上，不是地上，因而看起来像站着似的；男人除此以外面前还有扶靠的横木档，要

跪也只是跪在前面的座位上。我们合拢双手向上帝作举扬圣体，他们则是张开双手向两边高举，直至神父抬出圣体盒为止[①]。他们把男区的第三排位子让给埃斯蒂萨克先生和蒙田先生，在他们前面的其他木凳后来被外表普通的人占了，在女区那边也是如此。我们觉得在最前面的位子上的不是最有身份的人。我们在巴塞尔雇用的翻译导游，是城市指定的信使，跟我们一起参加弥撒，用他自己的方式表示他的无比虔诚与巨大热情。

中饭后，我们越过阿亚尔河到伯尔尼领主的小镇布鲁克，我们前去参观了一五二四年匈牙利卡特琳王后送给伯尔尼领主的修道院，那里埋葬着奥地利大公莱奥波德和随同他在一三八六年被瑞士人打败的许多贵族。他们的族徽与姓氏还刻在石碑上，他们的遗骸精心保存着。蒙田先生对一位伯尔尼领主说了话，他是这里的管理，领他们观看一切。

旅客若有要求，这家修道院可以给他们提供现成的圆面包和汤；从修道院成立以来从来没有人遭到过拒绝。我们从那里来至一艘用铁滑轮拉动的渡船。从卢塞恩湖流来的罗伊斯河上，横穿一条高架缆绳把滑轮系住，我们这样来到了

巴登（四里），一座小城，浴场所在之处是一个独立的自治镇。这是天主教城市，受瑞士八个州的保护，在城里举行许

[①] 从原始教堂到那时为止，望弥撒时男女教徒分开站立，只是在十六世纪后半叶教堂才设木板凳供教徒坐着做仪式。

多次重大的亲王会议。我们不住在城里,而是上述的那个自治镇里,坐落在山脚下,沿着一条河,或者更可说是一条小溪,名字叫里玛河,从苏黎世湖流来。那里有两三家露天公共浴场,只有穷人才去那里沐浴。其他人,占绝大多数,关在房子里,里面间隔成许多单用小间,有门有屋顶,跟房间一起租用。小房间布置得极其精致与舒适,通过矿脉把温泉水引至每个浴室。

旅舍非常气派。我们住的那家,有一天用餐人数多达三百人。我们在那里时还是有许多宾客,有一百七十张床供应里面的客人使用。有十七个餐厅,十一个厨房;在我们旁边的旅舍有五十间带家具的客房。旅舍的墙壁上都挂满光临过的贵族的盾徽。

城市建在一个山脊上,高高在上,不大,但非常美丽,这地方的城市几乎都是如此。除了他们的路比我们的更宽更开阔,广场更大,到处有许许多多窗子,都装着富丽堂皇的玻璃,他们还有这样的习俗,就是几乎所有的房屋外墙都涂彩色油漆,再添加格言名句,这形成赏心悦目的风景线。此外,没有一座城市没有好几处井泉流水,在十字路口用木头或石头砌了华丽的高台。这也就使他们的城市看起来要比法国漂亮得多。

温泉浴场的水都有一股硫磺气味,如埃格科特和其他地方。水温适中,如巴博丹或埃格科特,由于这个原因,这些浴场很舒适,受人欢迎。谁有要沐浴而不愿失去端庄与风度的女士，尽可以带了她们上这儿来。因为她们都享有单间，而且还是个非常漂亮的小室，窗明几净，彩色木条墙壁，地板光亮，坐在浴池里还有可供阅读或玩牌的座子和小桌子。放水量与进水量也可随浴客自己调节。每个房间都与浴室贴在一起，除了筑有人工的游廊以外，沿河也有优闲的散步场。

温泉浴场都处在四边是高山的一座山谷里，然而大多数山坡都土地肥沃，种植良好。这水用于喝则偏淡，不带劲，像一种滤过几次的水，带硫磺味，还有一种说不出的刺鼻的盐卤味。当地人主要用这个温泉沐浴，他们在浴池里拔火罐和放血，多得有时候我看到两个公共浴池内好像都是血。习惯饮用的人最多一两杯。一般五六周以后就停止，几乎整个夏天都有客人出出入入。没有或者很少国家像德国人用得那么多，他们都是成群结队而来的。

用温泉治病自古就有，塔西伦提到过。蒙田先生竭力去寻找主泉源，但一无所获。但是表面看起来泉源都在低处，差不多在河的水平面上。河水不及我们在别处见到的那么清；把水汲起来会看到里面漂着某种细小的纤维。把水盛在玻璃杯里，它也没有其他含硫磺的温泉那样闪烁小点子，马尔多纳领主说斯巴的温泉就有。

我们抵达后第二天是星期一，上午蒙田先生喝了七小玻璃杯，这相当于在他家里的一个大半升瓶。第二天喝了五大玻璃杯，相当于十小玻璃杯，约有一品脱之多。就在那个星期二，早晨九点钟，当其他人吃饭时，他钻进浴池，出浴后在床上流大汗。他在池里只待了半个小时；因为当地人整天泡在浴池里玩牌和饮酒，水深只及他们的腰际；而他钻入池中直挺挺躺着，水没到他的颈部。

那天一位瑞士领主离开浴场，他是我们王朝的忠良大臣，前一天跟蒙田先生大谈瑞士的国家大事，给他看法院院长哈莱的儿子、法国大使从他所在的索洛图恩给他写的一封信，嘱咐他在他不在时要为国王效力。大使被王后召到里昂去找她，谋划反对西班牙和萨伏依；萨伏依公爵不久前故世，在此一两年以前他与某些州结成了联盟。国王对此公开反对，声称那些州已与他订约，再结新的联盟不可能不损害到他的利益[①]。有的州尤其在瑞士领主斡旋之后觉得这话也有道理，就拒绝这个联盟。事实上，所有这些地方提到国王的名字都尊敬有加，对我们也竭尽地主之谊。西班牙人则不受欢迎。

瑞士人一行有四匹马：他的儿子，跟父亲一样已为国王服务，骑一匹；一名仆人骑另一匹；一个女儿，高大漂亮，也骑一匹，盖一块鞍布和装一只法国式的靠脚，身后一只旅行包，鞍子前一只鞋箱，不带任何女眷，然而到达这位领主当总督的城市足足有两天的路程。这位老人骑第四匹。

女人的日常穿着我觉得也如我们那样简单实用，即使头饰也只是一顶带绶带的便帽，后面翻边，额前一个小帽舌，四边装缀丝缨子或裘皮卷边，天然的头发则整整齐齐垂在脑后。你

[①] 指法国亨利三世国王与卡特琳·德·美第奇王太后反对萨伏依公爵的政策。萨伏依公爵在其晚年欧洲以西班牙张目，试图把自己的影响扩至瑞士各州。

若开玩笑把她的帽子摘下——因为它也像我们这里不系住——她们让你看到赤裸的头也不会生气。年轻的姑娘不戴帽子,只是在头上披块花边。她们的衣着区别不大,分不出她们的身份条件。你吻手和表示要碰她们的手就是向她们致意。不然,也可在经过时举帽和鞠躬,大多数女士站得笔直毫无动作,这是她们的古代礼仪。也有人稍稍低头向你还礼。她们一般都很漂亮,高挑白皙。

这是一个非常可爱的国家,尤其对于习惯了这里生活的人来说。蒙田先生为了深刻体验五花八门的风俗习惯,到哪里都让人家按照当地的习俗服务他,不论这有多么为难。然而他说在瑞士最不好受的是,餐桌上只有一块半尺长的小布做餐巾;这么一块小布,瑞士人吃饭时还不铺开,虽然他们要吃许多沙司和不同的蔬菜汤;但是他们总是使用银柄木匙子,有多少客人放多少把。没有一个瑞士人不用刀,他们用刀取一切东西,从不把手伸进盘子。

差不多所有城市在其特用的城徽之上都有皇帝和奥地利皇室的族徽;由于皇族的治理无方,大部分城市都脱离大公国。他们因此说奥地利皇室成员,除了天主教国王以外,都陷入极度贫困,即使皇帝也是如此,他在德国并无多大威信[1]。

蒙田先生星期二喝下去的水叫他上了三次茅房,在中午前就已排空。星期三早晨,他喝下跟前一天同样的水量。他发觉

---

[1] 天主教国王指西班牙腓力二世(1527—1598),神圣罗马帝国皇帝查理五世之子。皇帝指德国哈布斯堡王朝的鲁道尔夫二世。

他在浴池里出了汗,第二天尿要少得多,没有把喝下的水完全排出,他在勃隆皮埃也这样试过。因为他第二天喝的水,尿时颜色深,量也少,因此认为水很快被身体吸收了,所以这样是这以前通过出汗排泄或节食所致;因为他沐浴的日子只吃一顿,这也说明他为什么只洗一次。

星期三,他的主人买了许多鱼。蒙田大人问是什么道理。人家跟他说巴登当地大部分人遵守教规在星期三吃鱼。这证实了他从前所说的话,这里信奉天主教的人由于处于不同信仰的环境下更加严守教规和虔诚。他从而做出这样的思考:同一个城市里实行杂居与融合,作为一个政策被大家接受,这可缓和人们的激烈情绪;这种包容思想深入到个人心里,在奥格斯堡和帝国的城市就是这样做的。但是当一个城市只有单一的治理方针(因为瑞士的城市各有各的法律,他们的政府也各自分开,在治理方面相互独立;只是在某些一般情况下有联系与共通之处),那些城市都是独立的行政单位,一个独立的团体,对所有市民都是这样,它们就有巩固团结和维持一致的基础;它们无疑是坚强的,邻近有蔓延性骚乱更使他们抱成一团。

我们很快适应他们温暖的炉子,没有一个人感到不舒适。因为刚走入室内感到一股热气扑面而来,其余时间都温和均匀。蒙田先生睡在一间有炉子的房间,对它赞不绝口,整个夜里感到暖洋洋很舒适。至少不觉得面孔和靴子发烫,也不像在法国烟雾腾腾。因而,我们走进屋子要穿上温暖缀裘皮的晨衣,而他们相反,走进生火的房间只穿紧身衣,脱去帽子,到室外去才再穿上厚衣服。

星期四，他喝上同样数量的水；水在身体前后都起了作用，排出少量沙子；他还是觉得以前试过的水更有活性，或许是水本身的力量，或许是他的体质更易接受；他若没像其他的水喝得那么多，也就不觉得那样败胃。

这个星期四，当地出生的一位苏黎世大臣来到这里，蒙田先生跟他交谈，觉得他们的第一宗教还是倾向茨温利派，对此那位大臣告诉他，他们接近较为温和的加尔文派。问到宿命问题，他的回答是他们介于日内瓦与奥格斯堡[①]之间，但是他们不让自己的人民卷入这场争论。

从他个人的判断来看，他更倾向于茨温利的彻底主张，给予高度评价，认为最接近于原始的基督教。

十月第七天星期五，早饭后上午七点钟，我们离开巴登。出发以前，蒙田先生喝下他的那份矿泉水，这样他在这里喝了五次。说到这里温泉的疗效，不论从矿泉水还是从温泉浴来说，他对此跟对其他温泉同样抱有希望，他还是很乐意推荐这里的浴场，不亚于他直到此前所见到的其他浴场；尤其这里地点与旅舍舒适，设施齐全，清洁卫生，根据客人需要的份额分配，房间之间各自独立，互不妨碍；有普通经济型浴区，也有高等豪华型大浴池、走廊、厨房、小室和分开独用的小礼拜堂。在我们的楼房隔壁称为城市庭院，我们的楼房称为后庭

[①] 日内瓦指加尔文派，奥格斯堡指路德派。

院，这都是属于各州领主的公共房屋，由房客租用。在所说的楼里还有几个法国式壁炉。主卧室里都有炉子。

如同所有国家，尤其是我们的国家，这里对外国人收费也有点独断独行。四个房间九张床，其中两个房间有炉子和一只浴池，要我们每个做主人的一天付一埃居，仆人每个付四巴岑，这就是折合每人九苏多一点；马匹六巴岑，约合每天十四苏；但是除此以外他们还违反行规巧立名目报了一些虚账。

他们在城里，在只是有温泉浴场的村子里也派人值班。天天夜里有两名看守，绕着房屋巡逻，不只是防敌人，也是防火或其他乱子。当钟报时时，其中一人负责大声吼叫，问另一人几点了，另一人同样大声吼叫现在几点了，还说自己正在认真放哨呢。

妇女在户外公共洗衣场洗东西，在井水旁边竖立一只小炉子，用木头烧水；她们洗得更干净，餐具也擦得比法国旅店亮许多。在旅店，女仆有自己一份工作。男仆也是。

一个外国人，不论如何认真专心，要想从本地人那里打听到每个地方有什么值得一看的景点，真是难上加难，除非碰到一个不同一般的人。他们不知道你问的是什么。我说这话是因为我们在那里待了五天，对一切都怀着好奇心，却没有听见他们说过我们在出城后见到的东西：一块一人高的木头，好像是某根柱子的一部分，没有任何雕饰，竖立在一幢房屋的角落里，经过大路一目了然，石头上有一段拉丁语铭文，我没有办法记录下来；但这只是给涅尔瓦皇帝和图拉真皇帝的献词。

我们渡过莱茵河到了凯泽斯杜哈尔，它是瑞士人的同盟，信天主教。从那里我们随着那条河通过一个美丽平坦的国家，直到遇上飞泉，河也在山石前折回，他们称它为瀑布，就像是尼罗河瀑布。这是因为莱茵河流经沙夫豪森下面遇到一个大石堆积的河床停止不前了。再往下，同在这些岩石区遇到一个约有两矛高的斜坡，河水奔腾跳跃，形成白涛咆哮的奇观。这中止了船只的行程，也使河流无法继续通航。我们中途毫不停留到

沙夫豪森（四里）吃晚饭。瑞士联邦一州中的首府，信仰我上面提到的苏黎世人的那个宗教。从巴登出发时，由于苏黎世才两里之遥，蒙田先生原来计划前去那里，但是人家跟他说那里有鼠疫，也就把苏黎世抛在右边继续赶路了。

我们在沙夫豪森没见到什么奇特的东西。他们在这里造了一座要塞，颇为壮观。有一座可射箭的敌楼，一座为此服务的大广场，广场上浓荫、座椅、游廊、房舍，真是美丽、宽敞、舒适到了极点。还有一座相似的广场是供火枪手使用的。这里还有我们在其他地方也见过好些的水磨坊，用以锯树木、捣亚麻、舂小米。

还有一种树木，我们就在巴登也见过这样的形状，但是大小不同。底部最初长出的树枝，他们用来做地板，铺在一个圆廊里，直径有二十步。他们把树枝弯曲，从四边圈住圆廊，再尽量往上提。然后他们修树，使得树枝以后按心意长得跟圆廊一般高度，约为十尺左右。他们再把树上长出的其他树枝，覆

盖在用柳条石灰板做的小室屋顶上,然后又把树枝往下折,直至跟下面往上长的树枝连接在一起,让空白处全被绿枝盖住。在这之后他们又修剪树,直至树顶,在顶部让枝条自由生长。这样做得形状特别漂亮,树也特别美丽。除此以外,他们在树脚下还建一座喷泉,让水溅洒到圆廊的地板上。

蒙田先生拜访了城里的市长们,他们为了向他还礼,带了其他地方官员到我们的住所共进晚餐,向埃斯蒂萨克先生与他赠送了几瓶葡萄酒。双方还做了不少礼节性的发言。第一市长是贵族,在已故的奥尔良公爵家当过见习侍从,但是学过的法语已经完全忘记。

这个市公开倾向我们,最近又做出这份声明,为了与我们示好,拒绝了已故萨伏依公爵要跟这些市建立联盟,这我已在前面提到。

十月八日星期六,我们上午八点钟吃过早饭后,离开沙夫豪森,那里王室提供很好的住所。当地一位学者跟蒙田先生交谈;其中特别谈到城内居民对我们的王室其实并没有多大热情。就他参加过的所有讨论会上,提到跟国王的联盟,大部分民众都主张结束;但是由于某些富人的阴谋诡计,得出不同的结果。

我们动身时看到一台铁制的机械,在其他地方也见过,不用人力就可以把大石头装到车斗里。

我们沿着在我们右边的莱茵河走到施泰因,这是跟各州联盟的小城,与沙夫豪森有同样信仰(然而一路上有许多石头十字架）①，我们在那里通过另一座木桥再度横越莱茵河；河到了我们左边，沿着河岸经过另一座小城，也与天主教各州结成联盟。莱茵河在这里河面开阔，令人赏心悦目，如同在布莱前的加龙河，然后又收缩，直至康斯坦茨。

---

① 这座城市信仰茨温利派，但是对耶稣受难十字架依然尊重，不予以拆除。

德意志、奥地利和阿尔卑斯地区

（一五八〇年十月八日—二十七日）

康斯坦茨（四里），我们在下午四时左右到达这里，城市面积相当于夏龙，属于奥地利大公爵，信天主教，然而以前长达三十年时间被路德派占领，后来查理五世皇帝用武力把他们驱逐①。从教堂内看不见圣像来说还可感觉这件事的影响。主教是当地贵族，还是住在罗马的红衣主教，领四万埃居俸禄。在圣母寺里议事司铎一职值一千五百弗罗林，由贵族担任。我们看到有一人骑马从外面进来，穿得很花哨，像一位武士。所以有人说城里有许多路德派。

我们爬到那座很高的钟楼，看到一个人放哨，不论遇上什么情况从不离开，守在里面不动。

他们在莱茵河河边建造一幢有屋顶的大房子，约有五十步长，四十步阔；他们置放十二到十五个大轮子，轮子不停地转动往上一层楼递送大量的水，上面又有同样数量的铁轮子（因为楼下的是木轮子），又用同样方法送到再上一层楼。这些水送到约有五十尺的高度，倒入一条宽阔的人工河道，流向他们城内让好几座磨坊转动起来。在这楼里做的师傅，单是工钱是

---

① 康斯坦茨，是著名的康斯坦茨公会议的所在地。1414 至 1418 年，在德意志皇帝西吉斯孟指使下，在该城内召开会议，旨在结束天主教会大分裂和加紧对付改革派胡斯运动。后被改革派占领，1548 年又被查理五世压服，城市归奥地利皇族。

五千七百弗罗林,此外还送酒给他喝。在水底四周铺设结实的木板,他们说是挡水,这样水停留在箱子里,需要时更容易汲取。他们还装了几个设施,遇上水面高低不同时用以升降这套齿轮机械。

莱茵河在这里不叫莱茵河了,因为在城市的头上它的河面开阔像个湖,有四个德国里那么宽,五六个德国里那么长。他们有一个漂亮的平台,俯视这个大湖的湖口,也在平台上卸货物。离此湖五十步远有一幢美丽的小房子,有人在里面日夜瞭望。房子上系一根铁链,挡住桥梁的入口处,放了许多木桩,从两边限制这部分湖面,船只都在这里停泊和装货。在圣母寺里有一条渠道越过莱茵河,通往城市的郊区。

我们从这点就可以知道我们正在离开瑞士,那就是在抵达城市以前看到不少贵族的庄院巨宅,这在瑞士是很少见的。至少私家宅院,不论在城市还是在乡村,就我们一路走来而言,美丽得让法国没法相比;他们就是不使用石板瓦,尤其是旅店,那里服务较好;若对我们的服务有不足之处,这不是从物质欠缺上来说的,从他们的其他设施来看就可认识到这点,没有一家旅店不是使用银质大盘,大部分还镀金和雕饰,这是从习惯上来说的。这是一个非常富饶的国家,尤其盛产葡萄酒。

再回头来说康斯坦茨,我们在苍鹰旅店住得很差;我们还从我们的一个跟班与我们从巴塞尔雇用的向导争吵中,领教了当地人典型的日耳曼放肆与骄横。蒙田先生去投诉,事情也就闹到了法官那里，当地的司法官是一位意大利贵族，定居在这里，已有家室，还早就有了市籍。当我们问他，那位大人的仆人针对我们作的证词是否可以相信；他回答说可以相信，只要他把他们解雇；但是事情了结后他还可以再雇用他们。真是高招。

第二天是星期日，由于这番折腾，我们待到午饭以后，换地方进了铁矛旅店，在那里住得十分舒服。城防司令的儿子曾在梅吕领主家当见习侍从，我们的大人们进餐和去其他地方总是陪伴在侧；可是他说不来一句法语。餐桌上菜经常在变化。在这里，以后也经常如此，当桌布撤走后又随酒给他们送上其他新菜。首先上加斯科涅所称的皇冠蛋糕，然后上香料面包，第三道是白面包，切成片，但是整只还是相连的，松软可口；面包片之间撒上许多香料和盐，面包皮上也是这样。

这个国家到处是麻风病医院，路上也随时可见麻风病人。

早餐时村庄给前来打工的人提供拌茴香的扁烤饼，烤饼上面撒几块切得极细的猪油和几瓣大蒜叶。德国人向一个男人表示敬意，不管他站在什么位置，总是待在他左边，站在他右边是对他的冒犯，说为了尊重一个男人必须空出他的右边，以便他可以用手拿武器。

星期日中饭后，我们离开康斯坦茨，在离城市一里处渡湖，我们到

马克道夫（二里）住宿，这是一座挂科隆旗帜的天主教小

城，我们住在当年为了皇帝从意大利进入德国而设置的这家驿馆里。这里，还有其他许多地方，草褥里塞的是某种树叶子，这要比麦秆好，也更结实。城市四周有块很大的葡萄种植地，盛产好葡萄酒。

十月十日星期一，我们在早饭后离开：因为蒙田先生受到艳阳天的诱惑，取消当天去拉文斯堡的计划，改变一天日程要去林道。蒙田先生从来不吃早饭；但是有人给他一片干面包带了在路上吃。有时再找几颗葡萄也就应付了。这个地区还在葡萄收获季节，葡萄满坑满谷，即使在林道四周也是。他们把葡萄从地里拉上葡萄架，让出不少美丽的道路，周围郁郁葱葱，煞是好看。我们经过一座叫松钦①的城市，它是帝国内的天主教城市，在康斯坦茨湖边；乌尔姆、纽伦堡和其他地方的所有货物都用车子运到这里，然后通过湖驶入莱茵河河道。我们将近下午三点钟抵达

林道（三里），小城坐落在湖前一百步的地方，这一百步是在一座石桥上走过的，这是仅有的通道，城市其他四周就被湖围绕。湖约一里宽，湖的那边是格里松斯山脉。这条湖和四周的河流由于冰雪融化，水面都是冬天低，夏天高。

城里的女人都在头上戴一顶裘皮帽或便帽，像我们的无边圆帽，顶部是灰鼠一类真皮，里面是羊皮，这样的帽子只售三

---

① 今日腓特烈港。

德斯通。我们的圆帽前面开孔，她们的圆帽后面开孔，看得到束成辫子的头发。她们爱穿红或白的靴子，这对她们也很合适。

他们信奉两种宗教。我们去参观了公元八六六年建造的天主教教堂，一切设施完整保存。我们也参观了新教牧师使用的教堂。帝国的城市根据居民的意愿都有信仰天主教或路德教的自由。他们对于自己信奉的宗教多少有点偏爱。据教士对蒙田先生说，在林道也就只有两三个天主教徒。教士并不因此不能自由地得到收入，主持仪式，当地的修女也是如此。蒙田先生也跟新教牧师谈过话，他从他那里了解不到多少事，除了对茨温利与加尔文的一般憎恨以外。他们说，事实上也是很少城市没有它们自己的信仰；他们立马丁·路德为领袖，在他的权威下，他们引发了好几次阐述马丁·路德著作意义的论辩。

我们下榻在皇冠旅馆，这是一家舒适的客店。在餐厅的板壁墙上有一只跟墙面一样宽的笼子，养了许多鸟。笼子还有空中过道，用铜丝绑住，让鸟从房间一头飞到另一头，享受空间。室内家具与木制品用的都是冷杉，这是他们森林中最普通的树木；但是他们细心地上漆、涂油、擦亮，还用野猪鬃拂尘给凳子和桌子掸灰。

他们还有丰富的卷心菜，用一种特殊的工具切成小块，切散后大量放入罐子，加盐后封存，整个冬天都拿它做菜汤。

这里，蒙田先生在床上试用一条羽毛被盖身，这也是他的习惯。他对这种做法大加赞扬，觉得这条被子又暖和又轻。他认为对于娇气的人来说要埋怨的只是床，这里的人不用床垫，谁在行李里带上一只床垫和一顶帐子，就可觉得什么都不缺了。由于他们物产丰富，端上桌子的菜肴花样众多，有各种不同的菜汤、沙司、生菜，都是我们日常不多见的。有的人给我们喝木瓜汤，还有的人在汤里放烤土豆片和包菜色拉。他们还有不放面包的薄羹，种类很多，如用米做的，人人都在公碗里舀，因为没有专供个人的服务，这一切在良好的旅店里气氛非常惬意，他觉得只有法国贵族家的厨艺才可相比。很少贵族家的餐厅有这么好的装饰。

他们好鱼众多，跟肉一起吃；他们不爱吃鳟鱼，只吃它的卵；他们有许多野味，山鹬、野兔，配料烹调与我们很不相同，但是味道至少不输于我们。我们也没有见过像他们一般提供的那样嫩食物。他们在上肉时也搭配煮李子、梨子塔、苹果，有时先上烤肉，最后上汤，有时又顺序相反。他们的水果只是生梨和苹果，非常好吃，还有核桃和奶酪。在上肉的中间，还端上一个银制或锡制的果盘，分成四格，放上各种各样的磨碎的调料。有枯茗，或类似的种籽，辛辣刺激，他们把它和在面包里；他们的面包大部分都放茴香。饭后又把装满酒的玻璃杯放在桌上，再上两三道吃了令人口渴的各种东西。

蒙田先生觉得旅途中有三件事引以为憾：第一，他没有带一名厨师，以便让他学习他们的厨艺，能够有一天在自己府上一试身手；第二，他没有带一名德国仆人或者找当地的哪位贵族做伴，因为由着那个笨蛋导游安排日程，他觉得极大地不自在；第三，在启程以前没有读一读那些书，可以给他介绍每个地方的名胜奇观，或者没有在行李箱里放一部孟斯特或诸如此类的书[1]。

确实，他在评论中总掺有对自己国家的些许嘲弄，还出于其他原因怀着憎恨与愤怒；从而在一切情况下，他更喜欢这个国家的生活方便，那是法国不能相比的。他甚至适应他们喝酒不掺水的习惯。至于斗酒，他只是出于礼仪才偶尔接受，从不主动参加。

德意志南部的生活水平比法国高，例如我们一人一马至少每天花上一太阳埃居。客人每顿包饭先得付四、五或六巴岑。在两顿餐前和餐后喝什么饮料和甚至最普通的点心都要另外付费，因而德国人早晨一般不喝酒就离开旅店。饭后再点的菜和随此一起上的酒，这对他们来说是主要支出，随同点心一起算账。说实在的，看到他们的菜肴很丰盛，尤其是酒在本地也很贵，还从远地运来的，我觉得他们要价高还是情有可原的。

他们亲自邀请仆人一起喝，共坐一张桌子待上两三个钟点。他们的酒装在像大水罐似的壶里，看到酒壶一空而不立即加满真是罪孽一桩。从不给水，有人要求也不给，除非那是些备受尊敬的人。随后他们算喂马的燕麦，再是马厩的费用；马厩也包括草料。他们这一点非常好，要收多少费用一开始就说在前头，谁讨价还价也占不到什么便宜。他们自豪、爱发脾

---

[1] 指塞巴斯蒂安·孟斯特的《环球胜景》。

气、酗酒；但是蒙田先生说，他们既不是叛徒也不是窃贼。

我们在早饭后离开林道，将近下午两点钟到了

凡根（两里）。在那里驮箱子的骡子受了伤，这件意外迫使我们停了下来。我们不得不在第二天雇了一辆大车，每天三埃居。车把式有四匹马，靠此为生。这是帝国的一座小城，它除了天主教以外什么教会组织都不愿意接受。长柄镰刀是这里的名产，远销至洛林。

蒙田先生第二天离开，那是十月十二日星期三上午，通过一条最直最常走的路朝着特兰托而去。我们到

伊斯尼（两里）吃午饭。这是帝国的一座小城，布局有致，秀丽可爱。

蒙田先生按照自己的习惯，很快去找来了本城的一位神学圣师，向他了解情况。圣师跟他们一起用午餐。他觉得全城人都是路德派，看到路德派教堂都是占用的天主教教堂，在他们占领的帝国城市内也无不如此。他们聚在一起谈论圣事时，蒙田先生注意到有些加尔文派在路上关照过他，路德派在马丁·路德的早期言论中掺入了不少奇谈怪论，比如耶稣无处不在理论，主张耶稣——基督的身体如在圣餐中到处存在；这样他们陷入了茨温利的同样错误，虽然道路是不同的，一个过于忽视身体的存在，另一个又太滥用身体的存在。因为在这方面，

圣事并没有超越教会组织和三个好人聚会①的特权；他们的主要论点是神性与身体是不可分的，从而，神性无处不在，身体也无处不在；其次，耶稣—基督应该永远在上帝的右侧；上帝是他的力量，上帝无处不在，在上帝右侧的基督也无处不在。圣师大声否定这种指责，把它当作诬词那样驳斥，但是事实上，在蒙田先生看来他不能自圆其说。

他陪伴蒙田先生前去参观一家非常华丽的修道院，那里正在望弥撒；他走进堂内，没有脱掉帽子在一旁观看，直到埃斯蒂萨克先生和蒙田先生做完他们的祈祷。他们走到修道院的一个洞穴里看一块长又圆的石头，没有一点雕饰，像从一根大柱子上拆下来的，上面有用拉丁语书写的这句铭文，字迹清楚：贝蒂那克斯和安东尼厄·斯·维勒斯两位皇帝重修道路与桥梁，离冈比道诺姆一万一千步处。冈比道诺姆即肯普滕，我们后去那里过夜的。这块石头可能就在那条重修的路上；因为他们认为这座伊斯尼城不是很古老。而且，观察了肯普滕两边的道路，不但没有一座桥，也看不出任何值得这些大工匠重修的工程。确实有几座陡峭的山，这决不是什么大工程。

肯普滕（三里），城市面积相当于圣福瓦，非常美丽，人口众多，房屋富丽堂皇。我们住进狗熊旅馆，一个很美的住所。他们给我们端上各种各样的大银杯（只是用于摆设，雕饰精

---

① 参见《新约·马太福音》："因为无论在哪里，有两三个人奉我的名聚会，那里就有我在他们中间。"

美，带有不同领主的族徽），只有在极少数贵族家庭才会见到。这里又证明蒙田先生在另一场合说过的那句话：他们忘了给我们用，只是他们不当一回事；因为他们有大量锡制器皿擦得干干净净，像在他的蒙田老家一样，然而使用的只是木盘子，当然也很亮很精致。

在这地方座位上都放坐垫，大部分木条天花板做成半月形的拱顶，看上去轻盈纤巧。至于我们开始时抱怨的餐巾，后来倒一直没有缺少过；我总不忘搜集一些用来给我的主人做床帐。如果一块餐巾不够他用，有人给他换上好几回。

在这座城市，有那么一位商人做上十万弗罗林的棉布生意。蒙田先生离开康斯坦茨时，原来要去瑞士的这个州，棉布都是从那里销往基督教国家。只是回到林道要在湖上行船四五个小时[1]。

这是个路德派城市；奇怪的是如同在伊斯尼一样，这里的天主教教堂也主持庄严的仪式。因为第二天星期四，是个工作日，上午在城外的一家修道院望弥撒，就像复活节那天在巴黎圣母院做的一样，有音乐和管风琴演奏，只有教职人员。帝国城市以外的老百姓就没有这种改变信仰的自由。他们在节日来这里参加礼拜。这是个非常美丽的修道院。院长把它提高到公国一级，给他得到五万弗罗林收入。他出身斯坦因家族。所有教职人员都必须是贵族。查理曼大帝的妻子希尔德加德在七八三年建立这座修道院，后埋葬于此，谥为圣人，她的骸骨

---

[1] 蒙田在《随笔集》中提到自己受不了坐船颠簸。

从原来的洞穴移出,装殓于圣骸盒中。

同一个星期四上午,蒙田先生前往路德派的教堂,跟他们宗派的其他教堂和胡格诺派教堂没有什么两样,除了祭坛在大殿的头上,祭坛部位放了几只木凳,扶手装在下边,领圣体可以按照他们的做法跪下。他在那里遇见两位老牧师,其中一位用德语向人数不多的教徒布道。当他结束时,大家用德语唱诗篇,曲子跟我们的有点不同。每篇唱后都有新装不久、非常美丽的管风琴用音乐应和,布道师高呼耶稣—基督多少次,他与众教徒脱帽也多少次。

布道后,另一位牧师上来,靠在祭坛旁边,面对着群众,手里拿本书;一位少妇走到他面前,不戴帽子,头发蓬松,她按照当地礼节向他行了个小礼,独自站停在那里。不一会儿,一个男子,他是个工匠,腰边佩剑,也同样走过来站在那个少妇旁边。牧师在两人耳边说几句话,然后命令各人念天主经,然后开始念书中的文章。这是给结婚双方定的某些婚约,叫他们相互碰手,不接吻。

这事完毕,他走开;蒙田先生追上他,他们一起闲谈了良久;他带了我们大人到自己住所和书房,里面布置漂亮舒适。他名叫奥格斯堡的约翰·蒂利亚努斯。大人问起路德派发表的一篇新信纲,所有圣师和亲王表示支持的都在上面签了名;但是这不是用拉丁语写成的[1]。

---

[1] 指《奥格斯堡信纲》(也称《奥格斯堡信条》),为基督教新教路德宗的基本信仰纲要。有 1530 年版,后有 1577 年版。蒙田不懂德语,故不知。

当他们走出教堂,提琴与大鼓走在新婚夫妻前面从另一边离开。有人问他们是不是容许跳舞,牧师说:"为什么不可以?"又问他们为什么在这座管风琴新楼的彩玻璃上画上耶稣—基督和许多图像?他回答说:他们不禁止用图像来教育人,只要大家不搞偶像崇拜。又问:他们为什么摘下教堂里的老图像?答说:这不是他们,而是他们的好信徒,那些茨温利派受了魔鬼的诱使,在他们之前到了这里,如同其他许多人那样进行了这类破坏。以前这个宗派的其他人对我们大人也是这样回答的。他还问过伊斯尼的那位圣师本人憎恨不憎恨圣像和十字架像,他立即大叫起来:我怎么会不信神到这个地步,连得基督徒那么景仰与光荣的圣像也会憎恨么!这是邪恶的看法。这一位在进餐时还坦诚地说,他宁可做一百次弥撒也不愿参加加尔文的圣餐会。

在那里,他们请我们吃白兔肉。这座城市坐落在伊莱河上。我们在那个星期四吃了中饭,然后经过一条荒凉的山路到

普夫隆登(四里)住宿,天主教小村,像该地区其他地方一样,属于奥地利大公。

关于林道有一桩事我忘了说,进城之处有一堵大墙,可以证实城市年代久远,在墙上我没有发现任何书写。我明白它的德语名字的意思是"老墙",他们告诉我说这就是从那里来的。

星期五上午,虽然旅舍很简陋,食物则是非常充足。床单从来不烤就睡,衣服从来不烤就穿上,这是他们的习惯,有人

为了这事在他们的厨房里点上火,或者利用已有的火,都会使他们不高兴。这是我们在所有旅店会引起的最大口角之一。即便这里,满山遍野都是树林的地方,哪怕高百米的冷杉值不了五十苏,他们也像其他地方一样不愿意让我们生火。

星期五上午,我们离开那里,放弃那条直达特兰托的山路,又走上左边那条较为平坦的道路,蒙田先生同意绕道几天,可以欣赏德国某些美丽的城市,他后悔在凡根时没有执行最初制定去那里的计划,走上了这另一条路。我们在路上像在其他许多地方那样见到水磨坊。通过一条在某块高地下的木槽取了水送入磨坊;然后再在高出地面许多的木槽架子上,通过木槽一头的陡坡把水泄下。我们到

福森(一里)吃中饭。这是一座天主教小城,属于奥格斯堡主教。我们在那里见到许多人是奥地利大公的扈从,他住在那里一座城堡内,与巴伐利亚公爵为邻。

我们在莱希河上把箱子放到一个筏子上,由我随同其他几位押运至奥格斯堡。所谓筏子也就是几块系在一起的木板,进了港口,也就把它拆散了。

那里有一座修道院;他们给大人们观赏被他们作为圣物供奉的一只杯子和一条襟带,来自他们称为马格努斯的圣人,据他们说是一位苏格兰国王的儿子,高隆班的弟子。丕平国王建造这座修道院,任命他做第一任院长。在大殿顶部写下了这句话,在这句话上面有音符定下调子:蒙上帝赐福的马格努斯德

高望重，丕平亲王闻其美誉，对这位圣人的居地赐以王室的慷慨。查理曼大帝后来再度赐恩，这事在修道院内也有铭志。午饭后，两批人都前去

舍恩高（四里）住宿，巴伐利亚公爵的小城，也因此是个十足的天主教城市；因为这位亲王比德国任何人都坚持自己的管辖区不受玷污，誓死不变。

星星旅馆建筑良好，餐桌礼仪也别出心裁。他们把盐瓶放在一张方桌子的对角，又把烛台放在另两个对角，形成一个圣安德烈十字架。他们从不供应鸡蛋，至少直到那时是这样，除非是切成四块的熟鸡蛋，放在他们用非常新鲜美味的野菜做成的色拉里；他们提供新酒，一般都在酿制后就喝的；他们需要多少麦子就用大头连枷在谷仓里打多少。星期六，我们到

兰茨贝格（四里）吃中饭。巴伐利亚公爵的小城，坐落在莱希河上，面积安排非常协调：城内、城外、城堡。我们到的那天正逢集市，人头攒动；在一座大广场中央是个喷泉，一百根管子把水喷到一长矛那般高，管子可以朝任何方向随意转动。城内与城外皆有一座非常美丽的教堂，都处在陡峭的山坡上，城堡也是如此。

蒙田先生去那里参观一所耶稣会学院，环境良好，一幢新盖的楼房，以后还要造一座美丽的教堂。蒙田先生趁自己闲着跟他们交谈。城堡里当家做主的是海尔芬施泰因伯爵。谁要是

梦想罗马教以外的宗教，奉劝他不要开口。

在分隔城市与郊区的那扇城门上，有一大块一五五二年的拉丁语铭牌：本城参议院与人民建立此碑纪念巴伐利亚两位公爵兄弟威廉和路易。在这块地方还有其他箴言，如：武士必须坚强，但不靠披金戴银，而靠勇气与铁剑。在上面有：世界是禁闭疯子的笼子。在另一块非常明显的地方，引用某位罗马历史学家的话，谈到罗马执政官马塞卢斯跟该国一位国王打仗败退的故事：在此战中，巴伐利亚国王卡尔洛曼跟马塞卢斯执政官交锋，并把他击败，等等。

在私家住宅的门口也有许多精彩的拉丁语箴言。他们经常重新油漆自己的城市，这样给城市还有教堂一副欣欣向荣的面貌。三四年以来我们经过的地方都漆得几乎焕然一新。仿佛事先有约在欢迎我们的光临，因为他们的工作都是定好日期的。

这个城市的大钟也像这个国家内许多其他城市一样，一刻钟一敲；有人说纽伦堡的钟每分钟都敲。我们在中饭后离开那里，通过一块平坦如博斯平原那样的牧草地，来到了

奥格斯堡（四里），它被认为是德国最美丽的城市，就像斯特拉斯堡被认为是最强有力的城市。

第一桩奇怪的安排——这倒也显示了他们的干净——就是我们到达之际，发现旅店在我们必须走的螺旋楼梯台阶上都铺了布，为了防止我们把他们刚擦亮上光的楼梯弄脏——他们每周六都是这样做的。我们在他们的旅店从没发现蜘蛛和污泥；

有的旅店，谁若有需要，还提供遮窗的窗帘。

房间里桌子不多，有的话也仅是跟床脚系在一起，可用铰链任意升降的那类桌子。床脚超出床身两或三尺，经常在床头部位；木头质地与雕饰都很精良；但是我们的胡桃木远远胜过他们的冷杉。他们使用亮光闪闪的锡盘子，随随便便放在木盘子下面。他们在靠床的墙面上经常铺遮布和装帘子，以防吐痰弄脏墙壁。

德国人特别爱好族徽。在所有旅舍里有数不尽的族徽，都是国内贵族羁旅中路过留在墙上，而今挂满了窗户。

上菜的顺序经常变化。这里虾在最初几道上，其他地方都是在最后第二道上，个头大得出奇。在许多旅店——那些大的——菜都盛在有盖的盘子里送上。他们的玻璃闪闪发亮，这是他们的窗子不像我们那样拴住，他们的窗框可以任意移动，玻璃窗也经常擦洗。

蒙田先生在第二天星期日上午参观了好几座教堂；在天主教教堂——在这里数量众多——他看见到处仪式进行良好。这里有六座路德派教堂，十六位牧师。六座教堂中两座是占用天主教的，四座是他们自己建造的。他在那天早晨参观了一座，样子好像是学校大礼堂，没有图像，没有管风琴，没有十字架。墙上挂满用德语写的几段《圣经》摘录。两把椅子，一把给牧师用，那时他正在布道；另一把在下面，坐着那位领唱诗篇的人。每篇唱完，他们等待这个人给下一篇定调子；他们中有的任意张口乱唱，有的任意戴着帽子唱。之后，在人群中的一位牧师走上祭坛,他拿着一部书念了其中好几段祷词;念某些祷词时,教徒站起身,合拢手,提到耶稣—基督时深深鞠躬。在他脱帽念完时,他转向祭坛,上面有一条手巾、一把水壶和一只盛了水的杯子;有一名妇女后面跟了十或十二名妇女,让他看一个在襁褓中露出面孔的婴儿。牧师把手指三次浸入水杯里,然后向孩儿的脸上洒去,嘴里念念有词。这样做完后,有两个男人走近来,每人举起右手的两只手指指向孩子,牧师向他们说话,仪式完毕。

蒙田先生走出门时跟这位牧师聊了起来。他们不从教堂领一分钱,议院从公款中支付他们。来这个教堂做礼拜的人比两三个天主教教堂的人还多。我们没有看到一个美丽的妇女;她们的衣服彼此很不相同。男人之间也很难区分出谁是贵族,因为那个阶层的人都戴丝绒软帽,人人都腰间佩剑。

我们在一家招牌上有棵椴树的旅店借宿,就在富格尔家族①的大公馆旁边。这个家族中的一员在几年前过世,给他的继承者留下了足足有二百万法国埃居的遗产;他的继承者为了让他的灵魂安息,给了这里的耶稣会三万弗罗林现金,耶稣会从此在当地站稳了脚跟。富格尔大公馆用铜做屋顶。一般说来,这里的房屋比任何一座法国城市都要漂亮、宽敞、高大,马路也宽阔得多。他认为城市有奥尔良那么大。

中饭后,我们到一家公共场馆里观看击剑,那里挤着许多

---

① 富格尔可能是当时欧洲最富裕的家族,自十四世纪起发迹于奥格斯堡,纺织工人出身,后建立金融王朝,马克西米连皇帝、查理五世、腓力二世都曾向他借钱渡过财政难关。

人；入场时要付钱，就像看街头艺人，木凳位子也要付钱。他们用匕首、双手剑、两头棍、双刃短剑对打。后来我们还去看了有奖射箭比赛，场子要比沙夫豪森的还有气派。

从那里到我们进城的城门口，我们看到有一条大水渠穿过我们经过的一条桥下，这水来自城外，通过一座人行桥下经过城壕河上的一条木渠流去。这股水推动众多轮子，这些轮子又拉动好几只唧筒，借两条铅制的水渠把低地里的井水举到至少五十尺高的水塔里。这里把水倒入一口石头大池子，这个大池子的水又通过几条渠道直放而下，就是用这单一的方法向全城分配，使得到处都有井。个人若要取水，向城市或者一年付十弗罗林，或者终生一次性付清两百弗罗林，即可获得许可。这项获利甚丰的工程他们已经拥有了四十年。

天主教徒与路德教徒通婚也很普遍，更热情的一方接受另一方的教规，这样的婚姻也不少于千对；我们的主人是天主教徒，他的妻子信路德派。他们用一头插鬃毛的掸子擦玻璃。他们说用四五十埃居就可买到一匹良马。

市政当局向埃斯蒂萨克先生与蒙田先生致敬，在晚饭时向他们送来了十四桶当地葡萄酒，由七名穿制服的士官和一名市府的礼宾军官呈上，他们请军官同进晚餐；因为这是当地的习俗；要向押送礼物的人表示谢意；他们也就叫人给他们一埃居。跟他们一起进餐的军官对蒙田先生说，他们城里共有三人负责向有一定地位的外国客人馈赠礼物，他们要完成这项使命必须留心客人的身份地位，然后根据情况向他们表达应有的礼数；他们赠酒有多有少。对于一位公爵，就要有一位城镇首长亲自前来送礼。他们估计我们是男爵和骑士。蒙田先生出于某些原因，要我们大家佯装不知，不要说出他们的身份；他整天独自在城里溜达；他相信这样更使自己受人尊敬。德国的全体城市确实也向他们表示了尊敬。

当他经过圣母教堂时，天气特别寒冷（因为从肯普滕开始，他们感到寒气刺骨，在这以前气候好得不能再好），他没有想到自己鼻子上包了一块手帕，认为他这样孤零零一人，衣衫不整，没有人会注意到他。当他们跟他较为熟悉随便时，有人对他说教堂里的人都觉得他这身打扮奇怪。最后他招来了他最要躲避的坏事，因为穿着不合时宜反而更加惹人注意；因为，就他自己来说，到哪里要跟当地的风土人情保持一致，在奥格斯堡就戴了一顶裘皮帽走遍全城。

他们在奥格斯堡说，他们全城消灭的不仅是小耗子，还有大肥鼠，德国其他各地都是鼠患泛滥。这方面他们有说不完的奇迹，把这份功劳归之于死后葬在本地的一位主教；他们把他坟墓的泥土，捏成核桃那么一小团一小团出售，他们说不论带到哪里，都可以用此消除这个虫害。

星期一，我们到圣母教堂去观看一场婚礼，城里的一个富家丑女跟富格尔家工作的一个威尼斯人结合；我们在那里没有看见一个漂亮女人。富格尔家族人员有好几位，个个都很富有，占据这座城市里的最高位子。我们也参观他们家里的两座大厅，一座高大宽敞，大理石地面；另一座低矮，里面放满古代与现代的纹章，一头还连着一个小房间。我从未见过这么富丽堂皇的房间。

我们也看到这次聚会中的跳舞场面；跳的只是三拍子的阿尔曼德舞。他们每曲舞罢即与女伴分开，把她们领到位子前坐下，座位放在舞厅的四壁，分成两排，上盖红布，他们不与她们混杂。稍稍停顿一会，他们又过来请她们，他们吻她们的手，女士接受他们时不吻他们的手；然后他们把手放在她们的腋窝下，抱住她们，侧面贴着脸颊，女士把右手放在他们肩上。他们跳舞，交谈，大家都不戴帽子，穿着也不很华丽。

我们在城市的其他地区看到富格尔家族的其他房屋，他们不惜代价把它们造得美轮美奂，也使城市十分感激：这都是些夏天的游乐宫。在其中一幢房子里我们看到一座钟，依靠维持平衡的水流走动的。那里还有两口有盖的大鱼缸，有二十平方尺，里面全是鱼。每口鱼缸四边都有好几根小管子，有的直，有的向上弯；通过这些管子，活水灌入这些鱼缸，有的管子把水往前直注，有的管子把水往上喷得一矛高。在这两口鱼缸之间，有十尺宽的空间铺上木板，有许多看不见的小铜管穿过木板。当那些女士正高高兴兴瞧着金鱼玩的时候，你只要放开弹簧，所有这些小管子立刻喷出一人高的细小急速的水柱，给这些女士的衬裙和肥臀带来凉意。在另一个地方还有一个有趣的喷泉，当你对着它欣赏时，有人要就可以打开看不见的小管子阀门，水可以从一百个方向细细地洒在你的脸上。那里还有这句拉丁话：寻找开心，这里就是，好好开心吧。

还有一个鸟房,正方形,各边二十平方尺,高度十二至十五尺,到处都被编织的铜丝网封住;里面有十到十二棵冷杉和一口井;养满了鸟。我们看见有波兰鸽子,他们叫作印度鸽子,我在别处也见过:它们身体很大,嘴像鹧鸪。

我们也观看到一位园丁的绝活,他能够预见寒潮和暴风雨,把他收获的许多菜蓟、白菜、莴苣、菠菜、菊苣和其他草本植物放进了一个小房子,仿佛立即要吃掉似的,把它们的根部埋在某种土里,可望两三个月内保持质量和新鲜。事实也是,他那时有一百株菜蓟,没有一株枯萎,虽然他收割已超过六周。

我们还看到一支铅制的弯形器具,两头打洞穿孔,把它灌满了水,让两头孔眼朝上,突然把右边的一头倒转过来,这样一头放进满的水桶里就会吸水,另一头则把水灌在桶外;这样流动后管子不出现真空总是不停地吸水和放水[①]。

富格尔家的族徽是一块中间一分为二的盾牌,左边是金黄色麦田中一朵青色百合花,右边是青色麦田中一朵金黄色百合花,这是查理五世皇帝册封他们贵族时赐予的。

我们还去见了从威尼斯给萨克森公爵带来两头鸵鸟的几个人。雄鸟毛色较黑,红颈子,雌鸟较灰,生了许多蛋。他们带着它们步行来的,他们说他们的畜生比他们精神还好,屡屡乘机要摆脱他们;但是他们用一个环束住它们大腿上面的腰部,

---

① 其实这只是在描述一种在当时还觉得稀奇的虹吸现象。

另一个系在肩上，再在身子上绕一圈，留出长长的皮带，他们牵了要停要转弯全凭自己心意。

星期二，蒙该城领主的盛情邀请，我们去参观这座城的一扇暗门；夜里任何时分，谁要进城，不论是步行、骑马，只要报出他的姓名，说出到城里哪一家去或者他寻找的旅店名称，都可以走这扇门。城里雇用两个忠于职守的人看守这道出入口。骑马的人入内要付两巴岑，走路的人要付一巴岑。对外联通的那扇门包了一层铁皮，旁边有一块铁片系着一根链子，外面人拉动这块铁片。链子弯弯曲曲一长条，与一个守门人高高在上的房间相连，敲响一口小钟。守门人穿着衬衣，在床上前后拉动一个什么装置，打开离他的房间足足有一百多步之遥的第一扇门。那人进了城，坐在一座约有四十步左右的桥上，桥的四周密封，架在城壕上；沿着这座桥是一条木头水渠，沿着水渠是开启这第一扇门的机械装置，人一进来这扇门随即关上。走过桥进入到一个小空地，这里对守门人说话，报出自己的姓名和地址。守门人听到他呈报后，打钟告诉他的同伴；同伴住在这扇门下一层楼，那里有大房间。那人拨动跟房间相连的走廊里的一个弹簧装置，首先打开一根小铁栏杆，然后推动一个大齿轮拉起吊桥，所有这些动作表面都是觉察不到的，因为这一切都是隔了厚墙与厚门进行的。突然又声音响亮地把一切都关上了。过了桥，一扇大门打开，木制的门很厚，还用大铁条加固。外来人处在一间厅里，一路上看不到人可以跟他说话。在他关进那里以后，才给他打开另一扇相似的门；他进入第二个厅，那里有了亮光。他看到一只锡罐吊在一根链子上往下放；他把进城费放在里面。这钱由守门人提了上去；他若不满意，让这人晾着一直到第二天；他若满意，根据规矩，他用同样方法打开又是一扇跟其他类似的门，夜归人一通过门就立即关闭，他也进入了城内。

这是当年罕见的复杂工程之一。英国女王特地派遣一位大使，请求领主公开这套设施的工艺。他们说他们予以拒绝。在这扇城门下面有一个大洞穴，可以潜藏五百匹马，在战时接受援军和出征，都不用惊动城内老百姓。

从那里我们又去参观了圣十字教堂，非常美丽。他们正在为将近一百年前发生的一桩神迹举行盛大庆典。一名妇女不愿意咽下耶稣—基督身上的肉，从嘴里取出，用蜡包住放在一只盒子里，她进行了忏悔；大家一看这一切变成了真正的肉。他们对此提出许多证据，还在许多地方用拉丁语和德语写下这个神迹。他们把这块蜡然后又把呈肉色的小片放在水晶盒里以供瞻仰。这座教堂用黄铜作顶，如同富格尔的公馆，这在当地不是很稀罕。

路德派的教堂就紧挨在旁边；就像在其他地方，他们的住宿与教堂很近，如同天主教教堂里有修道院一样。在这座教堂的门上，他们挂上圣母手抱耶稣—基督，还有其他圣人和孩子，有这句话：让小孩子到我这里来，等等。

在我们的旅店有一架铁皮机械，伸出两根管子直插到一口深井的底部，一个男孩在上面摇动一个器具，把这些铁皮上下升降到两三尺,轮流打压这口井底的水;用唧筒打得水往上喷涌,通过一条铅渠送往厨房和其他需要的地方。

他们还有一名清洁工,付给他钱就能马上来把弄脏的墙面洗刷干净。

那里还供应大大小小的糕饼,盛在彩陶盘子里,形式跟烤糕一模一样。每餐差不多都送上一些糖果和几盒蜜饯;面包美味之至;葡萄酒质量良好,在这个国家最多的是白葡萄酒。奥格斯堡周围不产葡萄,都是从五六天路程外的地方运来的。主人在葡萄酒上花费一百弗罗林,共和国要收去六十弗罗林,对其他买了自用的私人只收一半价钱。

在许多地方,他们还有习惯在客房和餐厅里放香水。

这座城市最初都是茨温利派。后来,天主教被召回,路德派取代了茨温利派的位子;目前,天主教徒居高位的占多数,在人数上则少得多。蒙田先生也去会见了耶稣会人士,发现有几位非常博学。

十月十九日星期三早晨,我们在那里吃早饭。蒙田先生很舍不得离开,因为离多瑙河才一天路程而不去看一看,还有他顺路经过的乌尔姆城,和仅半天路程的酸泉浴场。这是在平原上的一个浴场,水是凉的,要加热后才能饮用或沐浴。这水味道微带酸辣,很好喝,适用于头痛与胃病;一家著名的浴场,旅店设施齐全住得很舒服,据人家跟我们说,如同在巴登一样。但是冬天来得很快,而且这条路又处在我们这条路的反方向,我们必须再折回到奥格斯堡:蒙田先生怎么也不喜欢走回头路。

我在蒙田先生住宿的旅店餐厅门前刻上他家的族徽;画得很好,这样我付了画工两埃居,木工二十苏。

里库斯建在莱希河边。我们穿过一个美丽、盛产小麦的地带;我们到

布鲁克(五里)投宿。这是巴伐利亚公国内环境非常优美的大村庄,信天主教。我们在第二天十月二十日星期四离开,继续穿越一块种植小麦的大平原(这地区不产酒),然后又是一片极目看不到边的草原,我们到

慕尼黑(四里)吃中饭。城市面积约相当于波尔多,巴伐利亚公国的首府,选侯们在伊萨尔河边都建有自己的王府。城内有一座壮丽的城堡,还有我从未在法国和意大利见过的最美丽的拱顶马厩[①],可圈养二百匹马。这是一座笃信天主教的城市,美丽,人口多,商业发达。

从奥格斯堡北面走了一天路程,人与马的日常开销打算四里弗尔,仆人四十苏。在我们的房间里有窗帘,没有床顶帐,一切设施什物都保持干干净净。他们用木屑把水煮开,用来擦地板。这个地区到处都在切两个品种的萝卜,就像打麦子那样仔细和快速。七八个大汉,每只手里拿大刀,有节奏地在像我

---

① 据《七星文库・蒙田全集》,当时蒙田尚未到意大利,这句话可能是蒙田后加的。据另一部书的注解,也可能是秘书自己说的。

们的压榨机似的大桶里捣鼓。这样把它们像卷心菜一样加上盐腌制过冬。他们这两种果蔬不是种在花园里，而是种在田地里，到时候收获。

巴伐利亚公爵那时正在当地，他娶了洛林公爵的妹妹，有了两个大男孩和一个女儿。公爵两兄弟①在同一城市；我们在的那天，他们带了妻子和全家都去狩猎。星期五上午我们离开那里，穿越那位公爵的森林，看到无数棕色兽群，如绵羊。我们一口气到达

柯尼格斯道尔（六里），破旧的小村子，位于巴伐利亚公国内。

耶稣会士强势统治这个地区，发动了一场大运动，逼迫神父赶走他们的相好，否则将受重罚②，招来人们的憎恨。看到神父对此大发牢骚，好像以前对他们这种做法十分容忍，以致被他们当成合情合理的了，自后还忙于在他们的公爵面前吁请。

我们在这里吃到了德国过鱼日③的第一批蛋，或者也可说切成四块放在色拉里的鸡蛋。他们在好些银器之外，还使用像箍桶似的木制大口杯招待我们。这个村里一位贵族家的淑女给蒙田先生送来了她家酿造的酒。

我们在星期六清晨离开；在右边遇上了伊萨尔河④和巴伐

---

① 指威廉五世和斐迪南两兄弟。
② 神父是不是可以结婚，在中世纪已经争论不休，到蒙田时代依然尚未完全定论。
③ 指礼拜五。
④ 据《七星文库·蒙田全集》，不是伊萨尔（Isar）河，应是卢瓦萨赫（Loisach）河。

利亚山脚下的一条大湖;在一座小山上走了一小时,爬到山顶,上面有一块铭牌,上写一位巴伐利亚公爵约一百年前命人凿通山洞。我们借一条易走、方便、维护良好的道路,又加上风和日丽,完全钻入了阿尔卑斯山的腹部。

从这座小山下来,我们遇到一个非常美丽的湖,长与阔各为一加斯科涅里,四周是高山绝壁;我们在山脚下始终沿着这条路,有时遇到芳草菲菲的小平原,还住着人家。这一路走到了

米滕瓦尔德住宿。小村沿着伊萨尔河畔,地理位置良好,属于巴伐利亚公爵。他们给我们送来第一批栗子尝新,在德国也曾给我们送过,完全是生的。旅店里有一间浴室,旅人都习惯花一巴岑半来这里出身汗。我在先生们吃晚饭时去了那里。有许多德国人来拔火罐和放血。

第二天,十月二十三日星期日上午,我们继续走山中的那条夹道,遇见一扇门和一幢房子挡住了去路。这是进入蒂罗尔地区的门户,它属于奥地利大公;我们到

泽费尔德(三里)吃中饭。小村子,修道院,环境宜人;这里的教堂颇为秀丽,以这样的一次神迹而为世人所知。一三八四年,有个人,他的名字邻近的人还叫得出来,复活节那天,不愿意只是领到一块普通的圣饼,他要一块大的。他拿了放进嘴里,土地在他身下坍塌,他跌进窟窿里只露出个头;他抓住祭坛的角落;神父从他的嘴里把这块圣饼抠了出来。他

们还给大家看那个洞，上面盖了一块铁栅栏，还有祭坛，上面还有那个人的手指印，圣饼是殷红的，好像沾了血滴。我们也看到近代一个蒂罗尔人用拉丁语写的一篇文章，说他几天前吞进一块肉，卡在咽喉口，足足有三天既咽不下也吐不出；他许了个愿，到了这家教堂里立即痊愈了。

　　从这里开始，我们发现我们经过的这片高地有一些美丽的村庄；然后下坡走了约半个小时，在山脚下遇到一个地势良好的小镇，在一个仿佛不可攀援的陡峭悬崖上有一座雄伟的城堡，控制着这里狭窄、开在石头里的下山道。宽度连得一辆普通的大车也过不去，这座山的其他不少地方也无不如此；以致要走这条道的车把式通常都是把普通的大车缩小至少一尺。

　　从那里我们见到一条长长的峡谷，因姆河在此流过，走向维也纳投入多瑙河①。在拉丁语中是"Oenus"。从因斯布鲁克走水路五至六天可到达维也纳。这条峡谷好像在蒙田先生看来是他生平从未见过的美景。两边的山忽而收紧，然后又向着我们还在走着的河的左边豁然开朗，在那些并不是直线的山坡上留出一些宜于耕种的土地；忽而在另一边也是如此。然后又发现有两三层叠在一起的平原，上面都有美丽的贵族府邸和教堂；这一切都被包围和封闭在看不见顶的群山之间。

　　在我们这边的巉岩上，我们发现一个耶稣受难十字架，在这个地方不用绳索自高处往下放，那是任何人都不可能到达

---

① 据《七星文库·蒙田全集》注，这条河不是在维也纳，而是在帕绍投入多瑙河。

的。他们说查理五世的祖父马克西米连皇帝,在山里打猎迷了路,为了证明自己在此脱险,命人竖立了这个纪念像。这则故事也画在奥格斯堡市政府弓箭手使用的大厅里。我们当晚前去

因斯布鲁克(三里),蒂罗尔伯爵领地的主要城市,在拉丁语中是"Oenopontum"。奥地利大公斐迪南居住于此。非常美丽的小城市,巧妙地建于这个山谷的谷底,到处是泉水与溪流,在我们所见过的德国和瑞士城市内这是常见的胜景。房屋都是沿山建成的平台式建筑。

我们住宿在玫瑰旅店,设施良好。他们用锡制餐具招待我们。至于法国式餐巾,我们在几天前已经使用上了。有的床前还有帐子;为了显示民族的特色都绚丽多彩,用布裁成一定形状,细工透雕,然而短而窄,对我们的使用习惯来说根本用不上,帐顶才三手指宽,有许多缨子。他们把蒙田先生使用的床单交给我,四边都有四寸宽的做工讲究的白色花边。

如同德国其他许多城市,整夜有人巡逻街头,钟点响起高声报时。

我们路过的地方到处都有这个习惯,上肉时还配鱼;但是在鱼日子里上鱼是不配肉的,至少对我们如此。

星期一,我们离开这里,左边沿着因姆河走在这片美丽的平原上。我们到

哈尔(二里)吃中饭,我们走这条路仅是为了看看它。这

是像因斯布鲁克这样的小城,面积约利布恩那么大①,在那条我们后来走桥重新越过的河边上。当地开采的盐供应德国全境。每星期做九百个盐饼,一埃居一个。盐饼每个厚达半乌依德,都是差不多的样子;因为当模具的盒子就是这个形状。这属于大公;但是花费是很大的。为了制盐,我看到那里堆积的木头就比我在别处见到的多;因为煮盐的铁皮锅,圆周足足有三十步那么大,放在锅里煮的盐卤是从邻近两里外的一座大山中引过来的。

那里有几座美丽的教堂,主要是耶稣会的教堂,蒙田先生前去参观;在因斯布鲁克,他也参观了其他教派的教堂,都环境幽美,建筑清丽。

中饭后,我们又到了河的那边,因为斐迪南大公居住的豪华府邸就在那里,蒙田先生要去拜谒,向他吻手致意。他在早晨去过,但是据一位伯爵跟他说大公正忙于开会,无法见他。我们于是在下午又去了,见他在花园里;至少我们相信窥见的是他。然而,有人向他报告有几位先生在这里,并说明原委,回来传达说他请他们原谅,但是第二天他更方便恭候;他们若是有什么托付,可以向某位米兰伯爵提出。这种冷淡态度,又加上不让他们去参观城堡,有点惹恼了蒙田先生;当他同一天向王府的一位官员发牢骚时,那人对他说这位亲王回答说了,他不愿意见法国人,法国王室是他家的敌人②。我们回到

---

① 在这部《意大利游记》中,城市面积都习惯跟蒙田的家乡加斯科涅地区做比较。
② 据加拉维尼版,当时奥地利与法国并不在战争,据另一位 P. 米歇尔的说法:斐迪南冷淡的真正原因,是法国邮政部门拒绝向他赔偿一块遗失的宝石。

因斯布鲁克（两里）。我们在一座教堂内看到奥地利皇室亲王和公主的十八尊人头铜像，非常精致。

我们也去参加了奥地利红衣主教和布尔戈侯爵的晚宴，他们都是那位大公与奥格斯堡城里的一名小妾所生。她是商人的女儿，有了这两个儿子后也无再生，大公娶她是为了给予两个儿子合法的地位；那位夫人就在今年逝世的。整个朝廷还在为她服丧。他们的仪式跟我们为亲王举行的仪式相差不多。大厅张挂黑布，天盖与椅子也是。红衣主教是兄长，我相信他还不到二十岁。侯爵只喝瓶装酒，红衣主教酒内掺很多水。他们不用有盖的碗，菜都是碗面朝天端了上来，上肉的方式跟我们一样。当他们要入座时，离桌子稍远，然后有人把放满菜肴的桌子给他们端过来。红衣主教居上座；他们的上座总是在右边。

我们在这座宫殿里观看网球比赛和一座秀丽的花园。大公是位能干的建筑师，还是这些设施的设计师。我们在他的家里还看到十到十二门火炮；打的炮弹大如鹅蛋，架在极其华丽的镀金轮子上，火炮本身也镀金；其实它们只是木制的，但是炮口贴上一层铁皮，内部也同样是铁皮；一个人就可以把它扛在肩上，使用寿命不如铁铸的那么长，但是攻击力量差不多同样大。

我们在他的城堡耕地上看到两斗牛，身体大得出奇，白头灰身，那是弗拉拉公爵送给他的；因为那位弗拉拉公爵娶了他的三姐妹之一，佛罗伦萨公爵娶了另一个，曼图亚公爵娶了第三个。三姐妹以前都在哈尔，被人称为三王后；因为对皇帝的女儿都这样称呼，就像其他人根据她们的封地被称为某某伯爵夫人或公爵夫人；以皇帝君临的王国作为她们的别名。这三姐妹有两位已经作古；第三位还健在，蒙田先生欲求一见而没有如愿；她已入教门当修女，耶稣会也是被她接受和建立在当地的。

这里的人有这样的说法，大公不能把自己的财产留给子女，财产必须回归帝国的继承者；但是他们又不知道让我们听懂这其中的道理；他们说到他的妻子，虽然被他娶了，并不是一门适当的亲事。大家认为是合法的，他的孩子也是没有问题的；不管怎样，他积攒了大量财富，足够留些给他们。

星期二，我们早晨出发，穿过平原，继续山间的那条小道又走上原来的道路。走出旅店一里路，我们登上一座小山，从一条好走的路爬高一个小时。在我们左边看到其他好几座山，山坡更为平缓开阔，都是村庄和教堂，大部分种上庄稼直至山顶，不同的地貌穿插交叉，煞是好看。右边的山较荒野，只有少数地方建有房屋。我们穿过好几条小溪和湍流，走向都不一样。在我们走的那条路上，无论山顶上与山脚下，遇见许多大村镇，好几家漂亮的旅店，在我们左边还有两座城堡和乡绅庄院。

约离因斯布鲁克四里地，在右边一条非常狭窄的小道上，我们遇到一块雕刻精致的铜铭牌，钉在岩石上，有这样的拉丁语铭文："一五三〇年，查理五世接受皇帝加冕典礼后，从西班牙和意大利回驾途中，他的弟弟、匈牙利与波希米亚国王斐迪南从潘诺尼亚过来与他在此相会,之前他们两人相互思念,但已八年没有见面。斐迪南国王下旨在他们见面相互拥抱之处立碑纪念。"[1] 再往前,我们穿过一扇封住道路的大门,门上也有拉丁语写的诗句,提到查理五世皇帝在俘获法国国王和攻下罗马后,经过这里并驻跸于此[2]。

蒙田先生说他十分喜爱此间的关隘,从这里看到景物多变,唯一的缺憾就是从未见过那么稠密的灰尘滞留在两山之间,一路不离左右,令人不堪忍受。十小时后(蒙田先生说这是他一口气的路程。他确有这样的习惯,不论他半途中要不要停下,总是在早晨离开旅店之前给马喂足燕麦)我们在深夜——而他一直没有进食——抵达

斯特钦(七里)。属于蒂罗尔伯爵的小城,颇为秀丽,往上四分之一里处,有一座美丽的新城堡。

餐桌上,供应的是两只连在一起的圆面包。在整个德国芥末都做成液汁状,味道跟法国白芥子相近。醋到处都是白醋,这些山里不产酒,麦子产量足够满足居民;但是这里的人喝质地非常醇厚的白葡萄酒。

所有这些关隘安全绝对可靠,商人、车把式、拉大车的络绎不绝走在这条道上。人家对我们描述这里气候寒冷,我们却遇到几乎忍受不了的炎热。

---

[1] 查理五世在博洛尼亚接受克莱芒七世教皇加冕后回国,斐迪南国王则与土耳其战争结束后返朝。
[2] 指1525年帕维亚之战,神圣罗马帝国皇帝查理五世获胜,生擒法国国王弗朗索瓦一世。

这个地区的妇女戴布便帽，类似我们的窄边软帽，头发梳成辫子挂下来，像别处一样。蒙田先生在一家教堂遇见一个美丽的少女，把她当成了男学生，问她会不会说拉丁语。

这里床上都挂帐子，用粗布染成大红色，每隔四指交叉一条横格，一条是密织的，一条是网眼的。我们在德国一路旅行，没有一间卧室和客厅不是板壁墙，天花板都相当低。

蒙田先生那一夜肠绞痛了两三个钟点，据他第二天说，挺厉害；那个第二天起床时，排出一粒中等大小的结石，很容易碎裂。外面发黄，粉碎后中间发白。他在这前一天感冒，不舒适。他在勃隆皮埃那次腹绞痛以后再也没有患过。这一次消除了他的一部分怀疑，就是他在勃隆皮埃膀胱里落进的沙子要比这次排出的多，他害怕有什么东西沉积变硬而排不出。看到自己把这个也排了出来，有理由相信就是有结石也会随同排出来的。上路不久，他就诉说腰痛，他说这是他这天跑长路的原因，认为骑在马上还比在其他情境下舒服一点。

他找来城里的小学校长，用拉丁语问他情况；不料这是个笨蛋，向他打听城里的事竟然一问三不知。

第二天，十月二十六日星期三，早饭后我们从那里出发，穿过一个八分之一里宽阔的平原，伊萨可河在我们右边。在这块平原上走了约两里地，邻近的山顶上有许多耕田和民宅，经常是满满一片叫我们猜不出哪里是出入口。一路上有四五座城堡。我们走上一座木桥过河，在另一边岸上继续循着河走。看到几名工匠正在修路，只是因为路用石板做的，跟佩里戈尔地区很相似。我们然后穿过一扇石门登上高地，面前是块约一里长的平原；在河的前面发现另有一块高度相近的平原；这两块平原贫瘠，多石头。在我们脚下沿河一带都是美丽的草地。我们不停地走到

布雷萨诺内（四里）吃中饭。非常秀丽的小城，这条河穿过一座木桥流经全城。这是一个主教管辖区。我们在那里看到两座十分美丽的教堂，我们住进房屋精致的老鹰旅店。这块平原不太大；但是四周的山，即使在我们左边，坡度平缓，让人在上面耕耘佃作快近山顶。山里到处都是建在高处的钟楼与村庄，靠近城市有好多幢结构巧妙、环境幽美的房屋。

蒙田先生说他一辈子都不相信人家对外国的衣食住行发表的评论，因为每个人都只会按照自己村子里的风俗习惯来做判断，他对于旅行者提出的看法都置若罔闻；到了这里他对于那些人的愚蠢更加骇异，事前，尤其在这次旅行中，他听说这地区阿尔卑斯山的隧道充满艰险，民风奇异，道路崎岖难行，房屋简陋，空气稀薄呼吸困难。说到空气，他谢天谢地竟觉得那么温和，因为他能忍受大热而不能忍受大冷；在这次旅行中，直到那时为止只遇到三个冷天和一小时左右的雨水。甚至还可以说，他若要带了只有八岁的女儿散步，宁可到这条路上也胜过在自家花园的小径上。还有客栈，虽然他总是在生活资料与葡萄酒供应充足、价格合理的美丽城镇里投宿，也从未见过其他地方客栈像这里那样密集和漂亮。

这里有另一种转动烤肉铁扦的方法,这装置有几只齿轮,由一根绳子紧紧缚住大铁桶。放绳时慢慢后退,这样转动约一个小时,然后又再重新回绕。靠热烟带动的熏肉机我们已经看见过好多。

他们铁矿产量丰富,除了窗户全都装上形形色色的铁栅栏,他们的门,即使是护窗板,也都加一层铁皮。我们在这里又见到了葡萄园,这在奥格斯堡以前已在我们的视线中消失了。

这里附近大部分房屋每层楼都有拱顶。在法国不会用凹形瓦铺盖狭窄的斜坡,他们在德国却是这样做的,即使在钟楼上也是。他们的瓦片更小更凹,有些地方还用石膏填缝。

第二天早晨我们离开布雷萨诺内,又进入了这条相当开阔的峡谷,一路上大多数山坡都有几幢美丽的房屋点缀其间,伊萨可河在我们左边,我们穿过一个小镇,名叫克劳琛,那里有各种手艺的工匠。我们从那里来到

科尔曼(三里)吃中饭。是个小村子,大公在那里有一幢宴乐楼。他们用彩陶酒杯和银酒杯招待我们,用白沙子洗玻璃杯。第一道菜盛在一口简洁的平底锅里,用一个小铁架托着,举起它的柄放到桌上。在锅内是黄油荷包蛋。

从那里起,道路对我们来说是窄了一点,有些岩石把我们挤在峡道和河道之间几乎有冲撞的危险,幸好在河与旅人中建了一道隔墙,在有的地方长度还超过一德国里以上。虽然贴着

我们身子的大多数是野山石，有的是实心的，有的是被湍流冲得满是窟窿与裂缝，还有鳞甲状的，它们把无数体积惊人的巨物冲下山去（我相信遇上山洪必然十分危险），如同在其他地方我们也见过整座冷杉林连根拔起，挟着还与山脚相连的土丘一起往下滚落。然而这个地方人口还很兴旺，我们看到在头几座山上更高处有农田和住宅。我们还听说在这片山顶有大块美丽的平原，它们给山下的城镇供应麦子，还有非常富裕的农民和美丽的住宅。

那里有不少木桥，我们走在其中一条上过河，让河到了我们左边。我们特别注意到，在我们看来高耸入云无法攀登的山峰上有一座城堡，他们说是当地一位男爵的，他居住在此，里面还有一个美丽的庄园和狩猎场。在所有山岭后面就是阿尔卑斯山山麓，这些土地都没有被开垦过，封住了峡谷的出路，以致我们必须再一次回到那条水道，从另一头重新出去。

蒂罗尔封邑的全部收益都来自这些山岭，大公每年从中收取三十万弗罗林，这笔收入也超过其他领地的总和。我们又在一座石桥过河，早早来到了

博尔扎诺（四里）。坐落在该河上，城市面积相当于利布恩，跟德国其他城市比较死气沉沉，以致蒙田先生高声说他知道他正在离开德国了：街道较窄，没有一个美丽的广场。然而水井、溪流、彩画和彩色玻璃窗户还是有的。

这里盛产葡萄酒，数量充足能够供应全德国。沿着这里山

区可以吃到世上最好的面包。我们参观的教堂也是建筑精美，其中尤为珍贵的是木制管风琴：体积庞大，在大祭坛前面基督受难十字架旁边；演奏者要站在系管风琴的大柱下十二多尺的地方；风箱突出在教堂的墙外，在演奏者身后十五多步，风从地下传上来。

这座城市所在的空间并不比城市本身所需要的大了多少；但是就在我们右边的群山，往后移动山腰，把它扩大了。

蒙田先生在这里，给他在巴塞尔遇见的弗朗索瓦·霍特曼写信，说他在德国旅游那么高兴，如今要离开真是莫大的遗憾，虽然他最终目的地是意大利；外国人在这里也像在其他地方深受店主的欺诈；但是他认为这个现象可以纠正，如果大家不受出卖他们和从中分利的导游与中介的摆布。其余一切在他看来还是舒适、讲究礼貌，尤其公正与安全。

星期五我们一早离开波尔萨诺，到

布朗佐尔（两里）给马备上一份燕麦并吃早饭。一座小村庄，北面是伊萨可河，是它把我们送到这里，并与阿迪杰河合流，阿迪杰河流入亚得里亚海，河面宽阔，水流平稳，不再像我们在上面这些山里遇到的河流奔腾咆哮。就是这片平原也开始变宽，群山在某些地段也低下它们的尖角，直至特兰托。山腰也不及前面的山那么土壤肥沃。这条峡谷里有几处沼泽地，使道路变窄，其余都很畅通，几乎一直走在平坦的谷底。

从布朗佐尔出发走上两里，我们遇到一个大城镇，因为逢上集市日，熙熙攘攘人很多。从那里另有一个村子，房舍很好，叫萨洛诺，大公在那里有一座城堡，在我们左边，位置很怪，在一块山石的顶端。

意大利，去罗马的路上

（一五八〇年十月二十八日—十一月二十九日）

我们从那里来到了

特兰托（五里）住宿。城市比阿让略大一点，不怎么好玩，完全没有德国城市的雅致情趣，大多数街道狭窄、曲里拐弯。

约两里路后我们进入了意大利语地区。这座城市讲这两种语言，各占一半。有一个区和一座教堂他们称是德国人的，一位教士用他们的语言布道。至于新教派，从奥格斯堡起就不被提起了。它坐落在这条阿迪杰河边。我们看到那里的穹顶，这好像是座十分古老的建筑，在那附近有一座方塔，也证明年代久远。我们看见了那个新教堂，圣母教堂，我们的特兰托公会议[1]就是在那里召开的。教堂内有一架管风琴，是私人捐赠的，精美绝伦，托在一个大理石底座上，底座镌刻许多栩栩如生的雕像，主要表现唱经儿童。据教堂自身所记，由红衣主教贝尔纳多斯·克勒西乌斯建于一五二〇年。他是这座城市的主教，也出身于当地。这是一座自由城，在主教的管理控制下。

---

[1] 指十六世纪天主教会为反对宗教改革运动在特兰托召开的会议。

后来，在与威尼斯人的一场战争中，他们无奈向蒂罗尔伯爵求援，作为对此事的回报，伯爵对该城的某种行政权力抓住不放。主教与他发生了争执。但是现在当主教的是马德吕西奥红衣主教。

蒙田先生说，他一路上注意到由于某些公民的出生而使城市受惠不浅，如富格尔家族对奥格斯堡，这座城市大部分美丽景物都是由他们而来的，因为他们在所有的通衢大道盖上了他们的府第豪宅，在教堂里增添了许多建筑；还有这位克勒西乌斯，除了这座教堂和几条街道都是他出资修建以外，他还在市府城堡内造了一座非常华丽的建筑。外表不怎么起眼，内部的家具、油画、装饰、居住条件则是他处所少见的。

底层的板壁墙上全是绚丽的油画与格言，浮雕都金光闪闪、精工细雕。某些天花板坚硬和涂抹得像大理石；一部分采用我们的风格，一部分采用德国的风格，带有炉子。其中一个用红土加工成紫铜色，铸成好几尊人像，四肢部分升火[①]；有一堵墙附近有一或两尊雕像，它们把低处庭院水井放过来的水再送回去：这是一项精致的工程。我们还看到天顶画中有一幅是火把照亮恺撒夜间凯旋的画像，蒙田先生非常欣赏。

那里有两三个圆形房间，其中一个有一块铭牌，一五三○年圣马太节克莱芒七世教皇给查理五世皇帝加冕，克勒西乌斯

[①] 这句话被许多法语注释者认为有语病。加拉维尼则说这不难懂，指炉子做成人像样子，材料是用烧烤加工成紫铜色的土块做成的。

被匈牙利和波希米亚国王、蒂罗尔伯爵、查理五世皇帝的弟弟斐迪南派遣前去参加此项典礼，他原是特兰托主教，从而晋升为红衣主教；命人在这个房间四周和墙上布置陪伴他这次出使的贵族的族徽和姓名，约五十人，都是主教区的藩臣、伯爵或男爵。其中一个房间还有一扇暗门，他可以不通过房门而由此潜入城内。那里还有两个装潢富丽的壁炉。

他是一位善良的红衣主教。富格尔家族造房子是给自己的后代享用的，而他这人是为了大众；因为他把这座花了十几万埃居添置家具（这些今日依然还在）的城堡留给后来的主教使用。在主教继任者的公账上有十五万塔勒现金，凭此开销不用挪动本金；虽则他们没有把他的圣母教堂建成，他本人的墓葬非常简陋。藏物中还有一些写生画和许多地图。后来的主教在城堡里不使用其他家具，冬夏两季使用的都有，这些都是不能变卖的。

我们现在要使用意大利里计算了，五千意大利里相等于一千德国里；到处一天以二十四小时计，然而不是昼夜对分的①。我们住玫瑰旅店，一家好旅店。

星期六午饭后，我们从特兰托出发，在加宽的峡谷内走上一条相似的路，两旁都是无人居住的高山。阿迪杰河在我们右边。我们在路上穿过大公的一座城堡，它横贯在道上，就像我

---

① 当时意大利人一天也以二十四时计算，但是一天的开始在日落，结束在第二天日落。因此一天的黑夜是十小时，白天是十四小时；他们那时所说的中午，其实是下午五时。这个计时法一直使用至十九世纪，令外国人很惊讶。

们在其他地方发现许多相似的围墙，把道路都堵住封杀（直到那时我们还不曾尝试过夜晚的清凉，我们对旅程都有固定的安排）。我们很晚才到

罗韦雷托（十五里）。城市属于大公。

在这里我们又见到了我们建筑形式的房屋，感到不足的是房间、家具，以及彩玻璃没有德国人那么干净清洁。还有炉子也是；蒙田先生觉得生炉子要比生壁炉舒适得多。

至于食物，虾是尝不到了。在蒙田先生看来这是个极大的奇迹，就是从勃隆皮埃以来，在该地区走了将近两百里，每顿饭都供应虾。这里，沿着这些山，他们经常吃到的是蜗牛，比法国的蜗牛要肥大得多，味道没那么好。他们这里也吃块菰，剥皮，切成薄片放入油与醋里，味道不错。他们在特兰托给我们吃的已放了有一年。这里也是，迎合蒙田先生口味的有丰富的橙子、柠檬和橄榄。

床上都用棉布或粗毛呢剪成的帐子，门面宽阔，用针线缝成。蒙田先生也怀念德国那些当被子盖的褥子。这些褥子不是我们的那种，而是用非常细软的羽绒包在洁白的织物里，在好旅店里都有。床垫即使在德国就不是这样的，用作被子不可能感到舒服。

我真诚相信，蒙田先生要是只与他自己的随从一起，宁可从陆路朝着克拉科夫或希腊过去，而不会转身到意大利。他就是喜欢漫游于陌生的国家，他觉得这才是甜蜜的乐趣，以致忘

了自己年龄与健康上的弱点，他做不到让同行的人感受这种乐趣，他们每个都只想往回走。他经常说，度过不安稳的一夜后，到了早晨想到他又要去参观一座城市和一个新地区，立刻就会满怀希望、心情愉快地起床。我从来没有见他精神这么抖擞，也从不唠叨自己的疾患，不论在路途中或在旅店里，心思都那么专注于他将遇到的东西，寻找各种机会跟外人交谈；我相信这使他分心而不思他的病痛。

当有人向他抱怨说，他经常带领大家绕道不同的路径和地区，又几次回到离他出发前很近的地方（他的确是这样做，不是听了人家说那里有什么东西值得一看，就是自己根据情况改变主意），他回答说他本人除了现在待的地方以外哪儿都去，他不能错过和绕过他的路线，他的意图无非是到陌生的地方溜达。只要让他不重走老路和两次看到同一地方，他不去改变他的计划。

至于罗马，那是其他人的旅行目的地，什么人都去过，就是一名跟班也能跟他们说说佛罗伦萨和弗拉拉的情况，这反而使他去哪儿也不想去看罗马。他还说自己好像是这么个读书人，只怕没一会儿就把某篇有趣的故事或一部好书读完。同样，他那么喜欢漫游，就是不爱走近他必须停留的地方。如果他单独出行的话，会准备好几个随心所欲的自由游计划。

星期日上午，他希望重睹加尔达湖，这在当地是很出名的，鲜美的肥鱼也都出在那里；他租了三匹马给自己、卡萨利领主和马特科隆领主，每匹二十巴岑；埃斯蒂萨克先生另租了

两匹给自己和奥托瓦大人。他们不带任何仆人，那天把自己的马留在（罗韦雷托的）旅店，到

托博拉（八里）去吃中饭。蒂罗尔管辖区的小村。坐落在这条大湖的头上，在这头的另一边，有一座小镇和一座叫里瓦的城堡，他们从湖上去那里，来回各五里，由五名船工约划了三小时左右走完全程。在里瓦城堡没有什么可看的，除了一幢塔楼看起来非常古老，碰巧还遇见了福多那托·马特吕奇奥大人，是当前特兰托主教、红衣主教马特吕奇奥的弟弟。俯视大湖一望无际，因为它的长度有三十五里。他们所能见到的宽度仅仅是五里。湖的头部属于蒂罗尔伯爵，湖的脚部两岸都归威尼斯领主，那里有许多美丽的教堂和美丽的花园，栽满橄榄树、橘树和其他果树。这条湖遇到暴风雨则波涛汹涌。湖四周的山，据大人们说，比我们一路看到的都要荒瘠干燥。从罗韦雷托起，他们越过阿迪杰河，把前往维罗纳的路留在左边，直至一条深谷，见到一座狭长的村子和一座小镇；这是他们走过的最崎岖的道路和最荒野的景色，因为四周都有高山封路。从托博拉起，他们又回到

罗韦雷托（八里）吃晚饭。他们把行李放在筏子上，在德国称为 Flotte，花一弗罗林借阿迪杰河这条水路运到维罗纳；第二天我负责押运。第一次运送时在船上给我们吃荷包蛋、大量各种肉类的同时还有一支串烧。

第二天星期一上午，他们一大早就动身；走上这条居民还
多的山谷，但是土地不肥沃，两旁是高高的童山秃岭。他们到

博格赫多（十五里）吃中饭。还是属于蒂罗尔伯爵领地，
这个伯邑很大。关于此事，蒙田先生问人，我们经过的峡谷和
眼前呈现的山峰是不是不包括在内，他得到的回答是那里有好
多这样的峡谷，又宽阔又肥沃，还有其他美丽的城市，我们看
到的就像是一条折叠的长裙，若把它摊开，蒂罗尔就会是一个
非常大的国家。那条河一直在我们右边。

早饭后从那里出发，我们[1]走同一条路直抵丘砦，这是威
尼斯人赢得的一座碉堡，建在俯视阿迪杰河的一个山坳里，我
们沿着山坳走在一条陡峭的石坡上往下去，马匹也走得踉踉跄
跄，穿过这座威尼斯国驻扎了二十五名士兵的碉堡；我们在走出
博格赫多以后却在威尼斯领土上走了约一两里路。他们走到了

沃拉尼（十二里）住宿。村子小，民房简陋，就像从这里
直到维罗纳一路上的房子一样。当地领主不在，从城堡里走出
了一位闺阁小姐，她是主人的妹妹，向蒙田先生赠酒。

第二天早晨，他们完全把群山抛在右边，也远离左边绵延
的丘陵。他们很长时间走在一块贫瘠的平原上，然后走近那条

---

[1] 从博格赫多到维罗纳这段文字使编者不知如何理顺。既然"秘书"已经押船去维罗纳，这里"我们"应该不包括"秘书"本人。后面有时又用"他们"，仅指蒙田等人。最后决定按照原文实录。混淆之处在于代词"我们""他们""我"的混用。

河流时，土质才较为良好与肥沃，葡萄枝都挂在树上，这是这个国家从罗马时代留传下来的习惯种植法。他们在诸圣瞻礼节做弥撒前抵达

维罗纳（十二里）。城市面积相当于普瓦蒂埃，在阿迪杰河上建有一座大码头，河流穿越城市，上架三座桥。我带了行李前往那里。要不是在特兰托开出了卫生检验证，在罗韦雷托又通过认可，这些行李是进不了城里的，虽然没有什么瘟疫的传闻；这是出于惯例，或者是要在检验证的费用上再捞取一些钱。

我们去参观穹顶大教堂，他①那天在大弥撒时觉得有些人的举止很奇怪。他们在教堂唱诗时照常说话，不脱帽，背朝祭坛，只有在举扬圣体时才做出在做礼拜的样子。望弥撒时有管风琴和小提琴伴奏。我们也参观了其他教堂，那里没有什么突出的东西，更没有女性美的点缀。

他们还参观了圣乔治教堂，那里德国人留下许多遗物证明他们在这里待过，还有不少纹章。此外还有一段铭文，记载几位德国贵族跟随马克西米连皇帝从威尼斯人手中攻下维罗纳，在一个祭坛上放了一部不知什么著作。他注意到这点，这个领邑不忘保存自己城市失策的证物；它也同样完整保存斯卡里杰的殉难领主颇有气派的墓葬。我们住的那家希瓦莱旅店，是一

---

① 应指蒙田先生。

家很好的旅店，招待我们的菜肴花样迭出，埋单也比在法国贵上四分之一。其中一个墓葬就属于那位主人的家族。

我们也参观了那里的城堡，由城堡的守卫军官全程陪同。领邑在里面保存了六十名士兵；还有，据人家当时亲口对他说，既防外国人也防城里的市民。

我们见到一群修士，他们自称圣哲罗姆的耶稣会修士。他们不是教士，也不做弥撒或布道；大部分人不学无术；他们自诩有一手高超的酿制橘花汁或类似水的技能。他们到哪儿都穿白衣，戴白色小帽，外罩一件棕黑色袍子；其中有许多英俊的年轻人。他们的教堂整齐清洁，他们的膳堂也是，那里餐桌已经准备好吃晚饭。他们看到那里有几间还是罗马时代的老房子，他们说那里原是一座梯形舞台，再用地下挖掘出来的其他木材拼搭而成。从那里回来时，我们发现他们已为我们把他们的小室熏了香，让我们进入一个满是小玻璃瓶和陶罐的小间，给我们熏香。

我们在那里看到、他也说是他一生中见过最美的建筑，那是他们称为角斗场的地方。这是一座椭圆形梯形剧场，差不多所有的座位、所有的拱和外围建筑全都一目了然，除了外层结构的极端部分，总之剩下的遗迹足够让人看明白这些建筑昔日的形式与用途。领邑使罪犯以劳役代刑，修复了若干部分；但是离完整恢复原状相差甚远。对于城市是否有力量进行这项修复工程他也深表怀疑。它是椭圆形的。有四十三层台阶，每层高一尺多，最高处一圈约六百步。当地的贵族还在这里比武和进行其他公众娱乐。

我们也见到了犹太人,他去了他们的会堂,跟他们谈到不少有关他们仪式的问题。

那里有几处美丽的广场和整齐的市场。从那座高耸的城堡,我们看见平原上的曼图亚,在我们这条路右面二十里处。他们那里铭文比比皆是;因为不论在城里或大路上修复什么小水沟,总是刻上城市最高行政官和工匠的名字。他们这点跟德国人一样,就是富人和其他人都有标识;在德国,不但是城市,即使大部分乡镇也有自己的纹章。

我们从维罗纳出发,出城时看见神迹圣母堂,以出现许多神奇的事迹而闻名,也因此予以翻修一新,加了一圈非常美丽的圆形外墙。那里的钟楼在许多部位盖了横卧的砖瓦。我们穿越一个生态不同、时而肥沃、时而贫瘠的狭长平原,左边远处是山,右边也有几座。我们一口气赶到

维琴察(三十里)吃晚饭。这是一座大城市,略小于维罗纳,到处是贵族宫殿。

第二天我们看到不少教堂,那时广场上正在办集市,集上许多小店都是用木头临时搭建的。

我们也看到了几位耶稣会修士,他们在那里有一座美丽的修道院;还看到了他们的制水店,向群众公开出售,我们花了一埃居买了两瓶花水;因为他们把它作为包治百病的万灵药推销的。他们的创建人是乌尔班五世教皇时期的圣约翰·哥

伦比尼，锡耶纳贵族，他是在一三六七年建立的。目前尼古拉·德·贝尔维奥是他们的保护人。他们只在意大利建修道院，有三十所。他们的住所非常舒适。他们说他们每天鞭打自己。每人在祈祷室自己的位子上都有小铁链，在那里向上帝不出声默祷，到了一定时刻就集中在这里。

那时陈酒已经快要断档，这令我为他的肠绞痛担心，他就是喝这些浊酒才有奇效。德国的酒令人怀念，虽然它们大部分加上香料，正是不同的香味才叫德国人喝了喜欢，即使用鼠尾草也行。他们称之为鼠尾草酒，喝惯了味道也不坏；说到底，酒还是醇厚可口的。

我们星期四午饭后离开那里，走一条非常平坦宽阔的直道，两旁是沟渠。地面稍高，四周都是非常肥沃的土地，像前面那样远处看得见山岭，我们到

帕多瓦（十八里）投宿。这里的旅店在接待方面来说是无法跟德国相比的。不过他们价格要便宜三分之一，跟法国的相近，这也是事实。

城市面积确实很大，以我看来城墙至少有波尔多这么长。街道狭窄难看，居民不多，很少漂亮的房子。它的地理位置非常优异，处于四周开阔的平原上。第二天我们待了一天，去参观剑术学校、跳舞学校、骑术学校，那里有一百多位法国贵族。蒙田先生认为这对我国去那里的年轻人有极大的缺陷，就是这个社会培育他们去适应他们自己国家的风俗与语言，而剥

夺他们获得外国知识的途径。

圣安东尼教堂在他看来很美。拱穹不是整体完成，而是由好几块凹面构成一个圆顶。那里有许多罕见的大理石与青铜雕像。他看到班博红衣主教雕像的脸部很有好感，显出他性格慈祥，精神上自有一种我说不出的温和。

那里有一座厅，没有柱子，我以前没见过有这么大的，他们都在这里进行审判；在厅的另一头是瘦瘦的李维头像，显得这是个博学忧郁的人，一件古代杰作，栩栩如生。他的墓碑也在那里；当他们找到他的墓碑时[1]，把它竖立在这里也是为他们自己增光，这是很对的。法学家包鲁斯也出现在宫殿的门上。但是他认为这是一件近代的作品。房子在古角斗场的中央，不值得一看，花园也是这样。学员在这里生活有条有理，主人一月七埃居，仆人一月六埃居，膳宿安排很公道。

星期六我们一早就离开，沿着河走在一条非常美丽的堤岸上，两旁是富饶的麦田，井然间隔种在葡萄地里的树木浓荫匝地，路上都是美丽的休闲屋，其中一幢房子是康塔里尼家族的，门前有一块铭牌，说国王从波兰回国途中曾驻跸于此[2]。我们前往

弗西那（二十里），在那里吃中饭。那里只有一家旅店，从旅店上船前往威尼斯。所有的船只都沿着这条河停靠这里，带

---

[1] 据《七星文库·蒙田全集》，墓碑铭文记述的不是这位历史学家，而是他家一名解放的奴隶。
[2] 指法国亨利三世国王。他当了约五个月的波兰国王，在 1574 年回国做法国国王。

着机械与滑轮，由两匹马转动，如同推动榨油的磨坊。他们把轮子放到船底下，然后滚上一块木板，推入运河上，这样驶入威尼斯所处的海面。我们在这里吃中饭；乘上一艘贡多拉，我们到

威尼斯（五里）吃晚饭。第二天是星期日，上午，蒙田先生去见国王大使费里埃先生，受到他热烈欢迎，带了他去望弥撒，留下他吃中饭。

（这位老先生，据他自己说，已有七十五岁，身体健康，性格开朗；他的谈吐与举止有一种我说不出的学究气，不太激情与尖刻；谈到我们的事务，他的意见明显倾向加尔文的改革主张。）①

星期一，埃斯蒂萨克先生与他还在这里吃中饭。对这位大使的众多评论中，这一条在他看来很奇怪，就是大使跟城里任何人都没有交往，这里的人性情多疑，如果他们哪个贵族跟他谈了两次，他们就觉得贵族这人可疑。还有这件事：威尼斯城给领邑带来一百五十万埃居收益。此外，这座城市独有的景物也为世人所知。他说他看到的跟他原来想象的不一样，没有那么出色。他对这座城市以及它的种种特点都观察得极为细致。政府治理、位置、兵营、马可广场和蜂拥而至的外国游客，在他看来都是了不起的事。

---

① 据盖隆的意见，括号内的那段是蒙田笔迹，是他事后添加在边白上的。

十一月六日①星期一吃晚饭时，韦罗尼卡·弗朗哥夫人，威尼斯贵妇，遣人给他送来她写的一部诗文集；他赏了来人两埃居。

星期二午饭后，他腹绞痛持续了两三个小时，看他的样子不是最厉害的，晚饭前先后排出两粒大结石。

他没有在威尼斯女人身上见到大家竭力推崇的绝世美貌，但是却见识了以美色为职业的最高贵名妓。看到这么一个群体，约有一百五十人左右，购买家具、服饰出手如同公主；完全以色相维持这样水平的生活，这在他看来也实在惊讶不已。当地许多贵族在众目睽睽之下包养妓女。

他租一艘贡多拉给自己日夜使用，付两里弗尔，约合十七苏，船夫则不必开销。这里食品跟巴黎一样昂贵；但这是世界之都，生活还是相对便宜的，因为这里随从对我们是一点不需要的，每人都是单独出行，衣服的花费也如此，此外根本不用骑马。十一月十二日星期六，我们早晨从那里动身，到了

弗西那（五里），在那里花了两埃居连人带行李一齐登上一艘船。他平时一直怕水；但是相信这是水的流动使胃不舒服的，于是愿意试一试这条平稳缓和的水流是否也会伤胃，尤其船还是用马拉的，他试了试，没感到不舒服。在这条河上必须经过两三道闸门，不时要给旅客开启和关闭。我们从水路到

---

① 据《七星文库·蒙田全集》，另一版本为11月7日。

帕多瓦（二十里）住宿。卡萨利先生在这里离队，留下来当寓公，每月七埃居，膳宿皆很好。他还可以花五埃居雇个跟班，而且这是最高级的公寓，有说话投机的人做伴，主要是米拉克大人，乃萨拉尼亚克领主的儿子。他们平时不用跟班，只是公寓的一名仆人或者几个女用侍候他们，各人都有自己干净的房间。房间里的炉子和蜡烛都自己解决。旅客接待从我们看到的来说很好；生活开支非常低。我认为这是许多外国人，即使不再做学生，还住在里面的原因。这里没有骑马和带了跟班进城的习惯。我在德国注意到每个人即使手艺工人都腰佩长剑；在这块领主的土地上，正巧相反，没有人佩剑。

十一月十三日星期日中饭后，我们出门去参观在我们右边的温泉浴场。他直接前往阿巴诺。这是山脚附近的一个小村庄，上去三四百步有一块多石头的小高地。这块高地很宽阔，从山岩间流出好几条滚烫的温泉。泉眼四周太烫不能洗浴，饮用更不行。温泉流经的边上留下灰色痕迹，就像烧过的尘土。形成许多沉积物，样子像坚硬的海绵。味道有点咸，带硫磺气。整个地带雾气弥漫。因为泉水在平原上到处流转，把热气与气味都传播至远处。

那里有两三间接收病人的简陋小屋，把温泉的水引至屋内就成了浴室。不但有水的地方冒气，就是山体的裂隙与豁口都冒气，使得到处都热气腾腾，以致他们在有的地方打个洞，容一个人能够躺下，借这股热气暖身和出汗。这样做立竿见影。他让这水沉淀散热后含在嘴里，他觉得这水比什么都要咸。

我们再往右边走，发现普拉格里亚修道院，它以美丽、财富与热情接待外来人而闻名遐迩。他没有要求去，声称这整个地区，尤其是威尼斯，他今后有空会再去的①，也没把这次参观当一回事；然而他那时所以计划这次旅行，本来就是执意要游览这座城市。他说过他若不重睹威尼斯，待在罗马或者意大利其他地方都不会安心。由于这个原因，他改变了自己的路线。他抱着这个希望，在帕多瓦把他在威尼斯购买的红衣主教库萨努斯的作品交给了一位法国教师弗朗索瓦·布尔杰。

我们从阿巴诺到了一块叫圣彼得的低地，群山贴近我们右边。这是一个绿草如茵的牧区，在有些地段同样也是弥漫温泉的蒸气，有的泉发烫，有的泉稍温，也有冷泉。味道比一般的清淡，硫磺气味也较弱，除了微咸以外几乎什么味道也不觉得。

我们找到一些古建筑遗迹。周围有两三间小屋供病人栖身；但是实际上这一切都很荒凉，我决不会把我的朋友送到这里来。他们说这是领邑当局对这事漠不关心，害怕外国领主来到这里。他说，最后这几处浴场使他想起达克斯附近的普莱夏克浴场。这里的水发红，在舌头上留下土渣；他体味不出任何味道，相信这里的水更多铁质。

我们从那里经过一幢非常美丽的房子，属于帕多瓦的一位贵族的。埃斯特红衣主教患痛风住在里面已有两个多月，享受

---

① 据唐纳德·弗莱姆的版本注解，以后他没有再去过，据推测他这个计划可能因为他被召回当波尔多市长而没有实现。

温泉的治疗，更有威尼斯美女做伴。我们到了离那里不远的

巴塔格里亚（八里）住宿。坐落在弗拉辛运河上的山村，河水很浅，有时只有两三尺深，然而运送的船只大得出奇。我们在那里用的是陶土和木头餐具，没有锡制的；其他一切还可以。

星期一上午，我骑了母骡往前赶路。他们沿着运河的堤岸去看在五百步外的浴场。据他后来说，只有一家浴场有十到十二个房间。他们说五月或八月，那里会来许多人，但是大多数住在村里或者埃斯特红衣主教现在住着的庞奥领主城堡里。温泉的水从小山洼往下流，通过渠道进入这家浴场和下面地方；他们不喝这水，喝从圣彼得运来的水。这水从这同一条山洼通过附近好喝的甜水渠道下来的。根据途经的长短，水的温凉也不同。他登上山顶去看这个泉源；他们不让他看，只说水来自地下打发他走。他觉得喝在嘴里味道不浓，像圣彼得的水一样，很淡的硫磺味，很淡的咸味；他想谁喝了，也就像喝圣彼得的水有一样疗效。从这些管子里过来的水也是红的。在这家店里有浴池和病人伸出病腿在上面滴水治疗的场所。有人对他说，一般说来，治头痛则滴在额头上。

在温泉水渠流经的一些地方，他们还造了若干小石屋，人关在里面打开渠道的气门，蒸气与热量立刻令人出一身大汗；这是干烤炉，还有几种不同形式。

这里最主要的是泥土浴。房屋下面有个无盖的大浴池，用

一个工具把泥土取到附近的房间。房里有一只木桶,把泥土灌进,然后又有许多用于大腿、手臂、臀部和其他部位的木制工具,把有病的肢体放入合上。泥土可以根据需要更换。这泥土像巴博丹的土那么黑,但是没那么多颗粒,更肥,温度适中,几乎没有气味。这些浴场除了离威尼斯很近之外没有多大优势。这里一切都因陋就简,死气沉沉。

他们早饭后离开巴塔格里亚,沿着这条运河走。运河两旁都筑有小路,人称双路运河。过去不久他们就遇到运河上的那座桥;在这地方的堤岸外面建了几条公路,与小路同样高,旅人在公路上来来往往;堤岸内的公路往下直至运河底的水平。在这里有一座石桥,把这两条路连接,运河通过这座桥从一个拱顶流至另一个拱顶。在这条运河上有一座非常高的桥,桥下通过走这条运河的船只,桥上则走要过这条运河的人。在这块平原的深处另有一条大溪,源自群山之间,流经这条运河。为了使水在运河里畅通无阻造了这座石桥,桥的上面走运河的水,桥的下面走溪流的水,运河两旁插上木板断流,以便溪水能够载船。这样在宽度与高度上有足够的空间。然后在运河上有其他船只不停地驶过,在最高那座桥的拱面上有马车奔跑,这里有三条重叠的道路[①]。

从这里起,运河一直在我们右边,我们绕着一座叫蒙斯里

[①] 据加拉维尼版本的注释:尽管当年的编辑煞费苦心把这段文章整理校勘,还是没能把这段描写梳理清楚。并说人们可以这样理解,只是说运河上有一座桥走车辆,另一条水道让水从木渠中流走而已。唐纳德·弗莱姆的译本注则说:"至少这点是清楚的:有一条山溪通过人造堤岸流经运河,运河在这个地方流过一条栈道。栈道上有一座桥跨过。"

斯的小城走；城处在低地，但是其城墙缘山直至山顶，里面有一座古城堡，属于这座城市的古代领主，今已成为废墟。我们把山留在右边，走左边那条道路。这条道路稍高、漂亮、平坦，逢上季节必然形成一片浓荫。在我们两边都是非常肥沃的平原，根据当地的习惯，麦田中有成排的树木，葡萄藤从树上挂下。身躯庞大的灰毛牛在这里已司空见惯，我也就不像看到斐迪南大公的牛那样大惊小怪了。我们相会在一条堤岸上，两旁都是沼泽地，宽度要超过十五里，目光看不到边。从前这里是大河塘，但是领邑存心把河塘抽干以便作为耕地；在某些地段获得成功，但效果甚微。目前只是一块无边的烂泥地，种不了东西，长满芦苇。企图改变土地，却得不偿失。

　　阿迪杰河在我们右边，我们站在连接两艘小船的木板桥上渡河；两船可以承载十五到二十匹马，攀着一根系在五百多步外、浸在水里的绳索前进；为了不让绳索在空中摇晃，这中间有不少小船，用小叉子撑着这根长绳。我们从那里到

　　罗维戈（二十五里）住宿。那时还是属于威尼斯领邑的小城。

　　我们住在城外。他们给我们上盐块，这里的人吃起盐来就像吃糖块一样。这里的食物其实不比法国少，虽然有人历来不是这样说的，他们的烤肉不夹膘照样味道不差。他们的房间没有玻璃和封窗板，不及法国的干净；床更舒适更平整，放上许多床垫，但是床的天盖都只有小的，线脚也不整齐，白床单也

是小里小气的。谁单独去住或者一行人没什么排场，连这个也不给。价格跟法国差不多，或许还贵些。

这是杰出的塞里厄斯的诞生地，他自称罗蒂奇努斯。城市秀丽，还有一座十分漂亮的广场，阿迪杰河穿越城中。

十一月十五日星期二上午，我们离开那里，在一条像布卢瓦的堤岸上走了很久，穿过在我们右边遇见的阿迪杰河，然后又走在与前一天相似的桥上穿过我们左边遇见的波城河；只是在这座木桥上盖有一间小屋，过桥人都在这里付过桥费；根据印在上面的告示：他们渡河中途干脆停船算账，付清款项后才停靠岸边；他们在一块低地上岸，觉得这块低地在雨季必然泥泞难行；他们一路不停，在晚间到了

弗拉拉（二十里）。为了护照与健康证书，他们被拦在城门外停留很久，人人都是如此。城市像图尔那么大，坐落在一块平坦的地区；有许多宫殿；大部分街道宽而直；人口不多。

星期三上午，埃斯蒂萨克与蒙田两位先生前去吻公爵的手。有人向公爵汇报他们的意图，他派了自己朝廷里的一位领主接待他们，领他们进入他的小室，他与其他两三人待在那里。我们通过许多关闭的房间，里面有好几位衣着华丽的贵族。有人让我们大家都进去。我们发现他站在一张桌子旁等着他们。当他们进去时他伸手脱帽，蒙田先生向他说话，时间还不短，他一直没戴帽子。他首先问他听不听得懂他的语言。听

到肯定的回答后,他用非常诚恳的意大利语告诉他们,他是非常笃信基督的国王的侍臣,身受重托,非常乐意见到这个国家的贵族。他们还一起谈了些其他话,然后退了出来,公爵大人始终没有戴上帽子。

我们在一座教堂里看到阿里奥斯托的侧面像,面庞要比他在自己的书中丰满;他逝世于一五三三年六月六日,享年五十九岁[①]。

这里他们把水果放在盘子里。路面都用铺砖。在帕多瓦,柱廊连绵不断,给散步者带来极大的方便,任何时刻不会雨淋日晒,地上不沾泥,在这里则没有这些柱廊。在威尼斯路面铺的是同样材料,有坡度,因而也没有土。

我原先忘了说到威尼斯的一件事,我们离开那天,一路上看到好几艘船船舱里装满了淡水,一船水卖给威尼斯可得到一埃居,大家用于饮用或染衣物。在弗西那我们看到几匹马不停地转动一个轮子,把水从一条小溪车到一条运河,船就在下面接水。

我们整天在弗拉拉,参观了不少美丽的教堂、花园和私宅。在他们给我们介绍的奇事中,有一件是耶稣会修道院中有一棵玫瑰树,一年中每个月都开花;那时正好有一朵开着,他们送给了蒙田先生。我们还看见了公爵下令建造送给他的新夫人的彩船。他的新夫人美丽动人,比他年轻许多;他造船是为

[①] 1533年,恰是蒙田诞生那年,蒙田青年时代非常喜爱诗人阿里奥斯托;但是奇怪的是,蒙田在《随笔集》中提到他在弗拉拉见到了发疯关在医院里的塔索,在旅行日记中却丝毫未见提起。

了载了她在波河上畅游,与威尼斯的船只争锋①。我们也参观了公爵的兵营,那里有一门大炮,炮筒三十五拃长,炮口直径有一尺。

我们喝的新酒是浑的,水也像刚从河里来的那么浑,使他害怕引起腹泻。

旅店的每个房间门上都写着:别忘健康证书。人一到必须把姓名与人数报送至官署,官署批准后旅店才可以留宿,否则就不行。

星期四早晨,我们动身,走上一个平坦、非常肥沃的地区,遇上泥泞天气,走路的人步履艰难,尤其伦巴第土地非常肥,道路两旁都有沟,他们没有地方可以躲开泥潭,以致当地许多人穿半尺高的小木跷走路。晚上我们一刻不停地到了

博洛尼亚(三十里)。美丽的大城市,面积与人口都超过弗拉拉许多。

在我们下榻的旅店,年轻的蒙吕克领主已先我们一小时而至,他从法国过来,为了参加武术骑术学校而留在该城。

星期五,我们看见那位威尼斯人的剑术,他自吹发明了几个新招,从无敌手;他的招式确也与普通的不同。他最优秀的学员是一个波尔多青年,名叫比内。

我们在那里看见一座方形古钟楼,结构倾斜,仿佛摇摇欲

---

① 当时意大利土地上各公国贵族皆以造华丽的游船炫富。

坠的样子。我们也看见理工学院,用于这类用途的建筑我还没有见过更美的。

星期六午饭后,我们见了几名优伶,这使他很高兴,又不知怎么的感到多年来未有的头痛;同时,他说两腰长久以来习惯的这种痛苦感觉全失,腹内轻轻松松的就像从巴涅尔回来时那样。他的头痛也在夜里消失了。

这个城市到处是气派非凡的柱廊和许多华丽的宫殿。那里的生活犹如帕多瓦那么便宜,或者相差不多。但是城市不太平静,城内大族自古以来心存嫌隙,一族一直得到法国人的支持,另一族背后有当地人数众多的西班牙人撑腰。广场上有一口非常美丽的井。

星期日,蒙田先生原先要走左边那条路,朝伊莫拉、马尔凯区的安科纳、洛雷托,最后到罗马。但是一个德国人告诉他,他在斯波莱托公国遭到强盗抢劫。这样,他决定走右路去佛罗伦萨。我们一下子闯入了多山地区的一条崎岖道路,到

洛亚诺(十六里)住宿。一个生活很不方便的小村庄。村内仅有两家旅店,在意大利的旅店中颇有宰客的名声,在他们住进去以前,花言巧语,什么服务都可以答应;当旅客一旦入彀以后,就不理不睬。这一切已有公论。

我们第二天一早离开,直到傍晚走的那条道路,真可算得是我们踏上旅途以来遇到的第一条坎坷之路,山路崎岖难行也是这次旅行中所不曾遇到的。我们来至

斯卡佩里亚（二十四里）投宿。托斯卡纳地区的小城，出售大量箱盒、剪刀和类似的小商品。

蒙田先生对于旅店主人争相邀请住店感到有趣之至。他们都有这样的习惯，派人到七八里路处去拉外地来客，说服他们选择自己的旅店。经常还看到店主亲自骑了马去，在不同地点好几个衣着讲究的人窥测着你。他一路上就是逗他们，让各人给他提出各种优惠寻开心。他们没有什么不答应的①。其中有一人向他提出，他只要去看一看他的房子，就愿意完全免费送他一只兔子。他们拉客抢生意到了城门口戛然而止，不敢再说一句话。他们一般还有这样的做法，给你免费提供一名骑马的向导，给你带路，把你的部分行李送到你下榻的旅店。这是他们的惯例，费用也由他们支付。我不知道这是否由于旅道危险法律规定他们这样做的。

我们从博洛尼亚开始，就为我们在洛亚诺的费用与接待讨价还价。我们受到下榻的旅店和其他地方的揽客所逼，他就派我们中间一人去打听所有旅店、伙食与酒，比较各方面的条件，然后我们再下马，接受最好的那家。但是你再会杀价也逃不过他们的圈套，因为他们会让你没有木柴、蜡烛、纺织用品，或者你忘了指定的饲料。这条路上商旅不绝如缕：因为这是前去罗马常走的大道。

在这里有人提醒我做了一件傻事，竟会忘了去看一看离洛

---

① 原文中有一条意大利语按语，不知系谁所加。按语是："即使送上少男少女也行"。

亚诺十里、离大道两里的一座山顶，逢上暴风雨天或者夜里，可以看到山顶蹿出极高的火焰，告知的人还说有时还喷出有图像的小钱币。真该去看看这是怎么一回事①。

第二天早晨我们离开斯卡佩里亚，由旅店主人当向导，走上一条美丽的小道，夹在好几座有居民、有耕地的山谷中间。我们向右绕道约二里地去看佛罗伦萨公爵造了有十二年的一座宫殿，他在这里运用他的天然五官功能来美化它。他好像有意选择一块先天不足的荒山野林，甚至找不到泉水的地方，这样可以自豪地从五里地外找来水，又从另外五里地外找来沙子和石灰。这里没有一样东西是平坦的。一眼望去是几座丘陵，在这个地区也是极普通的地貌。宫殿名称叫普拉托里诺。房屋从远处看来毫不起眼，但是近看则美不胜收，虽然及不上我们法国最美丽的建筑。他们说里面有一百二十间带家具的房间；我们参观了十到十二个最美的。家具很美，但是不算富丽堂皇。

那里有一个神奇的山洞；有许多层和许多洞穴，这部分景物超过我们在其他地方所见的。山洞内到处镶嵌和铺砌某种他们说是从某些山上搬运来的材料，用钉子不露痕迹地拼贴一起。水的流动不但会放出音乐与歌声，还会旋转和启动不同层面的许多雕像和门，有些动物会跳下身去吸水和做诸如此类的事。只需机关一拨，整个山洞充满水，所有座位都从座板上向你喷水。你要逃出山洞，往城堡的楼梯上爬，两格一跨往外

---

① 大多数编者认为这段话应该是蒙田添加的按语。

跑，那他真是在自找乐趣，一千道细水柱浇得你通体湿透，直至你上了房顶上才罢休。

这地方的美妙与丰富无法细述。城堡下面有许多东西，还有一条宽五十尺、长五百步左右的走道，花了巨资把它差不多做平。两旁每隔五步或十步都有非常美丽的条石栏杆；沿着栏杆的墙面都有喷泉管，以致走道除了喷泉管以外没有别的。水池底下是一个美丽的喷泉，通过装在一尊大理石洗衣妇雕像内的一根管子，把水灌入大池。她正在搅一条大理石桌布，水就从这上面的管子流出，下面还有一个桶，这里用以洗衣的是热水。在城堡的大厅里也有一张大理石桌子，周围有六个座位，每个座位前可以用环掀起大理石盖子，盖子下都有一个与桌子相连的槽。每个槽里都放出泉水用于清洗每人的杯子，中央则是一个大槽置放酒瓶。

我们还看到地里有几个大洞，里面全年储存大量冰雪，把它放在一层染料木草上，再盖上麦秆如同小粮仓，高高的像个金字塔。这样的冰库比比皆是。他们还在建造一个巨人身躯雕像，一只眼睛的宽度就达三肘长，其他部分可以按此比例推算，从中涌出的泉水流量丰富。那里有千余口井和河塘。这些都是通过无数地下管道来自两眼井泉。我们在一只极其美丽的大笼子里看到一些小鸟，如金翅鸟，在尾巴上有两根长羽毛，像阉鸡一样。还有一间奇异的蒸汽浴室。我们在那里待了两三个小时，然后重新上路，走某些丘陵上的高地到

佛罗伦萨（十七里）。城市比弗拉拉小①，坐落在一片平原上，四周是耕田良好的小山。阿尔诺河横穿全城，到处有桥梁连接。城墙周围没有壕沟。

他那天排出两块结石和不少尿沙，除了小腹有点疼痛以外也没有其他感觉。

同一天，我们参观了大公爵的马厩，很大，拱顶，没有多少名狗，他那一天也不在那里。我们看到一头样子奇异的绵羊；也看到一头骆驼、几只狮子、狗熊和一头野兽，其体大如巨型猎犬，形状似猫，花纹黑白相间，他们称为老虎。

我们参观圣洛伦佐教堂，那里还悬挂着我们在斯特罗齐元帅率领下在托斯卡纳失去的旗帜②。在这座教堂里还有好几幅平面油画和由米开朗基罗创作的非常美丽的雕像杰作。我们参观了非常雄伟的穹顶教堂，钟楼贴面都用黑与白的大理石；这是世界上最美与最华丽的建筑之一。

蒙田先生说直到那时他还没有见到哪个国家像意大利那么缺少美女③。那些房屋他觉得要比法国和德国差许多。肉类数量也不怎么丰富，仅及德国一半，做得也马虎。这两个地方上菜都不加油；但是在德国调料更好吃，沙司与汤的花色也多。意大利的居住条件很差；没有客厅，窗子大，开得也大，只有一块木头的大挡板，你要用来挡风挡太阳，也就把光挡住了。他

---

① 原注说这个说法显然是不对的。
② 指1554年托斯卡纳的马西亚诺一战中，斯特罗齐被托斯卡纳皇帝的大将马里尼昂侯爵击败，损失一百面旗帜。
③ 然而蒙田在《随笔集》第三卷第五章中却有不同评价："他们的美女一般比我们多，丑女比我们少；但是说到国色天香，我认为我们不相上下。"

觉得这比德国没有窗帘更不可容忍和不可救药。此外，他们的房间简陋，天盖破旧，每个房间最多一顶，下面带一张破床。谁不喜欢睡硬床，那就感到很不舒服。床单至少同样糟糕。酒一般更差；谁讨厌淡而带甜的味道，在这个季节简直不好忍受。价格确实要便宜一些。有人说佛罗伦萨是意大利最贵的城市。我在主人抵达天使旅店以前跟他们砍价，人与马每天七雷亚尔，仆人四雷亚尔。

同一天，我们参观公爵的宫殿，他喜欢在里面自己动手做，仿制东方宝石，切割水晶：因为他是个迷恋炼金术和器械原理的亲王，尤其是位大建筑师。

第二天，蒙田先生首先登上穹顶最高层，看到一只鎏金铜球，从底部看是个球那么大，人到了里面证明可以容纳四十人[1]。他看到这座教堂墙面镶嵌的大理石，即使是黑的，许多部位在霜冻与日晒之下已经开始褪色与开裂；因为这件作品色彩斑驳，做工复杂，这使他怀疑这不是真正的天然大理石。

他要参观那里斯特罗齐和贡迪家族的房子，还住着他们的一些亲族。我们还访问了公爵的宫殿，里面有他的父亲科齐莫命人画的攻克锡耶纳和我们败阵的壁画。此外，在这座城内许多地方，尤其在这座宫殿的老墙上，百合花还是占最光荣的地位[2]。

埃斯蒂萨克先生和蒙田先生受邀跟大公爵——他们这里是

---

[1] 据《七星文库·蒙田全集》，或系"四人"的笔误，因为球的直径仅两米四。
[2] 这两个意大利家族中有几房是法国后裔贵族。

这样称呼他的——共进午餐。他的夫人坐主位；公爵在下；在公爵下面的是公爵妻弟的夫人，再下面是公爵夫人的弟弟，也即后者的丈夫。这位公爵夫人在意大利人眼里是美女，容貌好看威严，有他们喜欢的那种隆胸大奶子。在他看来她很有能耐把这位亲王迷住，长期以来对她崇拜不已。公爵是位肤色黝黑的胖子，跟我一样高矮①，四肢粗壮，举止表情非常客气，穿过身着华服的朝臣中央一直脱下帽子。他外表健康，四十岁正当壮年。

在桌子的另一边是红衣主教和一个十八岁青年，他们是公爵的两个弟弟。有人托着盆子给公爵和他的妻子送来饮料，盆里有一只无盖的玻璃杯放满酒，另一只玻璃瓶放满水；他们拿起那杯酒，酌量倒入盆内，然后自己在里倒满水，把杯子再放回到司酒官给他们端着的盆里。他勾兑了好些水；而她几乎没加。德国有使用大得过分的杯子的恶习，这里恰恰相反，杯子都小得出奇。

我不知道为什么这座城市有特权享有"美丽之城"之称，它美丽，但是并不超越博洛尼亚，稍胜弗拉拉，但跟威尼斯无法相比②。从钟楼远望，山岗四周两三里的圆周内，房屋层层叠叠看不到边，城市所处的那块平原纵深长度约为两里，楼宇栉比鳞次，一幢接一幢，这景色确实十分壮观。城内街道都铺石板，既不定形也无规则。午饭后，他们四位大人和一名导游

---

① 据原注，这句话应是蒙田所加。
② 此话也应是蒙田所写。但是蒙田后来又承认："佛罗伦萨被称为美丽之城确实是有道理的。"

乘上驿车去参观人称"卡斯特洛"的公爵府。府内本身没什么值得一看的,但是有几处不同的园林,筑在一片山坡上,以致每条往前直走的道路都是带坡的,然而缓慢很舒适。横走的道路则是平而直。那里还有许多香味很足的树:如雪松、柏树、橘树、柠檬树、橄榄树组成的绿廊,树枝缠绕交叉,上下密密匝匝,就是阳光最强烈时也可看出照不透;雪松与其他树排得整整齐齐,一棵棵挨得那么近,只容三四个人可以进去。

那里除了其他东西以外还有一个养鱼池,中间有一块仿天然的人工岩石,外表看来像是冰雪,公爵利用这种材料把普拉托里诺岩洞封盖。岩石上是一尊铜制大雕像,一个白发老人,坐在地上,双臂交叉,从胡子、前额、毛发上不停地有水滴得满地都是,这水表示的是汗水与眼泪,泉水除此也没有其他管子。

在别处他们也饶有兴趣地看到我在前面注意到的东西。他们在花园内散步与观赏奇珍异物,园丁有意离开让他们自由行动,他们在某个地方观赏一些大理石雕像,他们脚下与大腿之间有无数小孔喷出细得肉眼难辨的水柱,如同突然遭遇到一场讨厌的毛毛雨,浇得他们一身是水,其实只是园丁在两百步外操纵一个地下装置,可从外面巧妙地把这些水柱随心所欲升高降低,左右旋转。这样的机关在那里有好几处。他们也看到那眼主泉,通过渠道从两尊巨大的青铜雕像中喷出。矮的那尊把另一尊抱在怀里,用尽全力不放松;另一尊处于半昏迷状态,头往后仰,好像要把水努力从口中吐出,力量巨大;雕像本身有二十尺之高，水柱比雕像还要高三十七法寻①。

在一棵四季常青树的树枝中间，有一间小室比他们以前见过的都要华丽；因为它被那棵树的繁枝茂叶团团裹住，只有把树枝往左右拨开，开出几个口子才能看到里面。中间通过一条不知在哪里的水管，喷出一道水穿过一张大理石小桌的中央进入小室内。这里还有音乐喷泉，但是他们没有听，因为时间已晚，他们还得赶回城去。他们在公爵府的一座门楼上看到公爵的盾形旗徽，用几根隐约可见的细枝条依靠天然的强力把几根树枝精妙地穿在一起。尤其这是花木最不利生长的季节，这在他们看来更加令人惊叹。那里还有一座俏丽的山洞，里面是各种各样仿真动物，有的用嘴巴、用肢翼、用爪子、用耳朵或用鼻孔，喷出这些井里的泉水。

我忘了说在这位亲王宫殿的一个房间里，看到一根柱子上一头四足兽的浅浮雕青铜像，栩栩如生，形状怪异，前身有鳞甲，背脊上有个像角似的肢体。他们说这是在当地山洞里发现的，几年前带到这里时还是活的②。我们也参观了王太后诞生的房间③。

为了检验这座城市的生活设施，他就像在其他城市做的那样，要看一看租房和居住条件。他觉得一切都不称心；他们告诉他要租房只有到旅店去，他看到的一些租房都不卫生，并比巴黎贵许多，也比威尼斯贵；那些简陋的租屋，供主人住的每

---

① 指特里波罗喷泉，周围有一组阿曼那蒂创作的青铜雕像，在此指赫丘利扼死安泰俄斯的故事。法寻，旧水深单位，1法寻合1.624米。
② 指1588年在阿雷佐出土的希腊神话中喷火怪物喀迈拉铜像。此物今藏于考古博物馆。后句显然是作者误听或道听途说而来的。
③ 指意裔法国王太后卡特琳·德·美第奇（1519—1589）。

月超过十二克朗。而且没有像样的娱乐,也没有武术、骑术或文化活动。

在这个地区锡器很少,食物都盛在彩陶盒内,还不大干净。

十一月二十四日星期四上午,我们从那里动身,看到这地区土地不算肥沃,居民房屋很集中,到处有耕地,道路高低不平多石头;我们一刻不停,走长途很晚到

锡耶纳(三十二里)。走了四个驿站,他们一站八里地,比我们一般的要长。

星期五,蒙田先生仔细观察这座城市,主要它跟我们几场战争有关[1]。这是一座不规则的城市,建立在一座山岗脊背上,最好的街道都分布在这里;它的两边山坡是梯田般的不同街道,有些街道又会再往上走超过原先的高度。它属于意大利美丽的名城,但还不是第一流的,面积也不及佛罗伦萨。城市面貌证实这是一座古城。泉水遍布,大部分家庭都截取水道的水留作自用。他们都有良好与凉爽的地窖。

大教堂一点不逊于佛罗伦萨,里里外外几乎都铺上这样的大理石:正正方方,有的厚一尺,有的不到一尺;这里的建筑一般都是砖头做的,他们就用大理石像护墙板那样贴在砖墙上。

---

[1] 锡耶纳人在1552年反对佛罗伦萨和神圣罗马帝国,把西班牙驻军赶走,投向法国。后来神圣罗马帝国马里尼昂在马西亚诺一战(1554)后,包围锡耶纳,城市被困,城内发生饥荒,被迫投降。

城里最美的建筑是圆形广场，又大又美，圆周四边朝着一座宫殿渐次升高，宫殿是这座圆形建筑的门面之一，弧度比其他的宫稍小。宫殿的正对面，在广场的最高点，是一口非常美丽的大喷泉池，通过好几条渠道把它灌满，人人都可在此取得清水。好几条路通过有台阶的专道汇集到这座广场上。到处都是很古的街道与房屋。最重要的是毕科洛米尼、托洛梅、哥伦比尼还有塞勒塔尼等人的房子。我们看到已经历三四百年的老屋。城市的城徽悬挂在好几处柱子上，一头母狼在给罗慕洛斯和瑞摩斯喂奶。

佛罗伦萨公爵对待倾向我们的朝臣都彬彬有礼，在他的身边的是西尔维奥·毕科洛米尼，是我们这个时代文才武功最杰出的贵族。他也像有的人主要防范自己的臣民，让他的城市巩固防御工程，自己专注于要塞的驻军与守备，不惜工本，不辞辛劳，而且疑神疑鬼，只允许极少数人可以接近。

女人大多数头上戴帽子。我们还看到在弥撒举扬圣体时还像男人脱帽致敬。我们住在皇冠旅店，颇好，但是还是没有玻璃和窗框。蒙田先生被普洛托里诺宫的门房问到他对这地方风景优美是否惊奇，他说了几句赞词后，强烈批评门窗丑陋不堪，冷杉大桌子既没有模样也无做工，门锁像我们山村里的一样既粗糙又不合用；还有空心瓦的盖法，他说若没有条件用板瓦、铅条或铜片，至少用房屋的外形把这些瓦片掩盖。门房说他会把这话转述给主人的。

公爵还保存了这座城市从前到处鼓吹自由的旧标识与箴

言。那些在锡耶纳一役中战死的法国人的坟墓与墓志铭,已在对建筑物和教堂形式进行某种改造时从原地迁至城里的某一地方。

二十六日星期六中饭后,我们对当地继续进行类似的参观,到

布翁孔文托(十二里),托斯卡纳的村寨;他们把面积不大而不足以称为城镇的封闭村庄都这样称呼。

星期日一早,我们离开那里,蒙田先生由于法国人以前与蒙塔尔西诺的关系要去那地方看看[1]。他与埃斯蒂萨克、马特科隆和奥托瓦等先生,转而走右边的道路来到了蒙塔尔西诺。他们说这座城市像圣埃米里翁那么大,建筑简陋,坐落在这地区属于最高的那座山顶上,然而交通还不难到达。他们遇上正在做大弥撒,他们也听了。在另一端有一座城堡,公爵在里面驻扎守军。在蒙田先生看来这一切不是很坚固,因为这地方另一边一百步左右有一座山俯瞰着它。

在公爵的这片土地上,大家对法国人怀着那么大的热情,提到法国人很少不是眼泪汪汪;战争带着某种形式的自由,在他们看来也比在暴政下的和平要温和。当蒙田先生询问他们这里有没有法国人的墓碑,他们说在圣奥古斯丁教堂里有好几块;但是公爵下命令把它们埋在地下了。

---

[1] 锡耶纳经过八个月的围城,1555 年投降,蒙吕克率领残军进入蒙塔尔西诺避难,建立一个小共和国,直至 1559 年,被法国国王亨利二世放弃。蒙塔尔西诺投向科姆·德·美第奇大公。

这天旅途颠簸不已，路上都是石头。傍晚时我们到了

拉帕格里亚（二十三里）。小村在贫瘠荒芜的几座山山脚下，仅五六户人家。

第二天一早，我们继续赶路，沿着一个多石头的坑洼，全程流着一条激流，我们穿越了不下一百次。我们遇到了由这位格列高利教皇建造的大桥①，佛罗伦萨公爵的领地到此为止。我们进入了教会的土地。我们遇到了阿瓜彭当特，这是一座小城，我相信它的名字取自与此地相连接的一条激流，它穿越峭壁，汹涌投入平原。我们从那里经过圣洛伦佐，这是一座城堡，又经过博尔塞纳，这也是一座城堡，再绕着那条博尔塞纳湖走；湖长三十里，宽十里，湖中央有两条峭壁，宛若岛屿，他们说峭壁上有两座修道院。我们通过这条崎岖荒漠的道路一刻不停走到了。

蒙特菲亚斯科（二十六里）。小城坐落在本地区高山之一的山头上。城小，显得年代久远。

我们早晨从这里动身，穿过一片美丽肥沃的平原，见到维泰博，城市的一部分坐落在一道山脊上。这是一座漂亮的城镇，面积如桑利斯。我们注意到那里有许多美丽的房屋，工匠满街都是，道路漂亮舒适，在小镇的三部分有三座十分漂亮的

---

① 指格列高利八世教皇建造的桑蒂诺桥。

喷泉。他原来要观赏当地的美景停下来，但是他的骡子走在前面，已经超出许多。我们在这里开始爬一块高山坡，离山脚稍远处有一个小湖，他们称为维科湖。那里有一条令人赏心悦目的山谷，四周是林木葱郁的丘岗，这在当地是罕见的宝地；我们一早从湖那里前往

龙奇格廖纳（十九里）。属于帕尔马公爵的小城和城堡，同时这些路上有不少房屋和土地属于法纳斯家族①。

这条路上有最好的旅店，因为这里是驿车常走的通衢大道。他们花五吉尔租马一天，二吉尔跑一个驿站；若租上两三个驿站和好几天租金不变，马匹的照料则不用你费心。因为一路上旅店主人会负责照顾他们同行的马匹；甚至你租的马不能再跑，他们会跟你商定在路上任何地方另租一匹。我们亲眼看到，在锡耶纳，有一个佛兰德人跟我们结伴而行，但是他是个独来独往的陌生外国人，人家还是让他租了一匹马把他带往罗马，只是走之前先付清租费；但是，除此之外马完全在你的掌握之中，你以后归还到你答应的地方则全凭你的良心了。

蒙田先生很高兴他们午晚两顿用餐较晚的习惯，这符合他的心意：在大人家下午两时吃中饭，九时吃晚饭。因而我们发现那里有些演员，到六点钟才在火把下开始演出，历时两三小时，然后再去吃晚饭。他说这是懒汉的安乐乡，大家可以睡

---

① 统治帕尔马公国的家族。

懒觉。

  第二天日出前三小时我们就出发了，他是那么急于看到罗马的街道。他觉得寒气不论早晨与晚上对他的胃同样不好，或相差不多；虽然夜色晴朗，他不到白天感觉不会舒服。离开还有十五里，罗马城已经遥遥在望，然后又长时间消失不见。路上有几处村庄和旅店。我们遇到有些地区的道路用大块石头垫铺，颇有古意，更近城市有几间破屋显然非常古老，还有几块石头教皇们令人竖立起来作为对古代的纪念。大多数废墟，以戴克里先的浴室为例，是砖头的，一种像我们一样小而朴素的砖头，不是在法国和其他地方看到的古代遗址那样又大又厚。

  从这条路进城看不出罗马的雄伟。在我们左边远处是亚平宁山，这里的景物荒僻萧索，到处是土包与深沟，队形完整的兵阵无法通过。土地裸露。没有树木，大部分寸草不生，四周十多里地差不多都无屏障，房屋也仅寥寥几幢。

意大利：罗马

（一五八〇年十一月三十日——一五八一年四月十九日）

我们在十一月最后一天圣安德烈节晚上八时到达

罗马（三十里）人民门。这里像在其他地方我们遇到不少麻烦，因为热那亚有瘟疫①。

我们投宿狗熊旅店，第二天也住在那里；十二月第二天，我们在一个西班牙人家里租了房，正对染衣场圣卢西亚教堂。我们在那里住得很舒服，三间漂亮的卧室，还有大厅、食品室、马厩、厨房，每月二十埃居。此外主人还提供一名厨师并允许在厨房用火。

室内家具一般来说要胜过巴黎，他们用大量锃亮的皮具，有一定等级的旅舍都有地毯。我们看到附近不远处有一家金瓶旅店，跟我们租金相同，布置得流金溢彩，宛如国王寝宫。但是，除了房间不能隔开，蒙田先生还认为这样富丽堂皇不但无用，对于家具——每张床价值四五百埃居——的保存也困难。我们在自己的旅店里讨价还价，要像在法国那样使用普通布帛；这样根据当地的做法，他们可以节约一些。

---

① 1579—1580年热那亚这场瘟疫，死者达两万八千人。

蒙田先生很不高兴在街上遇到这么多的法国人，几乎没有一个不用他自己的语言向他打招呼。看到那么大的庭院里都是教会高级神职人员，在他也是一件新鲜事，他还觉得到处是富人、马车和马，比他在哪儿看到的都要多。他说，街景多姿多彩，尤其是行人熙熙攘攘，在他看来要比他至今看到的其他城市都更像巴黎。

那时正沿着台伯河两岸建设新城。那块山地是老城的中心，每天人来人往穿梭不断，如今造了几座教堂、几幢红衣主教的豪宅和花园。他根据明显的现象，结合废墟的高度来评断，这些山与斜坡的形状已跟老的变得完全不同；他还肯定在许多地点我们是完全走在了屋顶上。从塞维鲁凯旋门我们很容易判断出我们所处的位置要比古代的街面高出两梭枪。说来也是，差不多到处都是走在被雨水冲刷和马车轮印磨损而露出的旧墙头上面。

他反驳那些把罗马的自由与威尼斯的自由作比较的人，主要在下列方面：说什么这里的房屋是那么缺乏安全，一般都劝家有资产的人把钱交给城市银行保管，不至于看到自己的保险箱被人撬开，许多人家都遇到这类事。又，夜间外出不太安全；又，这第一个十二月，绳索腰带修士会[①]会长突然被解除职务和关押起来，因为他在有教皇和红衣主教出席的讲

[①] 绳索带修士会，也称小兄弟会，属方济各会一派，托钵行乞，四处布道。

道中指责教会高级官员无所事事和讲究浮华,并没有指名道
姓,只是语调尖刻对此说些一般泛泛的话而已。又,蒙田先
生的行李在城市进关时受到检查,连最小的衣服什物也翻个
遍;而在意大利的大部分城市,这些官员只要求人家拿给他
们看一下而已。除此以外,他们还把他们找到的书籍都拿了
去说要审查。这需要好长时间,一个人要是有其他事,只好
认为这些书是有去无回了;而且这里面的道理稀奇古怪,《圣
母的时间》由于是巴黎出版而不是罗马出版的,在他们看来
就是可疑读物;还有德国某些圣师反对异端分子的书籍也遭
没收,因为在驳斥对方时也提到异端原有的错误论点。这方
面他庆幸自己的好运气,事前也无人警告他会发生什么,虽
然他经过德国而来,生性好奇多问,却没带一部禁书。然而,
当地的几位大人对他说即使查出禁书,他也只好让他们抄走
算了。

我们到罗马后十二到十五天,他感觉不适,不常见的肾移
位,有引起溃疡的危险;由朗布依埃红衣主教的法国医生开出
方子,在他的药剂师的巧妙帮助下,他首次下决心一天服下大
剂量山扁豆泻药,用一把小刀先沾一点水,药放在刀尖上伸入
口中轻易吞下,他泻了两三次。第二天,他服下一些威尼斯松
脂;他们说这来自蒂罗尔山区,两大块夹在饼内,放在一把银
匙上,随同一两颗美味的果浆一起送服,他没有任何不良反
应,除了尿里有点紫罗兰香气。之后他又喝了三次某种饮料,
但不是迅速连续,味道和颜色都像杏仁奶,他的医生告诉他确

定是它没错；可是他还是觉得这里面放了四种冷种籽①。服用这杯饮料没什么不舒服或怪异的，只是时间要在早晨饭前三小时。他不觉得喝这个杏仁奶起什么作用，因为服后身体依然不适。后来，在十二月二十三日，他有一次恶性腹绞痛，将近中午他就上床休息了，一直待到晚上，排出许多沙子，后来又是一粒大结石，硬而光滑，在尿道停留了五六个钟点。在这段时间，自从他温泉沐浴以来，肠胃功能有了很大改善，他相信亏了它才让他避免了好几次险情。他那时停食好几顿，有时在中午，有时在晚上。

圣诞节那天，我们去圣彼得大教堂听教皇主持弥撒②。他有个好位子，全场仪式都一目了然。有好几道特殊的程式，《福音书》和《使徒书信》先用拉丁语，后用希腊语朗读，在复活节和圣彼得节那二天也是这样做的。教皇给其他几位领了圣体，跟他一起主持祭礼的有法纳斯、美第奇、卡拉法、贡萨加等红衣主教。倒自圣爵的酒使用一种特殊的杯子喝下，预防投放毒药。在这场和其他一些弥撒中，他觉得新奇的是教皇、红衣主教、其他高级宗教官员，几乎整个弥撒时间坐在椅子上，不脱帽子，都一起闲谈说话。这些仪式看起来场面华丽多于虔诚。

此外，他觉得这里女人的容貌并没有什么出众的地方，值得称赞说罗马的美女盖天下；而且也像在巴黎，美貌出众的女

---

① 指南瓜、黄瓜、西瓜、葫芦的籽。
② 指教皇为格列高利十三世，他于 1582 年下令放弃儒略历改用格列历。蒙田在《随笔集》(第三卷第十章、十一章) 中对此项改革似乎并不欣赏。

人要在出卖美貌的女人中间去找。

十二月二十九日,那时的大使达班先生,勤奋的贵族,蒙田先生的多年老友,嘱咐他去亲吻教皇的脚。埃斯蒂萨克先生与他坐上大使的马车。当大使受到接见时,他请教皇的侍从把他们带进去。他们看到了教皇,与他一起的是大使一人,这是惯例。教皇身边有一只小铃,他要谁进去见他就摇铃。大使没戴帽子坐在他左边;而教皇从不对谁脱去他的软帽,也没有大使在他身边戴帽的。

埃斯蒂萨克先生首先入内,在他后面是蒙田先生,再是马特科隆先生和奥托瓦先生。教皇坐在房间的角落,他们走入房间一两步后,不论是谁都单膝跪地,等待教皇给他祝福;教皇祝福后,他们站起,走到差不多房间一半的地方。大部分人确实不是横穿房间直线走向他的,而是沿墙走到转弯处,然后笔直向他走去。在半途上,他们再一次单膝跪地,接受第二次祝福。这样做了后,他们朝着他走至铺在他脚下七八尺长的一块厚地毯前。在这块地毯边上,他们双膝跪下。这时,介绍他们的大使单膝跪地,把教皇的长袍卷起放到他的右脚,脚穿一只红软鞋,上面绣了个白十字。跪在地上的人跪步走至他脚前,身子俯下去吻他的脚。蒙田先生说他把教皇的脚尖稍稍抬起一点。他们相互让出位子吻它,然后退到一边,始终保持这个姿势。

这样做完后,大使把教皇的脚盖住,从位子上站起,向他说他引见埃斯蒂萨克先生和蒙田先生的用意。教皇脸上一团和气，鼓励埃斯蒂萨克先生勤奋学习，陶冶德操，蒙田先生继续对教会保持忠诚，为最信奉基督教的国王效力，他若哪里用得上愿为他们效劳。这些都是用意大利语说的。他们没有对他说话；但是他在站起来以前又给他们一次祝福——这表示辞退。他们又照原样退出。这就按各人的理解而做了。最普通的做法是身子往后退，或者至少斜着身子，始终要看着教皇的面孔。到了半途，像进去时一样，他们一膝跪地，接受另一次祝福，到了门前再一膝跪地，接受最后一次祝福。

教皇用的是意大利语，夹杂意大利最土俗的博洛尼亚方言。他生来不善辞令。然而他是个非常有风度的老人，身材中等，腰板挺直，面相威严，一绺雪白长须，那时年已八十以上[1]，这个年纪精神如此矍铄硬朗更有何求，他不痛风、不腹绞痛、不胃痛，没有任何依赖。他天性温和，对世界大事并不热衷，是个大建设者，他这方面在罗马和其他地方享有特出的令誉；还是个大布施者，我要说的是从无论哪方面来看。（别的不说，哪个女孩要结婚，若是贫寒出身，他无不帮助成家。他慷慨，真正做到有求必应。）除此以外，他还给希腊人、英国人、苏格兰人、法国人、德国人和波兰人建学校，除了房舍这笔无底的支出，还给每所学校一万多埃居的无限期年度津贴。他这样做是召唤那些教会名声败坏的国家里的孩子回归教会。孩子到了里面，有吃有住有衣穿，接受教育，全部由教会负担，不

---

[1] 据《七星文库·蒙田全集》，实际那时教皇是七十八岁。

管什么自己不用花一文钱。这些困难的公共支出，他乐意转嫁到其他人身上，也不用自己承担。

大家提出要求他也会频频接见。他的回答简短果断，谁有新的论点来与他争辩是白费时间。他信仰他认为正确的事。即使对他热爱的儿子，他毫不犹豫对他做出正确的判决[①]。他晋升他的亲戚，（但是这决不损害他苦心维护的教会利益。他在公共建筑和道路改造方面工作大刀阔斧。）但是，说实在的，他在那两方面也没有惊人的业绩（但是做好事倾注很多心力）。

十二月最后一天，他们两人（蒙田先生和埃斯蒂萨克先生）在桑斯红衣主教家吃中饭，他比哪个法国人都更注重罗马礼仪。遵照教会仪式规矩，这两位领主相互对答，饭前祷告与饭后祷告都念了很久。吃饭时用意大利语念了当日《福音书》中的一段话。他们在饭前与饭后跟他一起洗手。有人递给每个人一块毛巾擦干手；为了对贵宾表示特殊的接待，让他坐在主人旁边或对面的位子，把他们的盐瓶放在正方形的大银盘上，在法国招待大人物使用的也是这样。在这上面再盖一块折成四迭的餐巾，放面包、刀叉、匙子。在所有这些上面还有一块餐巾，这是可以使用的，其他一切都留着不动；因为你坐上桌子后，有人给你在方盘旁边放一只银盘或陶盘由你使用。端上桌的菜肴，由一名切肉侍臣切成块放入小盘子，依照

[①] 格列高利十三世教皇，进教门前与一女仆生有一子，该子利用权势使他的一名男仆逃脱法律制裁，被教皇放逐至佩鲁贾。

座位分给入席者，入席者不必动手碰盘子，他们也不动主人的盘子。

他们给蒙田先生上了酒，就像他一般在大使家吃饭也是这样子喝的。有人给他送来一只银盆，上面是一只装葡萄酒的玻璃杯和一只装满水的瓶子，瓶子就像装墨水的瓶子那么大。他右手拿杯子，左手拿瓶子，按自己需要把水倒入杯子里，然后又把这瓶子放进盆里。当他喝时，侍候的人把盆子递到他的下巴，然后他自己把杯子放回盆子里。这种仪式也只是对坐得最近主人的一两人才用。

饭后祈祷后桌子立即撤去，椅子接着沿餐厅的一边排列，红衣主教大人请他们坐在他身后。这时走出两名教会人士，穿着讲究，手里捧着我不知名的乐器，他们走到红衣主教面前跪下，让他倾听在某个教堂内不知名的礼乐。他对他们一句话也没说；他们说完话站起身走开时，他向他们举一举帽。

稍后，他让他们乘上他的马车带往教会议会会议，红衣主教在那里集合前往晚祷。教皇也来了，换了衣服也去晚祷。红衣主教接受他的祝福时不用像老百姓那样下跪，只是低下头深深鞠躬。

一五八一年一月三日，教皇经过我们的窗前。走在他前面约有两百个骑马的人，他的朝廷官员、宗教人士和俗家人士都有。在他身边的是美第奇红衣主教，他戴了帽子跟他交谈，正把他接往府中吃中饭。教皇戴一顶红帽子，白色法衣，紫红丝绒风帽像平时一样，骑一匹白色溜蹄马，披红丝绒、金流苏和蕾丝马衣。尽管年奔八十一岁[1]，上马不用侍从搀扶。他每隔十五步停下祝福。在他身后走着三位红衣主教，然后又是一百名左右武士，长矛插在身后，除了头部全身披甲。还有一匹同样装饰的溜蹄马、一头骡子、一匹白色骏马和一顶轿子跟在他后面，还有两名持衣侍从，他们在马鞍架上带了箱子。

同一天，蒙田先生服了一些松脂，没什么理由，只是他感冒了，之后尿出许多沙子。

一月十一日上午，当蒙田先生骑马走出旅店前往银行街时，他遇到正从监狱里押出一名遐迩闻名的盗匪，卡泰纳使整个意大利闻风丧胆，他杀人手段极其残忍，特别有一次两名嘉布遣会修士在他逼迫下否认上帝，因为他答应这样才能保全性命，他们做了后还是被他平白无故杀死，这既不是为了利益也不是为了复仇[2]。

他停下观看这个场面。除了跟在法国所见的那样，他们还在罪犯前面高擎一个大十字架，上盖一块黑布，有一群人步行，戴面罩穿布衣，据说是罗马的贵族与名人，他们自愿伴送进入刑场的犯人和死者的尸体；为此还组织一个兄弟会。他们中间还有两名或者只是穿戴成那样的神父，在车上帮助犯人，向他说教。其中一名不断地把一张天主画像伸到他面前，要他不停地吻。这样从街上就看不见犯人的脸。绞架也就是一根横木放在两根支架上，犯人的脸始终遮在这张像后面，直至他上

---

[1] 见第 117 页注。
[2] 卡泰纳犯了五十四件人命案，这次行刑观众达一万人。

绞架被抛出。这是一场平常的死,没有行动没有言辞。这是个黑皮肤男人,约三十岁左右。

在他吊死后,还被大卸成四块;他们并不是把人简单弄死就算完事,在他死后还施暴行。蒙田先生在这里看到他在别处说到过的事[①],老百姓多么害怕施之于死人身上的种种残暴;原来群众看到他被吊死无动于衷,把他的尸体肢解时每切上一刀,就会发出乞怜的叫声。犯人死后立刻有一位或数位耶稣会士或其他人跳上一块高地,对着不同方向的群众大叫,向他们传道要汲取这个教训。

我们注意到在意大利,尤其在罗马,教堂做仪式几乎不敲钟;法国最小的村子也比罗马敲得多;同样没有画像,除了是近来才有的。好些古教堂连一幅也没有[②]。

一月十四日,他又服了松脂,没有显著效果。

同一天,我又看到两兄弟被处决,他们以前是卡斯特拉诺秘书的仆人,就在没几天前的黑夜,在教皇的儿子贾科波·彭贡帕尼奥大人在城内的宫殿里把秘书杀死。这次就在这座宫殿前对他们施以钳烙刑,然后剁下他们的拳头,命令他们放到立即杀死与剖开的阉鸡的伤口里。他们是在绞刑架上处决的,用一只木头大槌子一棒打下,然后再掐死。他们说这种刑罚在罗马只是偶尔使用;其他人说这是根据罪行而定的,因为他们谋

[①] 参见《蒙田随笔全集》第二卷第十一章:"我要说的是这些严厉手段应该用来对付罪人的尸体,同样可以警戒普通人。"
[②] 巴洛克时代以前,罗马教堂里多的是大理石雕像和镶嵌画,很少绘画。

害了自己的主人。

说到罗马的面积，蒙田先生说城墙内的面积有三分之二以上是空的，它包括老罗马与新罗马，若把巴黎以及它的郊区全部围在墙头内，这两者的大小可能是相等的。但是以房屋与人口的数目与密度来说，他认为罗马的面积不及巴黎的三分之一[①]。至于公共广场之多与大，街道与房屋之美，罗马远远领先巴黎。

他也觉得这里冬天的寒冷十分接近加斯科涅。圣诞节前后有严重霜冻，寒风吹得难以忍受。那时甚至经常还有雷鸣冰雹天气。

宫殿内套房连绵不断，穿过三四个大厅才进入正厅。蒙田先生接受宴请的某些大厅，餐具柜不放在进餐的那间房里，而在另一个紧挨着的厅里，若要饮料他们去给你找来；那里摆放着银餐具。

一月二十六日星期四，蒙田先生去游览台伯河对岸的雅尼库伦山，观看那地方的奇景，尤其是两天前倒塌的一堵古墙的大块残壁；凝望罗马各部分的布局，在别处都不能看得那么清楚。从那里下山去梵蒂冈城，观看美景园壁龛里的雕像，和描绘意大利各地地图的美丽画廊，后者是教皇建造，已接近竣工。之后，蒙田先生丢了钱袋和其中的一切。他认为那时天下雨，气候很不舒服，他给了两三次布施，没有把钱袋放回小口

[①] 据加拉维尼版，实际上罗马城区与巴黎老城墙内的面积相差不多，但是那时罗马人口约十万人，而巴黎已达二十多万人。

袋，可能塞进了裤子的夹缝里。

那几天，他只是以研究罗马为乐。起初他雇了一名法国导游；但是这个人脾气古怪不干了，他一气之下凭自己的研究把罗马认识个透，晚上他静心阅读各种不同图片和书籍，白天到各个地方印证自己的书本知识；以致不多几天，他可以绰绰有余给他的导游当导游了。

他说大家看到的罗马只是它顶上的一片天空和它的地理位置；而他对它的认识是抽象的、静观的，这里面的东西不是单靠感官理解的。那些人说至少看到了罗马的废墟，这话说得言过其实；因为这么一台恐怖机器的废墟会对它的记忆带来更多的光荣与崇敬。这不是别的，只是它的墓碑而已。它的长期统治让全世界都与它为敌，世界首先要打垮和粉碎这个美妙的躯体的所有部位；因为罗马即使完全死亡、颠覆和面目全非，也令世界恐慌，世界把废墟也要埋葬。

这个废墟还在棺材上面显露其细微的痕迹，这是靠命运而保存了下来，藉以证明这个无穷的辉煌，那么多世纪、那么多战火、那么多次全世界煞费苦心一而再、再而三地要把它摧毁，还是没有能够把它消灭殆尽。但是事实好像是这些遗存的面目全非的肢体是最没有价值的；与这个不朽光辉为敌的人在盛怒之下首先要摧毁其最美与最有价值的东西。这个私养的罗马的建筑物此时此刻都要与古代的陋屋沾亲带故，虽然它们有什么让我们这些世纪目瞪口呆，只是使他想起法国不久前被胡格诺派拆毁的教堂拱顶与墙面上高筑的雀巢与鸽子窝。

他还担心的是,看到这座坟墓占据的面积,没法使我们把它完全认出来,墓碑大部分都已埋入地下;只是根据一些微不足道的遗存,如断砖残瓦、破罐碎盆,就想象古代那么灿烂隆盛,巍巍然如天然的高山峻岭(因为他把它与古尔松山相比,还认为宽有两倍之多)[1],这是天命的一种暗示,让世界感到他们用一种新颖而又与众不同表明其伟大的证物,暗中促成了这座城市的光荣与优越地位。

他还说,看到罗马城外七座山,尤其是最著名的卡比托林山和巴拉丁山,所占的微小空间与地盘,怎么能够轻易让人信服这么大量的建筑物可以排列在这里。只需看一看沿着罗马论坛的和平神庙的遗迹,最近一次的坍塌就像火山崩裂,分解成许多可怕的岩石,令人看来在山的空间可以容纳这么两座建筑,然而实际上,除了许多私宅以外,整整二十五到三十座神庙都建在里面[2]。

但是说实在的,根据对这座古城的描绘进行的许多猜测,都不太靠谱;它的地形也是不停地在改变,有的山谷即使最低的层面也盖满了房子;比如说,在韦拉勃伦这个地方,由于地势低,接受城市的污水,有一个湖。周围有天然的山,但是此山的高度要超过其他的山,这是这些大建筑物的废墟堆积形成的结果。萨维罗山不是别的,只是马塞卢斯剧院一部分的遗

---

[1] 指罗马城外的特斯塔西奥山,高35米,由卸在台伯河口的破罐瓦砾堆积而成。以此说明当年城内人口众多。古尔松山是佩里戈尔地区的一座小山。据唐纳德·弗莱姆版本说,括号里这段文字是蒙田亲笔所加。

[2] 据加拉维尼版的注解,古罗马面积不大却容纳那么多的古迹,这是人们在印象中把历朝历代的建筑物误认为同时期存在的。而蒙田好像凭其直觉认为这些猜测不可靠。

迹。他相信一个古罗马人看到罗马的现址不会把它认出来。经常遇到这样的事，在地下挖掘很深，只会碰到一根大柱子的柱头，在土内还是竖立着的。他们的房子底下除了坍塌的旧屋和拱顶找不到其他房基。这在所有的地窖下面就可看到。也找不到旧时的房基和直立的竖壁作为承重墙。而是新宫殿的脚桩像被命运随随便便放在旧房屋的断垣残壁上，却如插在大块岩石里那么稳固牢靠。在目前道路三十多尺下有好几条古道路，那也是常见的。

一月二十八日，他腹绞痛，这不妨碍他正常活动，他排出一粒大结石和一些小结石。

三十日，他去参观人类最古老的宗教仪式，看得非常仔细，深受教益，那是犹太人的割礼。

他在另一次，一个星期六上午，已参观了他们的犹太会堂和他们的祈祷；他们在《圣经》中抽出几段应时的祷文，用希伯来语乱唱，像在加尔文派教堂。他们声音的节奏差不多，但是极端不合拍，因为有不同年龄和不同声音混杂在一起。儿童有的年纪还很小参加合唱，也无一例外要求他们懂希伯来语。他们对祈祷也不如我们那么专心，这中间闲谈其他事，对于他们的神秘事并不毕恭毕敬。他们在进堂时洗手，在这地方对他们来说脱帽是罪孽，但是必须表示虔诚的地方他们低头屈膝。他们在肩上或头上披一块有流苏的布，整个过程真是说来话长。午饭后，他们的圣师轮流阐述那天《圣经》选段的意义，都用意大利语。课后，另有辅导圣师在听众中选择一人，有时接连两至三人，跟刚才念的那个人针对他念的话进行论辩。我们听到的那个人他觉得在争辩时口才出众，很有灵气。

但是关于割礼，那是在私宅里做的，在孩子家里最方便最明亮的房间里。那人所在的地方，因为房间不合适，仪式就在大门入口处进行了。他们像我们一样，也给孩子找个教父与教母。父亲给孩子起名字。他们在孩子出生后第八天行割礼。教父坐在一张桌子上，在大腿上放个枕头，教母把孩子抱给他，然后走开。孩子像我们这里一样全身裹住；教父解开他的下身，这时现场的人和动手术的人都开始唱经，这手术约进行一刻钟，他们自始至终用歌声相伴。执行者可以不是拉比，而是他们中间的任何人，人人都希望应邀做这件事，因为他们认为经常受命做这件事是很大的福气；他们甚至会花钱让人来请，给某人一件衣服，或给孩子送上别的礼物；他们认为谁参加割礼达到一定次数，他们就知道那个人死后享有这样的特权，就是嘴巴不会被蛆虫吃掉。

在教父坐的那张桌子上，准备了这次手术用的一切必要工具。除了这些以外，有个人双手拿了一只装满酒的小瓶子和一只玻璃杯。在地上还有一只燃烧的炭盆，圣师首先烤烤手，见到孩子的衣服已经撩起，教父在腿上抱着他面孔对着自己时，他抓住他的生殖器，一手把上面的包皮拉向自己，一手把龟头和生殖器往里推。他抓住龟头的包皮，把一把银工具放到包皮头上停一停，不让割时伤到龟头和肉。这之后他一刀切下这块皮，立即把它埋到为这场奥秘所准备的一盆泥土里。这之后，圣师过来用指甲把龟头上的一些小皮轻揉,用力拉掉,把皮再向龟头后面推。

这件事看起来很费力很痛苦,然而毫无危险,伤口在四五天内总是可以愈合的。孩子的哭声跟我们的孩子在洗礼时差不多。龟头这样露了出来,立即有人把酒递给圣师,他嘴里含了一点,过去把孩子血淋淋的龟头吮在嘴里,把他吸入的血吐出来,立即再含口酒如此者三次。这样做了之后,有人给他递上一只小纸角,里面是红色的粉末,他们说是龙血制的。他在伤口上撒满,然后用特制的布给孩子的器官干干净净包好。这样做了之后,有人递给他满满一杯酒,这酒经过他的祈祷,他们说是赐福的。他喝了一口,然后又把手指浸在酒里,然后三次在手指上沾了一滴酒放到孩子嘴里让他吮;之后这杯酒就这样送往待在住所另外地方的母亲和其他女人,让她们把剩下的酒喝完。此外,另有一人拿了一个像网球似的银具,有一把长柄,上面开了小孔,就像我们的香料匣,首先放到圣师的鼻子前,然后是孩子,然后是教父;他认为闻了这个气味可以加强人的虔诚之心。他始终满嘴血污。

八日,后来又是十二日,他隐约有一阵子腹泻,排出几块站石,没有大痛苦。

这一年在罗马举行封斋前的狂欢节,得到教皇的允准,要比前几年更放纵:我们则觉得这没什么大不了。教廷街是罗马的一条大街,其名字也是由此而来的,时而有四五个孩子,时而有犹太人和老人,全身赤裸,沿着这条街一头狂奔到另一头。看到他们在你待的地方前面经过并没感到什么好玩。他们同样放马跑,马背上骑着小孩子,用鞭子赶着走;还有骡子和水牛由骑马的人用刺棒推它们。所有竞跑都有一份奖品,他们叫作"帕里奥",这是用丝绒或布帛做的小旗。那些贵族在女士招摇过市的几个路段骑着骏马朝着目标投枪,大受欢迎,因为这些贵族一般来说最拿手的也就是骑术了。蒙田先生让大家花了三埃居搭了个看台。他确实是坐上了这条路上非常好的一个位子。

那几天,罗马的贵美人个个让大家看了个仔细,因为在意大利不像在法国,她们都不戴面具[①],在人前毫不遮掩。说到绝世美人,他说,并不比法国多。除了三四人以外,也很少出众的;但是一般来说,她们都更动人,丑女也没像在法国看到的那么多。她们头饰梳理是法国不能相比的,腰部以下也是如此。法国人的身材更好,因为这里的女人腰带太松,这部分像个怀孕女子。她们的仪态更端庄、柔和和甜蜜。两国妇女的服饰难分上下,都是一身珠光宝气。她们不论出现在什么公共场所,马车上、节庆日或剧院内,从不跟男士在一起。然而,她们跟男士穿插跳舞颇为自由,那时有机会谈谈话与碰碰手。

男士穿着非常简单,不论什么场合,穿黑衣和佛罗伦萨哔叽;因为他们的肤色比我们深,他们本来就是公爵、伯爵和侯爵,不知怎么没这样的派头,外表很普通;然而客客气气,和

[①] 法国妇女上街戴黑丝绒面具,防日晒风吹,这习俗到路易十四时期还存在。

蔼可亲到了极点，不论法国俗人怎么说。法国人对于无法忍受自己平时放肆和粗鲁的人，决不会称他们为和蔼可亲的。我们在任何时候都为所欲为而引起别人反感。他们对于法国自古以来保持一种热情与尊敬，那些值得被人这样对待的人，那些有自制力而不冒犯他人的人，在这里还是得到相当的尊敬与欢迎。

封斋节前的星期四，他去参加卡斯特拉诺的庆祝会。会场张灯结彩，还有一个梯形舞台，精心布置得华丽花哨，准备角斗力上场比赛之用。比赛借一个正方形的谷场做场地，在黑夜晚餐前进行，场地中间有一个椭圆形筑垒。其中尤为奇怪的是，地面一时漆成红色的不同图案。之前在地板上涂上石膏或石灰，然后又在这白色上放一块剪成镂空图案的羊皮纸或皮革，用刷子沾了红色涂料在羊皮纸上扫过，通过孔洞在地面上印出他们要的东西，这一切都那么快，只需两个小时一座教堂的大殿就粉刷完毕。

晚餐时，女士周围站着她们的丈夫，给她们提供服务，送酒和做她们要求做的事。餐桌上了很多烤制的家禽，还插了天然羽毛，简直像活的，阉鸡整只放在玻璃瓶里煮，大量野兔、家兔、禽肉泥；用布包扎得非常精致。女士的桌子上放四盆菜，可以拆散，下面是另一张桌子，上面放满了甜点。

男士外出互访从不戴面具；他们在城市公共场所散步或者骑马玩套环都不费多少钱。那里有两家这类的娱乐公司，华丽讲究，在星期一开斋日玩骑马刺人像。尤其他们良马的数量要超过我们。

（从这里开始是蒙田的亲笔法语日记）

随从中做这项美好工作的那个人辞走以后，我看到这份日记已经写了不少，不论这对我有多么不便，还是应该由我自己继续往下写[1]。

二月十六日，我从教堂回来，在一个小礼拜堂内遇到穿法衣的教士，正忙于给一个中魔者治病。这是一个忧郁、好像僵硬的男人。有人让他跪在祭台前，在他的脖子上系了一块不知什么布把他拴住。教士在他面前念了许多祷告和驱魔辞，敦促魔鬼离开这个躯体，他念日课经中的经文。这之后，他说话转向病人，一会儿对他本人说，一会儿对他身体内的魔鬼说，那时辱骂他，用拳头狠狠揍他，向他的脸上啐口水。病人对他的要求答非所问：时而为自己说，说什么他感觉到他做恶的行动；时而为魔鬼说，他多么害怕上帝，驱魔辞正在对他起作用。这样做了好久以后，教士做出最后努力，退到祭台前，左手拿起圣体盒，那里面是圣体；另一只手拿一支燃烧的蜡烛，蜡烛倒提，使它熔化燃尽，同时念诵经文，最后尽量声音洪亮威严地对魔鬼说出威胁与严厉的话。当第一支蜡烛在他手指间快要烧完时，他取了另一支，然后再是第二支，第三支。这样做了后，他放回圣体盒，也就是里面有圣体的透明盒子，回来找那个病人，这时对他像对个男人说话，给他解绑，把他交还家人带回家。

---

[1] 蒙田"秘书"把日记写到第112页（原稿），不知什么原因辞去不做了，日记由蒙田自己接着写，中间有几段是别人的笔迹，想来也是在蒙田的口授下代为书写的。

他对我们说这个魔鬼是最凶恶的魔鬼,顽固不化,要驱逐它很费工夫。他对在那里的十到十二位贵族,说了这方面的好几桩事,以及他一般对此的经验做法,特别提到那天他给一名妇女打掉一个大魔鬼,它钻出身子时在这个妇女的嘴巴里吐出钉子、别针和他的一撮毛发。由于有人回答他说她还没有完全复原,他说这还是个较为稚嫩、作恶不多的精灵,它在那天早晨才钻入身子;但是这类魔鬼(他知道它们的名字以及分门别类的等级)还是容易驱逐的。我看到的就是这些。我的那个人没其他表情,只是咬牙抿嘴;当人家给他看圣体,偶尔还吐出这个词:Si fata volent(命运使然)。因为他是公证人,拉丁语略懂一二。

三月第一天,我去了圣西斯廷教堂。主持弥撒的教士在主祭台上,要高出祭台,面孔朝着教众,在他后面就空无一人。同一天教皇也来了,因为几天以前,他下令让那里的修女迁出教堂,因为她们待在这个地方稍处偏僻,用以安置在城里以乞讨为生的穷人,这自然是善举一桩①。红衣主教为了推动这件事每人捐二十埃居,其他个人更是捐献巨款。教皇给这家慈善院每月五百埃居津贴。

在罗马有许多私人信教组织和兄弟会,对慈善事业表示极大的关怀。老百姓,从整体来说,我觉得不及法国民风淳朴的城镇虔诚,但仪式更周到,在这个地区他们走上了极端。我在

---

① 格列高利十三世下令叫多明我修士从圣西斯廷修院迁出,把它改造为乞丐收容所,但是大多数乞丐不久逃离,回去过他们自由自在的生活。

这里写的都是出于自由意志，仅举两例。

　　有个人跟一名妓女躺在床上，正当云雨兴浓之际，突然子夜十二点《圣马利亚》祷钟敲响，她立即从床上跳起匍匐地上念祷告。还有一例是另一个人，那个妈咪（因为年轻妓女都有老鸨，被她们称为妈咪或姑姑）过来敲门，勃然大怒，把少妇挂在脖子上的小圣母像项链扯下来，不让罪恶的气味熏了它。那名少妇竟忘了一贯那样把它从头颈上取下，也感到无地自容。

　　莫斯科大使那天也上教堂祈祷，穿了一件紫红色大氅，金色呢长袍，金色呢夹绒软帽，下面又是一顶银色布教士帽。他是莫斯科派来拜谒教皇的第二位使节[①]。第一位还是在保罗三世教皇时期。人家说他的任务是游说教皇干预波兰国王对他的主子进行的战争，声称是沙皇挡住了土耳其人的第一次进攻；如果他的邻国使他国势衰弱，他就无法再打那一场战争，这就为土耳其人敞开大门，长驱直入到我们这里；还主动提出解决他与罗马教会在宗教方面的若干分歧。

　　他像在保罗教皇时代的另一位那样，留宿在卡斯特拉诺府上，饮食则由教皇招待。他坚持不吻教皇的脚，但只吻他的右手，除非有人向他证实皇帝本人也遵守这个礼仪他才会俯就；

[①] 这是俄罗斯伊凡雷帝派遣的大使，那时俄国正与波兰打仗。又据加拉维尼的版本，应该是莫斯科派往罗马教廷的第三位大使。西克斯特四世时（1472）和克莱芒七世时（1523—1525）都曾有过俄国使节。

因为举国王为例还不够说服他。他除了本国语言以外不会说其他语言，还不带翻译就来了。他只有三四名随从，说自己乔装改扮穿越波兰冒了大风险。他的国家对于这部分世界的事务那么无知，他给威尼斯带来了他的主人写给威尼斯市政议会大议长的亲笔信。问到这信里的意思，他说他们以为威尼斯属教皇管辖，他将派遣几名王室成员去那里，像在博洛尼亚和其他地方一样。上帝知道这些贵人收到这么无知的信是什么滋味！他给教皇和那些地方送上紫貂和黑狐，这在当时都是珍贵至极的裘皮。

三月六日，我去了梵蒂冈图书馆，五六个大厅一排并联。大量书籍放在好几行书桌上，有的还放在箱子里，都为了我而打开；许多手抄本，其中有一部塞涅卡的书和普鲁塔克的《道德论集》。最引起我注目的还有"好人"埃吕斯·阿里斯泰德的雕像，美丽的秃头，浓胡子，大额头，目光温柔有威；他的名字刻在非常古老的基座上；一部从中国来的书，文字怪异，纸张材料比我们的柔软和透明得多；因为它容易透墨，只在一面书写，纸页都是双层的，在中间对折，叠在一起。他们认为这是用一种树皮膜做的。我在那里也看到一片古埃及纸莎草纸，上面有些陌生的文字，这是一块树皮。我看到圣格列高利书写的经文。上面没有标注年份，但是他们说从他那里一代代传至今日。这是像我们一样的弥撒经本，送至最近一次特兰托公会议，作为我们祭祀的信物。我看到圣托马斯·阿奎那的一部书，那上面有作者自己手写的数处修改，字迹很潦草，一封短信比我写的还差。同样，印在羊皮纸上的《圣经》，不久前普朗廷用四种语言编成的那部，腓力国王把它送给了这位教皇，就像他在书壳上写的①；此书的原文是由英国国王下令编撰反对路德的，在约五十年前他送给了利奥十世教皇，由自己亲手题词，还附上这首美丽的拉丁语题词，也是他写的：

英国国王亨利把这部作品
敬赠给利奥十世，以志两位朋友的忠诚友谊。

我读了序言，一篇是给教皇的，一篇是给读者的。他为他的军事占领和碌碌无能而致歉。作为拉丁语读物这是篇好文章②。

我参观图书馆毫无困难。人人都可去看，取出他要的东西，差不多每天早晨都开放。我全程有人陪同，一位贵族更邀请我随时可去。我们的大使先生当时离任之前就没有参观过，埋怨说人家要他向这家图书馆主人西尔勒托红衣主教说了好话才让进去。他说，他以前一直没能见到塞涅卡的手稿，这是他渴望已久的事情。听了他这些话我觉得事情毫无希望，没想到我交上了好运。世上的事从某些角度容易之至，在另外场合又是难上加难。时机与机缘都有它们的特权，往往让老百姓得到连国王也得不到的东西。有心人常常会抢得先机，这如同地位

---

① 文艺复兴时期最杰出的一位出版商克里斯多夫·普朗廷，在 1568—1572 年间在比利时安特卫普出版了四种文字（希伯来语、迦勒底语、希腊语与拉丁语）的《圣经》。西班牙腓力二世国王大力支持这项工程，售价比成本便宜，这差点令出版商为此破产。
② 据加拉维尼版注，具有讽刺意味的是亨利八世并没有遵守他的诺言。

与权势一样。

我也看到一部维吉尔的手抄本,字形极大,字体长而瘦,我们看到约在君士坦丁那个世纪,罗马皇帝时代铭文上都这样,有点像哥特式,失去了老式拉丁书法中的方形比例。这部维吉尔书籍,坚定了我一直以来的猜测,就是人家作为《埃尼德》①的最初四句诗其实是借用的,在这部书里就没有。《使徒行传》用一种非常秀丽的希腊金字写成,鲜艳如同现时代的作品。这种字体厚实,在纸上坚实凸起,把手放在上面可以感到厚度。我相信这种字体我们已经失传了。

三月十三日,安条克的一位老年大主教,阿拉伯人,精通该地区的五六种语言,对希腊语和我们的那些语言则一字不识,我跟他交谈很亲切,他给我开了一种药剂治疗我的肾结石,还给我把服法写下。他把药装在一只小陶罐里,对我说我可以保存十到二十年,他希望这药得到这样的效果,第一帖服下我的病就霍然而愈。万一我把他的方子弄丢了,还可以在此找到:"晚餐少吃,取此药约两三颗豆子大,放在手指间搓碎,然后置于温水内,必须在睡前服用,隔日一次,共服五次。"

一天在罗马跟我们的大使一起用午餐,席间有缪莱和其他学者,我把话题扯到了普鲁塔克法语译本问题②,我不同意有些人把它看得比我说的低得多,我至少是这样认为,译者没有表达普鲁塔克真正含义的地方,他以另一种类似的意义代替,并

---

① 也译作《埃涅阿斯》。
② 指雅克·阿米奥的译本,蒙田在《随笔集》中非常欣赏他的译笔。

与前后文保持了一致。为了向我指出我这种意见还是对他过誉了，有人举出两个段落，一段他们说是刚离开罗马不久的巴黎律师曼戈先生的儿子提出的批评，在《梭伦传》中间，他说梭伦自夸解放了亚提加，取消了遗产继承分割的界限。这话他说错了，因为那个希腊语表示某些放在土地上标明抵押的还是出售的标志，为了提醒买家要注意这个抵押权。他用"限制"代替，这词毫无所说的意义，这使人误解这些土地不是自由的，而是一般的。第二是在《儿童教育论》结束部分，他说："这些规则更希望被人盼着去遵守而不是让人建议去遵守。"他们说，希腊语的意义是："盼望更多于期望。"这是一句格言，在别处也说。这意义原来清楚明白，译者使用的词则生硬和奇怪。因而，听了他们对语言原意的推论，我心悦诚服地接受他们的结论。

罗马的教堂不及意大利大部分大城市里的教堂美丽；一般来说，在意大利和德国，教堂也不及法国美丽。在圣彼得大教堂，新堂入口处旗帜作为战利品高挂空中；铭牌上说这是国王们战胜胡格诺时缴获的旗帜；没有注明在哪里和什么时间。在格列高利礼拜堂旁边，墙上贴有数不清的还愿书，其中还有一幅拙劣的方形小画，画的是蒙贡都战役①。在圣西斯廷礼拜堂前的大厅墙壁上有好几幅画，关于罗马教廷的几件有纪念意义的

---

① 1569年，在蒙贡都战役中科利尼的新教军队被国王军队打败。

大事，如奥地利的约翰海战①。还有一张画教皇把这位皇帝的头颅踩在脚下，皇帝是来向他请罪和吻他的双脚，不是按照历史上两人所说的话来表述的②。还有两处地方画尚蒂荣海军元帅受伤与死亡，都画得十分生动写实。

三月十五日，蒙吕克先生一大早就来找我，要完成我们在前一天制订的计划，去参观奥斯蒂亚。我们走圣母桥过台伯河，从波尔托门出城，从前这门叫波尔图恩塞。从那里我们走上一条不平坦的道路，一路上麦子与葡萄长得不茂盛；走了八里又跟台伯河汇合，往下走入一片大草原和牧场，到头是一座大城市，从那里看得见好几处美丽的废墟，与图拉真湖相接，这是蒂勒尼安海的泛滥处，船只也航行到这里为止。但是现在海水灌入不多，另一个湖，居于人称"克劳迪乌斯之弓"那块地方上面，进水更少。

我们原本要与恰在那里的佩鲁贾红衣主教一起用午餐，说实在的，这些大人与他们的仆人实在是客气之至。我的一名随从偶然经过那里，那位红衣主教就差他跟我说他有点对我不高兴。这个随从却被请到红衣主教的酒窖里去喝酒，其实他对我既没交情也不认识，这样做只是对有身份的外国客人尽普通的地主之谊。但是我却怕白天时光不够我去按计划游览，因为我为了看台伯河两岸已经大大延长了行程。

---

① 1571年，西班牙人与威尼斯人在勒班陀海战中大胜土耳其人。
② 1177年，雷那诺一战，伦巴第联盟击败腓特烈一世（红胡子），德国皇帝承认圣彼得的主张：有权利把打败的敌人踩在脚下。

从那里，我们坐船渡过台伯河的一条支流，进入神圣岛，约一加斯科涅里那么长，满是牧草。那里几处有遗址和大理石柱子，就像这波尔托地方也有不少，这原是图拉真老城。教皇派人每天挖掘文物，送往罗马。当我们走完小岛，遇到了台伯河要过，找不到办法让马匹过河，无奈之下只得折回；但是幸运的是从对岸来了杜·贝莱大人、夏萨依男爵、马利沃大人和其他人。这时我过了河，跟这些贵族约定，他们骑我们的马，我们骑他们的马。这样他们走我们的来路回罗马，我们则走他们的来路往前去。

奥斯蒂亚（十五里），沿着台伯河旧运河而建；因为河道已有点改变，天天向外移。我们在一家小客店随意吃了顿早餐。我们过了那里看到了洛卡，这是一座小要塞，无人设防。那些教皇，尤其是现任这位，在这里海边几乎每隔一里地建造大型塔楼和岗哨，以防土耳其人，他们经常下山袭击，甚至在葡萄收获季节，还掳掠畜牲和人。从这些塔楼开炮用炮声相互警告，警报飞快传到罗马，迅速异常。奥斯蒂亚四周是盐田，教廷全部领地用盐都由这里供应。这是一大片沼泽地，海水在这里泛滥。

从奥斯蒂亚到罗马这条路，称为奥斯丹西斯大道，沿途都是古代留下的美丽遗迹，数不尽的堤坝，好几条引水渠遗迹，一路上莫不是大堆废墟，这条路的三分之二路段是用废墟上的黑色大石头铺设的。看到台伯河这边的河岸，说从罗马到奥斯蒂亚这条路的两边住宅绵延不绝，此话听来确实不虚。除了废墟之外，我们走在将近半道上，见到左边有一座是罗马副执政的墓，十分美丽，上面碑文全部还能看清楚。罗马的废墟至今尚能看到大部分，是因为它的房屋厚重实心。他们建造巨大的砖墙，然后在外面贴上大理石片或其他白石头，或在上面再涂某种粘结物或盖方石块。写有铭文的层面差不多都被岁月销蚀，从而我们对这些事物的大多数认识都已丧失。只是在墙体厚重实心的建筑物上尚能看到铭文。

  罗马的郊外，几乎到处看来都像寸草不生的荒地，或许是土壤不良，或许——我觉得这更可能——是这座城市没有多少工匠和男人是依靠手艺谋生的。我到这里来时，在路上看到成群结队的村民，来自格里松斯和萨瓦，趁这个季节到葡萄园和花园打工赚些钱，对我说这是他们每年的收入。

  这座城里都是达官贵人，人人都沾宗教的光过着无所事事的日子。这里没有商业街，或者说还不及一座小城市多，有的只是宫殿与花园。这里看不到一条阿尔普路或圣德尼路；我觉得自己一直走在巴黎的塞纳路或圣奥古斯丁路[①]上。工作日与节日城市面貌没有什么变化。整个封斋期到处祈祷布道。工作日也不比平时人少，那时候只见马车、教士和妇女。我们回到

  罗马（十五里）住宿。三月十六日，我心血来潮，要去试试罗马的蒸气浴，到圣马可浴场去，人称是最高贵的。我一个

[①] 前两条为巴黎的商业街，后两条是巴黎的时尚街。

人去,得到一般的款待,但是他们态度毕恭毕敬。按习俗可以携带女友前去,她们跟你一起都由男侍者擦背。我听说用两份生石灰、一份雄黄跟碱水调和做成膏药,涂在皮肤上历时七八分钟便可褪尽汗毛。

十七日,我腹绞痛了五六个小时,但还可以忍受,过了一会儿排出一块结石,大如松仁,形状也相同。

那时候,我们在罗马已有了玫瑰和菜蓟。但是我不觉得热得异常,还像在家时一样穿衣戴帽。

这里鱼比法国少;尤其他们的白斑狗鱼毫无味道,是留给老百姓吃的。他们很少板鱼与鳟鱼,鲍鱼很鲜,也比波尔多的大许多,但是价格贵。鲷鱼在这里很珍贵,鳎鱼比我们的更大,肉也更紧。这里的油质地纯醇,我在法国吃多了喉咙会发毛,久久不去,在这里一点没有这种感觉。这里的人长年吃新鲜葡萄;即使这个季节葡萄棚上还挂着非常优质的葡萄。他们的羊肉味道不佳,不受人欢迎。

十八日,葡萄牙大使以腓力二世的名义代表葡萄牙王国向教皇表示服从;也是这位大使曾在这里代表故国王和与腓力国王意见相左的国家①。我从圣彼得大堂回来路上遇到一个人,他好玩地跟我提到两件事:一是葡萄牙人挑个耶稣蒙难周提出自己的服从,二是同一天,祈祷站设在圣约翰拉丁门,几年前有葡萄牙人在这家教堂里组织奇怪的联谊会。他们在弥撒时男人

---

① 故国王指葡萄牙国王塞巴斯蒂安,他骁勇善战,蒙田在《随笔集》第二卷第二十一章提及。西班牙国王腓力在塞巴斯蒂安1578年战死后两年趁机入侵葡萄牙,尽管遭到其他国家反对。

与男人结婚，举行与我们相同的婚礼，一起领他们的圣体，朗读同样的婚姻信条，然后又睡在一起和住在一起。罗马的戏谑者就说，既然男人与女人结合，只要举行这样的礼仪成为合法的婚姻，那么在这些捣蛋鬼看来，这次行动履行了教堂仪式和奥秘同样应该是合法的。这个宗派中的八九个葡萄牙人被烧死。

我看到了西班牙人的排场。在圣天使城堡和宫殿里响起了礼炮，教皇的号手、鼓手和弓箭手走在大使前面引导。我没有入内去听演说和观看仪式。莫斯科大使在一扇花窗前观看典礼，说他是受邀来观看大集会的；但是在他的国家，说到骑兵部队，总是有两万五千到三万人；他嘲笑这种场面，这些话是给他当翻译的那个人对我说的。

在棕枝主日的那个星期日，我在一座教堂晚祷时，发现一个孩子坐在祭台旁边的一张椅子上，穿一件宽大的蓝塔夫绸新长袍，头上没有戴帽，而戴一顶橄榄枝冠，手举一支点燃的白蜡火炬。这是个十五岁左右的男孩，他杀过一个男孩，那天教皇下谕令把他放出了监狱。

在拉特兰圣约翰教堂看到透明的大理石①。

第二天教皇巡行七座教堂②。他穿毛皮朝内的靴子，每只脚上有一块白皮子十字架。他总是带一匹西班牙马、一匹溜蹄马

---

① 约指一种方解石。
② 指耶路撒冷圣十字教堂、圣塞巴斯蒂安教堂、拉特兰圣约翰教堂、圣彼得大教堂、圣保罗大教堂、圣母大堂、圣洛朗教堂。

和一匹公骡，一顶轿子，都是同样装饰；那天西班牙马不在。他的马夫手里提了两三对马刺，在圣彼得大堂的阶梯下等着他。他不要马刺，要轿子，轿子里有两顶差不多一模一样的红帽子，挂在钉子上。

当天晚上，我的《随笔集》发还给了我，上面有按照宗教学师的意见做出的修改。圣廷学师一点不懂我们的语言，只能根据一位法国修士的报告做出判断。我对那位法国人向他反映的每条不同意见都表示歉意，他对此感到很满意，交还给我由我自己凭良心去改正我若认为有欠妥当的地方。而我反过来请求他接受那个提出批评的人的意见，承认某些不妥，如使用"命运"这词，提到异教徒诗人，为（背教者）朱里安辩护，反对说人在祈祷时应该心灵纯净，摒除邪念；又：认为施刑超过简单一死的做法都是残忍的；又：培养孩子做一切事以及这类的其他事；这是我的看法；我在提出这些事时没有意识到这是错的；在其他一些事上，否认修改者理解了我的观点①。

那位学师是个明白人，他为我感到歉意，有心让我感到他并不同意这些修改，非常巧妙地在我面前跟另一位反对我的意大利人争辩。他们扣下了译成法语的《瑞士历史故事》，只因为译者是个异教徒，然而这人的名字并没有说出来，但是他们对我们这些国家的人竟是那么熟悉令人惊讶。有意思的是他们跟

---

① 蒙田虽然在《随笔集》第一卷第五十六章内对教会审查的权威表示尊重，其实对于审查提出的观点都加以驳斥，如对背教者朱里安教皇的赞扬（见第二卷第十九章），祈祷时心灵纯洁（见第一卷第五十六章），谴责酷刑（见第二卷第十一章）等看法，不但不承认其谬误，反而更加强调。

我说遭禁的是那篇序言。

同一天在拉特兰圣约翰教堂,没有看到在大多数教堂做苦修课的苦修士,而看到圣西斯多红衣主教大人坐在一个角落里,手里拿了一根长棍拍过往的人的头,给女士也拍,但是根据她们的身份与美貌,笑容可掬,彬彬有礼。

圣周的星期三,我在中饭前与弗瓦先生走遍七座教堂,在那里约待了五个钟点。我不知道为什么有些人看到自由谴责某个教士众所周知的恶行感到反感。因为那天,在拉特兰圣约翰教堂和耶路撒冷圣十字教堂,在非常引人注目的地方,我看到把西尔维斯特二世教皇的历史写得极尽诬蔑之能事[1]。

我沿着城的那边,从人民门到圣保罗门走了好几圈,可以在三四个小时内慢慢走完全程。河对岸部分最多只需一个半小时。

封斋节期间罗马给我的娱乐主要是听布道。这里有杰出的布道师,如那位(被逐的)拉比,他在圣三一教堂星期六午饭后给犹太人布道。总是有六十个犹太人如期聚集[2]。他在他们中间是位著名的圣师,他利用他们本人的论点、他们的拉比和《圣经》的章节来反驳他们的信仰。他学识渊博,喜用多种语言,令人敬佩。那里还有一位给教皇和红衣主教讲课的布道师,名叫帕特拉·托莱多(他学识精深,苦修坚韧,是位非常罕见的人物)。另有一位侃侃而言,受人欢迎,他向耶稣会会士

---

[1] 西尔维斯特二世(999—1003),神学家,他鼓励神圣罗马帝国皇帝奥东三世重建基督教帝国,后来他与奥东三世被叛乱者逐出罗马。传说中把西尔维斯特二世教皇说成是个巫师、炼金术士。据加拉维尼版的注解,说在拉特兰圣约翰教堂里,一篇铭文对西尔维斯特二世充满赞扬之辞,而圣十字教堂只提到他的罪恶。
[2] 从1577年后,犹太人参加基督教祈祷是强迫和受到监控的。

布道，语言精湛，不免有些自负。后两人都是耶稣会会士。

这个修会在基督教界号召力极大；我相信我们中间没有一个兄弟会和团体享有这样的地位，做出这些人将会做出的成绩，如果他们的计划继续不辍的话。他们不久将在基督教内称雄。这是培育各式各样伟大人才的苗圃。这是我们教会中最令当今异端感到威胁的一个宗派。①

一名布道师说我们把自己的马车当作了星盘。罗马人最日常的活动是到街上溜达；一般来说，走出家门做的也就只是沿街走下去，也不想到了哪里停下来；城里有几条路是专门为此使用的。说实在的，这其中最大的乐趣就是观看窗前的女人，尤其是那些妓女，她们出现在百叶窗前，摆出欲迎故拒的风姿，不由我也心驰神往起来，她们实在太刺激我们的视觉神经了。经常我立即下马，受到开门相迎，这时令我欣赏的是她们显露的比实际美丽得多。她们知道如何表现自己最可爱的一面；她们只向你露出上半脸或下半脸或侧面，戴或不戴帽子，反正做到在窗前不让看到一个丑女。男人经过那里都脱帽，深深鞠躬，顺便得到一两个媚眼。花一埃居或四埃居的度夜资，第二天额外还可公开向她们调调情。那里也看到有模有样的女士，但是其装束与举止则让人一目了然。骑在马上你看得更仔细；但是这样做的只是像我这样衰老头儿或者骑在租马上装腔

---

① 天主教耶稣会，亦称耶稣连队，由西班牙人依纳爵・罗耀拉等人创立于1534年，1540年得到保罗三世教皇正式批准。耶稣会后来演变成军队与教会的结合体，从事宗教活动和政治斗争。蒙田有耶稣会会士作为好朋友，但耶稣会与那瓦尔的亨利为敌，对它也没有好感，他作为波尔多市市长，对耶稣会的所作所为颇有微词。继他上任的市长马蒂尼翁元帅则把耶稣会会士驱逐出城。

作势的年轻人。有身份的人都乘着私家马车而来,那些花花公子为了往上看得更清楚,在马车顶上开个栅栏窗;这就是布道师说把马车当成星盘使用的含义。

在圣周星期四上午,教皇全身盛装,待在圣彼得大教堂第一道大门第二层楼,旁边是几位红衣主教,他本人手擎一支火炬。在另一边是圣彼得大教堂的一名议事司铎,高声朗读一份拉丁语谕旨,上面罗列数不清的各种各样遭绝罚者的名单,尤其是胡格诺派(用的就是此称呼)和所有并吞教会土地的亲王;美第奇红衣主教和卡拉法红衣主教就在教皇身边,听了这一条嘿嘿冷笑[1]。这道谕旨读了整整一个半钟点,因为司铎用拉丁语读完一条,在另一边同样不戴帽子的贡萨加红衣主教,用意大利语重说一遍。之后教皇把那支点燃的火炬抛向下面群众,贡萨加红衣主教出于好玩还是其他原因,也把另一支抛向群众。那里共有三支燃着的火炬。这支落到群众中间,引起台下大乱,人人争夺这一段火炬,拳头棍棒凶狠地打了起来。读这份驱逐令时,有一块巨大的黑布挂在门楼的栏杆扶手前,就在教皇前面。驱逐令念完,这块黑布扯走,露出下面另一种颜色的条幅;那时教皇向群众赐福。

那几天展出圣像布,如一面大镜子似的正方形,上面隐隐约约有一张深色面孔[2]。仪式隆重地把它放在一张五六尺阔的桌

---

[1] 当时教皇一派与美第奇等意大利大家族明争暗斗非常激烈,也从不间断。
[2] 根据传说,耶路撒冷的一位妇女,用这块布去抹十字架上耶稣血迹斑斑的面孔,在布上留下了耶稣的面容。

子上供人瞻仰，那位拿着它的教士双手戴红手套，另有两三位教士托着他。还从未见过这样隆重膜拜的场面，老百姓匍匐在地，大多数人噙着眼泪，大喊大叫："怜悯啊怜悯！"一个妇女据他们说是中了魔邪，看到布上这张面孔，一声惊呼，伸直身子，扭动胳臂。这位教士绕着桌子走，把画像给群众看，一会儿这里，一会儿那里；向群众做每个动作都引起尖叫。

同时，也在这同一个仪式上，在水晶瓶里展出当年插入耶稣基督腰际的一支矛头。在那天这样展示了好几次，观者人山人海，一直绵延至教堂外很远，只要视力能够达到那张桌子的地方，男男女女挤得水泄不通。

这实在是一座真正的教皇庭院：罗马的排场与它的辉煌隆盛都贯串着虔诚。那几天，看到老百姓无一不对宗教热诚满怀，令人感叹。

他们有一百多个宗教团体，有教养的人莫不参加其中一个；还有几个是外国人组织。我们的那些国王属于贡法龙（Gonfalon）。这个特殊组织有许多宗教联谊活动，主要在封斋节开展。但是在那一天，他们穿了布衣，集体游行；每个队伍都有自己的方式，有的穿白衣，有的穿红衣、蓝衣、绿衣、黑衣，大部分人面孔不暴露在外。

不论这里还是其他地方，我看到最轰轰烈烈与宏伟的事，是那天散在全城参加祭祀的人数之多令人难信，尤其是在这些组织内。因为除了白天我们看见的和那些前来圣彼得大教堂的大量群众以外，夜色降临后，这座城市更像是全都着了火；这些组织列队走向圣彼得大教堂，每人手擎一支火炬，差不多都是白蜡做成的。我相信至少有一万两千支火炬经过我面前。因为从晚上八时到子夜，满街游行队伍不断，在引导下井然有序，节奏均匀，虽然还是些来自不同地方的不同队伍，决不出现一个缺口或断线。每支队伍都有一个大合唱团，一边走一边不停地唱，在行列中央有一排苦修者，用绳索鞭打自己；他们至少有五百人左右，背脊皮开肉绽，令人不忍卒睹。

这是我实在无法理解的一个谜；但是他们都是血迹斑斑，皮开肉绽，还是不停地自残其身。看了他们神态自若，步履平稳，语言坚定（因为我听了好几个人说话）和他们的面孔（因为有好几个在路上没戴面罩），他们显得不是在受什么苦，反而不当一回事；有的甚至只是十二三岁的少年。就在我面前的有一个年纪非常小，他脸上喜气洋洋；有一名少妇看到他这样伤害自己很难过，他却向我们转过身，笑着对她说："别哭了，我这样是赎你的罪；不是我的罪。"① 他们对这种行为不但不表示沮丧或勉强，还做得高高兴兴，至少是那么满不在乎，你看到他们彼此谈论其他事情，笑，在街上叫喊、跑步、跳跃；招来的人那么多，挤得队伍都乱了。

他们中间也有人带了酒来的，递给他们苦修者喝；有几人喝了一口。也有人给他们吃糖果。更经常的是带酒的人喝一口含在嘴里，然后再喷出来，润湿他的鞭子尖头。他们的鞭子是

---

① 对于这种自残行为，蒙田在《随笔集》第一卷第十四章内表示厌恶："许多善男信女相互厮打，直至皮开肉绽……有的人是拿了钱在替别人履行宗教义务。"

用绳索做的，沾血后都粘结在一起，用酒润湿把它化开；他们还用酒喷在有些人的伤痕上。看了他们的鞋袜，显然像是境况不好的穷人，他们是用钱雇来做苦修的，至少大部分如此。有人告诉我他们的肩膀上都涂了油脂；但是我看到伤痕是那么鲜明，鞭打又那么长久，没有什么药品可以让人驱除这种伤痛的感觉；还有那些雇用他们的人，这样弄虚作假是图什么呢？

这个典礼还有好多其他特点。当他们抵达圣彼得大教堂，他们不做什么事，除了观看展示在面前的圣像布，然后往回走，给别人让位子。

仕女们在这天享受充分的自由；整夜街上全是她们的身影，差不多都是步行。然而，说实在的，这座城市好像经过了极大的改良，尤其在风化问题上。看不到任何眉来眼去、脉脉传情的行为。

最美丽的坟墓是圣马利亚圆堂，靠了灯火装饰。其中最突出的是许多灯火不停地在坟墓四周自上而下旋转。

复活节前夕，我在拉特兰圣约翰教堂瞻仰了他们展示的圣保罗和圣彼得的头颅，上面还有肉、肤色和胡子，栩栩如生。圣彼得的脸白而长，面色显红带紫，灰色虬髯，头上戴一顶教皇冠；圣保罗，深色皮肤，面孔宽而显胖，头更大，胡子灰而浓密。它们供在一个特殊的高处。要展示时敲钟，召唤信众前去瞻仰，把一块幕布抖抖放落，后面就是并列一起的这两颗头颅。展示时念《圣母经》，念完立即拉上幕布；然后又以同样方式打开幕布，如此者三遍；在那天展示四五次。这地方约有一支矛那么高,有粗大的铁栅栏,通过铁栅栏观看。栅栏外四周点了好几支蜡烛;但是要辨清所有细部还是很不容易。我看了两三次。这两张面孔光得有点像我们的面具。

复活节后的星期三,马尔多那先生那时正在罗马,他问我对这座城市的风俗习惯有何看法,尤其在宗教方面,他觉得自己的判断跟我完全不谋而合:那就是法国普通民众要比这里的人虔诚许多;但是富人,尤其是朝臣要稍差。他还跟我说,有人向他提出法国完全受异教徒操纵,有这样看法的西班牙人在他的耶稣会里也很多,他对他们这些人坚持说,光是在巴黎一座城市里真正的信徒也要比全西班牙还多。

他们的船由三四对水牛拉纤逆台伯河而上。

我不知道其他人觉得罗马的空气怎么样,我觉得它清净舒爽。保罗·维亚拉先生对我说他已不受偏头痛的困扰;这话印证了民间的说法,就是这地方苦了腿脚,好了头脑。损害我健康的只是无聊与无所事事;在这里我总有事情做,即使不像我希望的那样有趣,至少足够让我驱除无聊。参观古迹和葡萄园;后者也都是花园与游乐场所,有独特的美,在这里我知道艺术如何可以把一块高低不平的山地加以恰到好处的利用;因为他们营造出的美妙境界,决不是我们的平地所能摹仿的,这多变的地形也由于因势利导而体现了价值。其中最美的葡萄园是蒙卡瓦洛的伊斯特红衣主教、巴拉丁的法纳斯、乌尔西尼、斯福扎、美第奇的葡萄园;朱里安教皇、帕尔玛侯爵夫人的葡萄园;特拉斯特维尔的法纳斯和利亚利奥花园;人民门外的西吉奥花园。这些美景向谁都开放，任何人都可以享受，不论进去做什么，甚至在里面睡觉，成群结队进去都行，只要不常爱去那里的主人不在。还有我可以去听布道，那是任何时刻都有的；或者听神学辩论；或者偶尔找个街头神女，这件事我觉得有一条很不爽，那就是纯然陪伴闲聊要价同样高（我寻找的目的无非是听她们聊自己的偏门子生活），在整个交谈中她们同样也是很抠门的。

这些闲事已经够我忙的了。不论在屋内还是在街上，我都没有时间去忧郁（这会要了我的命）和难过。这里实在是个安身乐居的好地方；还可以这么说，我要是可以更加深入这里的隐秘生活，会过得更加美好；但是事实上，不论我如何用心去观察，我了解的罗马只是它那人所周知的面貌，一般外国人都能看到的一部分。

三月的最后一天，我患急性腹绞痛，整夜不止，但还可忍受；它引起腹部阵阵绞痛，对尿道刺激也超过平时。我排出粗沙子和两块结石。

复活节后第一个星期日，我观看了少女受赐仪式。教皇除了平时的排场以外，面前还有二十五匹马，披了绣金马衣，装扮得十分富丽，十或十二头骡子披紫红马衣，都由武装侍从步行牵引；他的轿子也罩着紫红色丝绒。在他面前是四个骑马的汉子手举棍棒，上罩红色丝绒，手柄与两端镀金，棍棒上是四顶红帽子。教皇本人骑在自己的骡子上，紧随在身后的红衣主教也骑在自己的骡子上，穿了他们的主教服装，他们长袍的后摆用一根饰带系在骡子的笼头上。

少女共有一百零七名，每人都有本家的一名老妇相陪。弥撒后，她们走出教堂，组成一支长长的游街队伍。这个仪式在密涅瓦教堂进行。她们从外面回来后一个个轮流经过祭坛，吻教皇的脚；他则给她们祝福，亲手交给她们每人一只白锦缎钱包，里面有一份礼。这意味着她们找到了丈夫就可以来要求她们的受赐所得，也就是一人三十五埃居，再加上她们每人那天要穿的白婚纱，这值五埃居。她们的脸上都盖一块布，没遮住的只是眼睛部位。

对于罗马的种种优点，我最称道的这是一座最被大家认同的世界城市，在这里国家的特殊性与区别是最不重视的；因为从其本质来说这是外来人组成的城市；每个人在这里都像是在自己家中。这里的亲王以其权威对待整个基督教世界；它的基本司法制度要求外来人在当地一样融入他们家庭。不论是他本人的选举还是朝廷内所有亲王与大臣的选举，对出身的考虑是微不足道的。威尼斯政府的自由、贸易的优惠，使外来人都受其益；但是他们在那里还是觉得寄人篱下。而这里他们是在做自己的事，享受自己的财富和承担自己的责任。因为这里是神职人员的宗座。在威尼斯可以看到同样多或更多的外国人（在法国、德国或其他国家，外国人的流动与这里不能相比），但是定居与成家的要少得多。这里普通百姓见到我们的穿衣方式，或者西班牙人或德国人的穿衣方式，跟他们不同，也不会大惊小怪；大家也很少见到乞丐不是用我们的语言向我们乞讨布施的。

我从而努力运用大自然赐我的天然五官功能去获得罗马公民的资格，无非是对它的权威抚今追昔与宗教缅怀而已。我遇到了一些困难；我还是把困难克服了，决没有钻谋，甚至走任何法国人的门道。这是菲列波·缪索蒂①，教皇的总管，对我特别友好；他鼎力相助，才说动了教皇运用他的权威。资格证书是在"一五八一年三月十三日"那天批准，然后又在四月五日正式发给我，格式与语言跟用于教皇的儿子、索拉公爵、贾科波·彭贡帕尼奥大人的一样。这是一个虚衔；但无论如何，我获得这个资格感到十分喜悦②。

四月三日，我一早从圣洛伦佐·蒂布蒂那门离开罗马。我走一条颇为平坦的道路，经过的地区大部分盛产小麦，像罗马的附近地带，人口很少。我渡特韦洛那河，从前叫阿尼奥河，先走马莫洛桥，后走卢卡诺桥，后者还是保留了古名。在这座桥上还有几处古代铭文，主要的那篇还能辨认。沿着这条路还有两三座罗马坟墓。没有其他古代遗迹，在蒂布蒂那这条古道上也没有留下什么。我到

蒂沃利（十五里）吃中饭。在古代叫蒂布尔登，横卧在山脚下，城市沿着第一道颇为陡峭的斜坡延伸，这使它所处位置的风景丰富多彩。因为它向四面看去就是一片无边的平原和那

---

① 据《七星文库·蒙田全集》，应为亚历山德罗·穆蒂。这里想来名字是误记。这个意大利姓氏在《随笔集》中出现四次，转成法语后却有三种不同拼法：(Alexander) Mutus, (philippo) Mussotti, (Alessandro) Muti。
② 蒙田在其《随笔集》第三卷第九章《论虚空》一文结尾，全文抄录了他的《罗马公民资格证书》。

个大罗马。它的前景朝向海,背后又是山。特韦洛那河流经这座城市,又在附近美妙地转弯,顺山势而下,钻入向下五六百步的一个岩洞,然后又上了平原,逶迤曲折,在城市偏北方向与台伯河汇合。

那里看到弗拉拉红衣主教的著名的宫殿与花园。这是非常美丽的一景,但是好几处都没有竣工,当今的红衣主教也不在继续完成。我观察这里所有东西都别具一格;我试图在此描述一番,但是这方面已有不少公开的书籍与绘画。操纵从远处引过来的一根管子,向四处喷出无数水柱,我旅行到别处时,在佛罗伦萨和奥格斯堡时已经看到,这也在前面说过。管风琴音乐则是真正的天然管风琴音乐,虽然奏出的总是同样的调子,那是让水猛烈地落在一个圆拱形洞穴,震动洞中的空气,向四处扩散,通过管风琴的管子钻出形成风声。另一池水推动一个齿轮,让管风琴的键盘有序地弹奏;还可听到小号的摹仿声。在其他地方还听到鸟鸣声,鸟其实就是在簧管小风琴上看到的铜质小长笛,发出的声音就像小孩用嘴在盛满水的陶壶里吹出来的一样,经过改装后颇像管风琴声;此外还通过其他弹簧移动一只猫头鹰,它出现在洞穴高处乐声便戛然而止,因为鸟看到它都吓得一声不出,然后猫头鹰又飞走;这样可以按心意一直交叉进行下去。

别处有发出像打炮一样的声音;还有地方声音更密更细,如同火枪射击。这是由一片瀑布突然落在管道内,空气在挤压下往外钻,产生这么个声音。所有这些诸如此类的新发明,都是根据同样的天然原理,我在其他地方也看见过。

那里还有河塘或水库,四周都围以石条,许多高大的石柱伸出栏杆之上,相互间隔约四步宽。从这些柱头有水涌出,不是向上,而是向着河塘。孔眼朝内,相互对视,把水猛力喷往河塘里,以致这些水柱在空中冲撞交锋,在河塘上造成一种绵密不断的雨柱。阳光照在上面,在河塘底上,在空中,在这地方四周产生彩虹,那么自然与显明,绝不亚于我们在天空看到的彩虹。这个我在其他地方从没见过。

宫殿下面有几个人工挖的大洞穴和气孔,吹进一股冷空气,使建筑的下几层空气凉爽不少;这部分没有完全完成。我也在那里看到好几尊杰出的雕像,主要有一个躺着的仙女、一个死的妇女和一个天上的帕拉斯。

《阿多尼斯》是在阿基诺主教家;《母狼》铜饰和《拔刺的男孩》在卡皮托利山朱庇特神殿;《拉奥孔》和《安蒂努斯》在美景宫;《喜剧》在卡皮托利山朱庇特神殿;《萨提罗斯》在斯福扎红衣主教的葡萄园;现代艺术有《摩西》,在凡库里斯圣彼得墓地,坐在保罗三世教皇脚边的那位美人,在圣彼得新教堂里。这些是我在罗马最喜欢的雕像。

普拉托里诺宫完全是与这里一争长短的。佛罗伦萨[①]在山洞丰富多彩方面,要胜出许多。弗拉拉多水;水上娱乐活动花样有趣,两者不相上下,除了佛罗伦萨在整体布局上更为典

[①] 在这段文字里,佛罗伦萨指托斯卡纳大公美第奇家族的普拉托里诺宫,而弗拉拉则指弗拉拉公爵家族在蒂沃利的埃斯特宫。

雅；弗拉拉以古雕像见胜，佛罗伦萨以宫殿优异。从地理位置与风景优美来说，弗拉拉远远领先。在自然环境上我要说的也是这个话，如果它没有这个致命伤，那就是除了在上面小花园顶端、从宫殿一个大厅里看得见的那座喷泉以外，这里的水都只是特韦洛那河里的水，红衣主教截取它的一个支流，另开一条渠道引来为自己所用。可是这水浑浊难看，若是清澈宜于饮用，这地方将是无与伦比的，尤其他的大喷泉造得精美绝伦，随同它的附属设施比这座花园和周围的任何景物都美。在普拉托里诺则相反，它的水则来自喷泉和远处。因为特韦洛那河是从高得多的大山上泻落的，这地方的居民随心所欲使用，不少人的行为使红衣主教的这项工程大为减色。

我在第二天中饭后离开，经过我们回程那条道路右边的大废墟，他们说周长有六里，原是一座城市，照他们的说法是哈德良皇帝的离宫旧址[①]。

在蒂沃利到罗马这条路上，中间有一条含硫磺的小溪穿过。沟渠两边都被硫磺腐蚀发白，气味传到半里地外；他们并不把它用来做药。在这条溪流里河水泡沫结成的小硬块，外表很像我们的糖果，很多人都会受骗上当。蒂沃利居民用这个材料做各种各样东西，我买了两盒，花了七苏六德尼埃。

在蒂沃利城内有一些古代遗迹，如两个公共浴场，建筑形式非常古老；一座神庙的残垣断壁，还有好几根完整的大柱

[①] 这原是罗马最大最美的一座离宫，哈德良皇帝把他在帝国各地见到的纪念建筑都造在里面，后蛮族人入侵时被毁坏。

子。他们说这座神庙曾是他们古代西布拉的寺庙。在教堂檐口确实还可看到五六个大字,没有写完。因为接下来的墙还是完整的。我不知道是不是在这前面还有字,因为这部分是断了;我们能看到的只是 Ce ... Ellius L.F.[1]。我不知道这是什么意思。

晚上我们前往

罗马(十五里),我这次回程乘马车,倒与平时不同,没有什么不舒服。

这里人有一种看法很特别,跟其他地方大不一样;因为他们从健康观点区别对待街道、城区,甚至自己住的寓所,非常认真,从而要根据季节来变换住宅。即使那些租房者中间,也有人听了医生的嘱咐,不惜花高价租赁两三幢豪宅,以便在不同季节迁入居住。

四月十五日,我去向圣廷学师和他的同僚辞别,他们请我不要再使用我书中的受审部分,有些法国人已经告诉他们那里面有许多蠢话,还说他们尊重我对教会的好意与热爱,还有我的学识;他们充分相信我的坦诚与良心,书重版时,我若觉得有什么过于放肆大胆的地方,还有"命运"这词要不要在我的书中删除,他们完全交给我自己处理。我觉得他们还是对我很满意的;为了要我原谅他们阅读我这部书这样挑剔和对某些词句吹毛求疵,他们给我举例说出当代几位声誉卓著的红衣主教

---

[1] 据加拉维尼版,可以认为是:"由塞里乌斯监理。"塞里乌斯为当时工程官员。

与教界人士写的著作，也由于某些类似的瑕疵遭到审查，这决不影响作者与作品的总体名声；要求我以我的雄辩（这是他们的客气话）帮助教会，跟他们一起住在这座和平不受纷扰的城市里。这都是些权势人物、潜在的红衣主教。

我们在三月中旬前后吃到菜蓟、蚕豆、豌豆。四月里他们到十点钟天才亮，我相信九点钟已是最长的白天了[1]。

在那时期，我交结的朋友中有一个波兰人，他是已故霍苏兹红衣主教最亲密的朋友，他送给我两部他写的关于红衣主教之死的书，都经过他亲手校阅。

居住这座城市的乐趣更因愈久愈熟悉而成倍增加。我从未享受过对我更温和、对我的脾性更适合的氛围了。

四月十八日，我走入乔万尼·乔治·恺撒里尼领主的宫殿内部参观，那里有数不尽的古物，尤其是芝诺、波西道尼乌斯、欧里庇得斯、卡涅阿德斯等人真正的头颅，在他们的非常古老的希腊铭文上是这样写的。那里还有当下活着的最美丽贵妇以及领主本人的妻子克莱里娅-法西娅·法纳斯的肖像。他的妻子即使不是那时罗马——据我知道还包括其他地方——最艳丽的，也是妩媚压倒群芳的夫人。他自称是恺撒一族，有权利竖立罗马贵族的旗帜；他富有，在他的族徽上有一根拴住狗熊的柱子，在柱顶上是一只展翅欲飞的苍鹰。

罗马的葡萄园和花园是一大景观，葡萄的成熟期在夏天。

---

[1] 前面说到意大利人以日落作为一天的计时，在此"十点""九点"约为清晨五点和四点。

意大利：从罗马到洛雷托和拉维拉

（一五八一年四月十九日—五月七日）

四月十九日星期三，我午饭后从罗马出发，我们由努瓦穆蒂埃·德·拉·特雷穆耶大人、杜·贝莱大人和其他贵族带着前往莫尔桥。通过桥后，我们转向右边，这样左边是我们来罗马时走的那条维泰博大路，右边是台伯河和群山。我们走的那条路开阔，不平坦，不肥沃，也没有人住；我们通过一个叫头道门的地方，这是第一道门，离罗马七里地；有人说罗马的古城墙一直建到这里，我觉得一点也不像。这条路是弗拉米尼古道，沿途有一些不知名的古迹；我们到

新堡（十六里）住宿。这是一座属于科洛那家族的小城堡，掩映在群山之间，这地方使我想起埃格科特路上朝着比利牛斯群山走去的肥沃山口。

第二天，我们还是走在这个非常有趣的山区，肥沃，居民多；我们沿着台伯河到了一个深谷里的

博尔盖托，一座属于屋大维·法纳斯公爵的小城堡。

我们在午饭后出发，穿越丘陵中一条非常适意的山谷，在奥特通过台伯河；那里还看得见大堆石头，那是奥古斯都为了

连接塞拜因土地而建造的那座桥的遗物，我们正朝着那里走去，而法里斯克土地则在另一处。我们后来走到了奥特里科里，属于佩鲁贾红衣主教的小镇。在小镇前面看到一座庞大重要的遗迹。这座山城秀丽无比，看出去地势起伏不平，但是到处土质肥沃，居民很多。

在这条路上看到一则告示，教皇说是他建造与平整了这条大道，他以自己名字命名为彭贡帕尼奥路。用告示说明和证明这些工程的由来与建成，这在意大利和德国时有所见，这是一个很好的激励。一个并不关心公众的人为了博取好名声，也会走上与人为善的道路①。原来这条路大部分都不好走，现在马车畅通无阻，可以直达洛雷托。我们到

那尔尼（十里）住宿。那尔尼（Narni）在拉丁语中是那尔尼亚（Narnia）。属于教会的小镇，坐落在一座山顶上，山脚下流淌尼拉（Nera）河，在拉丁语中是那尔（Nar）。在这城镇的一边看去是一片赏心悦目的平原，那条河三弯九转很奇怪。在广场上有一座美丽的喷泉。我参观了教堂，注意到那里面的壁毯上面有古法语写的韵文。我不明白这是怎么来的，但是我从老百姓那里知道他们对我们一直怀有极大的好意。那条壁毯描绘的是耶稣蒙难，占了大殿的整面墙。

因为普林尼说在这地方有一种泥土，受热后变软，雨淋后

---

① 蒙田《随笔集》第三卷第十章《论意志的掌控》，对此加以嘲弄，但是在这里意见有所改变。

变干,我向当地居民打听,他们对此一无所知。离此约一里路外有冷泉,其效果跟我们的温泉一样。有人用此泉治病,但是这水的名声不响。旅店按意大利的格局来说是属于好的;只是我们没有蜡烛,到处都是油灯。

二十一日一大早,我们下坡来到了一处非常秀丽的山谷,尼拉河淙淙流过,我们走桥过河来到了特尔尼门,穿过门看到广场上有一根非常古老的柱子,依然屹立不倒。我看不到上面有铭文,但是旁边有一尊狮子浮雕像,下面有献给尼普顿的古文题辞,以及尼普顿手执三叉戟与驾驶马车的大理石像。在这同一座广场上还有一块置于明显位置的铭牌:献给 A. 庞培 A.F.。这座镇的居民(因一边是尼拉河,一边是另一条河,把它夹在中间,故名 Interamna:意为"两河间")树立一尊雕像颂扬他为了造福当地人民而付出的辛劳。雕像已不存在,但是我从这个相似于古希腊二合元音字体,也可看出这铭文的年代久远。

这是一座美丽的小镇,地理位置十分宜人。我们是从镇的后面进入的,它有这座山谷内非常肥沃的平原,往前去的山坡上种满庄稼,人家很多。更为突出的是遍地都是橄榄树,实在好看之至;况且在山坡之间放眼看去,直至高山之巅,都经过耕耘,满坑满谷种着各种各样的果树。

我腹痛厉害,有二十四小时都很难受,一直挺到了最后稍好;并不因而放弃欣赏这里的美景。

从那里,我们往亚平宁山脉的腹地又深入了一步,看到教皇在那里建造的一条新道路，花了大钱，也带来很多方便，确实是一项浩大雄伟的修缮工程。邻近的民众都被强征来此修建；但是他们埋怨的不是这件事，而是这里原有可耕地、葡萄园和这类的东西，为了扩展空地不惜毁掉而又得不到一点补偿。我们看到右边一座美丽的山头上有一个小镇。老百姓叫它西庇阿寨，他们说这是从前西庇阿驻扎过的营盘。其他的山岭更高、更干燥，石头更多，我们通过山路和一条冬天溪流的河床，来到

斯波莱托（十八里）。生活舒适的名城，坐落在群山的山脚下。我们必须出示我们的健康证明，这不是为了防止瘟疫，那时在意大利已销声匿迹，而是害怕放进了一个彼特里诺，他们的同胞，意大利最著名的盗匪豪客，他干了不少声震江湖的大案子，他们——当地人与邻近城镇——就是提心吊胆，害怕遭到他的袭击。

这个地区四处有不少旅店；在没有房子的地方，他们搭几个棚子，下面放几张桌子，桌面都是煎鸡蛋、奶酪和葡萄酒。这里没有黄油，什么都放在油里烩。

当天中饭后，我们从那里出发，走入斯波莱托山谷，群山之间很难见到这样美丽的平地，有加斯科涅两长里那么宽。我们在附近的山脊上发现好几家民居。平地上的这条路是我刚才说的教皇路的延续，处在一条直线上，仿佛专为跑马开拓的大道。

我们在两旁错过好几座城市没看，尤其是右边的特雷维。塞维谈到维吉尔时说，他在《埃尼德》第七卷写道："盛产橄榄树的穆图斯卡。"有人不承认这点，还竭力说反话。不管怎样，这座城市筑在高山上，沿着山坡直到半山腰地面开阔。这座山四周都是橄榄树林，是块赏心悦目的宝地。这条新路是三年来修建的，美得无出其右；我们通过这条路在傍晚时到了

福利尼奥（十二里）。美丽的城市，我一到它坐落的这块平原，油然想起圣福瓦的市容，虽然它更富饶，但是福利尼奥要美出许多，人口也多得无法相比。那里有一条小河或小溪，叫托比诺。这座城市旧称福尔基尼姆，另有人叫福尔西尼亚，建在弗拉米尼广场上。

这条大路上的旅店，或大多数，都可与法国相比，除了马匹只喂干草，几乎没有别的可吃。他们供应腌鱼，鲜鱼很少。全意大利提供的都是生蚕豆，还有豌豆和青杏仁，菜蓟很少用油煮。他们的地板都铺方砖。他们牵黄牛就像牵水牛一样，用一块铁穿过它们鼻孔之间部位，然后拉住吻端。他们有许多驮行李的骡子，也健壮，前蹄不像我们这里钉铁，而是穿一双比脚大的圆铁鞋子。我们在许多地方遇见僧侣给行人洒圣水，等待施舍；还有许多孩子，谁给了他们施舍，就给谁念他们写在双手上的十来首天主经。这里的葡萄酒不是很好喝。

第二天早晨，我们抛下这块美丽的平原，又走进了山路，有时在山头有时在山脚发现不少美丽的平原。初时，我们有一

会儿欣赏千山万壑的美景，满山遍野都是浓密的果树和美丽的麦田，真是美景如画，经常还来到峭壁悬崖，马匹能够走上这里也真是奇迹；这里有最美的山谷，无数的溪流，远近都有不少人家和村庄，这使我想起佛罗伦萨的城郊，只是这里没有宫殿，没有豪宅。那里土地大部分干燥和贫瘠，而这里的丘陵没有一寸土地是无用的。正当春天使它们愈加美丽，这也是事实。

经常看到我们头上高耸入云处，有一个美丽的村子，在我们脚下像对称似的，有另一个美丽的村子，都有不少诱人之处。还有一个不可小视的亮点：在这些葱葱郁郁的群山中，亚平宁山脉却露出狰狞和不可接近的额头，从上泻下好几条激流，最初气势磅礴，过后不久流到这里，在这些山谷里变成温顺婉约的潺潺流水。走在山峰间，可以发现高处和低处有好多肥沃的平地，有时从某个角度来看远景一望无际。我不相信有哪幅画上曾出现这样灿烂的美景。从这里起我们那条道路的容貌也时刻在变，但是路面始终非常好走。我们到了

拉穆西亚（二十里）吃中饭，坐落在基恩蒂河畔的小镇。

从那里我们走上一条夹在山间低而方便的路。之前，我曾捆了我们的车夫一记耳光，按照当地的习俗这是一个极大的侮辱，泰西涅亚诺亲王为此死在车夫手里就是明证。看到那个车夫不再跟我，也不无担心地私忖他会上堂告发或暗中报复，我就违背我的计划（原本前往托伦蒂诺），就在

瓦尔西马拉（八里）停留吃晚饭。一个小村和驿站，在基恩蒂河畔。

第二天星期日，我们还是沿着两边种庄稼的山岭中间这块肥沃的谷地走到托伦蒂诺。这是一座小城，我们穿过后遇到的则是平坦的乡野，两旁是一些可以轻易登越的山坡，这里使我想起加龙河沿岸最美丽的阿让区；除了像瑞士一样看不到一座城堡和贵族宅邸，山坡上只是几座村庄或城镇。沿着基恩蒂河的道路非常好走，最后一段还铺了砖石，我们从那里到

马塞拉塔（十八里）吃中饭。美丽的城市，约有利布恩那么大，坐落在一块形状接近于圆的高地上，四面八方的土地同样升高朝向它的腹地。这里没有多少好房子。我注意到一座石头宫殿，石头表面都切削成钻石似的，如弗拉拉红衣主教的埃斯特宫，这种形状的结构很好看。城市入口处是一座新门，上面用金字书写彭贡帕尼奥门。这是这位教皇兴建的道路的延续。城里有马尔凯地区总督府。

在这些路上有人给你献酒时，向你介绍当地的煮酒。原来他们把酒煮得只剩原来的一半，这样使酒味更香。

我们明显感到正走在去洛雷托的路上，因为都是行人来来往往。许多人，不单是三三两两的旅人，还有成群结队的富人，都是步行，穿了香客的衣服，有些人擎了一面旗子，后面跟一个基督受难十字架往前走，他们穿的是会服。

午饭后，我们通过一个普通的乡野，时而走在平原上，时

而穿越河流，然后又是行路方便的山冈，植物生长茂盛，道路大部分也横铺菱形石块。我们通过雷加那蒂，这是一座狭长的城市，坐落在一块高地上，沿着山峦起伏而展延；我们在傍晚到了

洛雷托（十五里）。

这是一个小镇，因防止土耳其入侵而筑起了城墙和敌楼，坐落在一块稍高的平地上，俯视一片非常美丽的平原，靠近亚得里亚海或威尼斯湾；以致他们说逢上好天气，看得到海湾后面的斯克拉维尼的群山[1]；这确是一个优良的地理位置。

那里除了为朝圣服务的人以外几乎没有其他居民，仅是几位屋主（还得说那里的旅店是够脏的）和几名商人，也就是说出卖蜡烛、圣像、经书、神秘羔羊、救世主蜡像等诸如此类的小商品；店铺林立，家家都布置得琳琅满目。我在那里也花掉了整整五十埃居。

僧侣、教会工作人员和耶稣会会员，都一股脑儿集中在一座不很古老的宫内，那里驻有一位总督——教会人士，谁有什么事都向他告，他以特使和教皇的权威行事。

祭祀的地方则是一幢古老简陋的小房子，房子用砖头盖成，长大于阔。在顶头有一道隔墙，隔墙两边都有一扇铁门，两扇铁门之间又有一道铁栅栏；这一切都粗糙、古旧，毫无陈

---

[1] 即今日克罗地亚境内的达尔马提亚。

设可言。这道铁栅栏的阔度恰是两扇铁门之间的阔度。通过栅栏可以看到房子的里间，这个封闭的里间约为这幢房子五分之一的大小，这里是举行主祭的场所。那里墙壁高处看见圣母像，他们说是木雕的；其余部分密密麻麻占满了许愿书，来自各地的人和亲王，以致从上到下墙上没有一寸空隙，无不盖满银箔与金箔[1]。

我获得极大的照顾，好不辛苦在墙上放上一块许愿牌，上面有四个银像：圣母像、我的像、妻子的像和女儿的像。在我的像下的银面上铭刻拉丁语：米歇尔·德·蒙田，法国加斯科涅人，国王勋位团骑士，一五八一年；妻子像下刻：妻弗朗索瓦兹·德·拉·夏塞尼；女儿像下刻：独生女莱奥诺·德·蒙田。在画上他们都并排跪着，圣母在前方上面。

这座礼拜堂除了我说的两扇门，还有另一个入口，跟外面相连。若从这个入口进堂内，我的许愿牌放在左边正对这个角落的小门。我非常细心把它系住钉上。我原本要放一条小链子和一枚银环，把它挂在钉子上。但是他们宁愿把它钉死。这块小地方是屋内生火炉的所在，你掀起盖在上面的旧罩布就可看到。很少人获准进入该处；门前也确实有这样的告示，刻在一块镌刻精细的金属板上，此外在门前还有一扇铁栅栏；没有总督的批准谁都禁止入内。

还有一件稀奇事，在这些珍贵的祭品中，还有一个土耳其

---

[1] 指圣马利亚在拿撒勒自己出生和孕育耶稣—基督的小屋子，先由天使们搬运至斯克拉维尼（达尔马提亚），最后又落户在洛雷托。

人最近献给这位圣母的蜡烛,他实在处于走投无路的境地,抓住什么样的绳子都要它帮上一忙。

这间小屋的另一部分,较大,作为祭堂使用,照不到一点阳光,在我说的隔墙的铁栅栏下面是祭台。这个祭堂内没有任何装饰,没有凳子,没有围栏,墙上也没有画和挂毯;因为它本身就被人当作圣物盒。入内不准佩剑带武器,也没有等级身份之分。

我们在这个祭堂内做复活节圣礼,这也不是人人都允许这样做的。由于大量信众一般都在这里领圣体,那里有专供他们使用的地方。随时随刻都有那么多人来这家礼拜堂,不得不一大早就来此占位子排队。一名德国耶稣会士给我做弥撒和领圣体。

在这堵墙上刮取任何东西都是禁止的,若允许取的话,这堵墙撑不了三天就塌了。这是奇迹不断的地方,我看到书中记载。就是最近也有好几桩事,说有人出于虔诚带走了这幢小屋里的什么东西,即使获得教皇的批准,也遭到了厄运;在特兰托公会议期间剥下来的一小块砖头又给送了回来①。

这屋子的墙外另有一幢十分华丽、方方正正的房屋把它罩住加固,用上最好的做工、最好的大理石,还有少数几件精美绝伦的工艺品。在这块方形建筑物的四周与上面是一座美轮美奂的教堂;被不少华丽的小圣堂围绕;还有坟墓,突出的有阿玛尼亚克红衣主教给安布瓦斯红衣主教造的坟墓。这个小方

---

① 葡萄牙科英布拉主教约翰·苏亚雷斯,得到庇护四世教皇的批准,取走洛雷托圣屋的一块砖头。回来后大病一场。最后又把这块砖头送了回去。

形建筑如同其他教堂中的祭坛；然而，真正的祭坛还是有一个，但是在一个小角落里。这座大教堂通体挂满匾、油画和历史记事。我们在那里看得不少华丽的装饰，其实没有看到更多倒使我惊讶，因为这座教堂自古以来就闻名遐迩。我相信他们把老的许愿牌都熔化作了其他用途。他们估计银钱布施约达一万埃居。

这里的宗教氛围也比任何我见过的地方都热烈。

凡有东西遗失，我说的是银钱或其他不但值得捡起、还值得被惯贼偷窃的东西，有人发现了就把它放在某个专门的失物招领处，谁要取回都可到那里去取，不用说明原因。当我在那里时就有许多这样的事，经书、手帕、无主的钱包，都是谁来取谁拿。你要为教堂做什么和留下什么，工匠出活都不取任何报酬——他们说——只要分享你的恩宠。你只需付银子或木板的钱。布施与赠予是可以的，事实上他们都拒绝不收。教会人士在一切事务上鞠躬尽瘁，办神工、领圣体和其他事，他们也分文不取。一般是你把钱交给他们中间一员，当你走后他以你的名义布施给穷人。

那时我在这座圣殿里，来了一个男子，他见到第一名教士就说他要许愿，给他一只银杯；因为他要花十二埃居许愿，这只杯子不到这个价，他突然把差价付给那名教士，争辩说付这个钱完全是有债还债，让自己完全和自觉地实现自己的承诺；之后，教士领这人进入这座圣殿，由他自己把杯子献给圣母，念一段短小的祷告；那个钱则投入大众慈善箱内。这样的例子他们天天见到，也就不当一回事。并不是每个人要求做都可以做的，允许这样做至少是份恩宠。

我星期一、星期二、星期三上午待在那里；弥撒后我从那里出发。我在那里过得很开心；至于我对这地方的体验要说一句话，那时拉夏贝尔的领主米歇尔·马尔托也在场；他是巴黎人，非常富有的青年，讲究排场。他与他的随从对我详细讲述他的一条病腿在这里治愈的故事。要说明神迹的功效再也没有比这更生动确切的例子了[1]。巴黎与意大利的外科大夫都束手无策。他为此已花了三千多埃居；他的膝盖肿胀，废了，非常痛苦，三年多来情况更差，更加红肿，甚至使他全身发烧；在那时候，他放弃一切治疗与药物，这样过了好几天，突然在睡梦中见到自己霍然而愈，他像看见一道闪光；他醒来，大叫自己痊愈了，呼唤家人，站起身，走路，这都是他得病后没做过的事；他的膝盖退肿了，膝盖四周溃烂死亡的皮肤此后也没治疗就日益改善。现在他已完全痊愈又来到了洛雷托；他在治愈前一两个月也来过一次，在罗马时还跟我们在一起。这些都是他与他的随从亲口说的，也只能信以为真。

这幢小房子他们就认为是耶稣—基督在拿撒勒出生的那个房子，最初搬移至斯克拉维尼，后又至这里附近，最后留在了这里；搬移的神迹描述在教堂里沿着柱子悬挂的大块大理石碑上，用意大利语、斯克拉维尼语、法语、德语、西班牙语说

---

[1] 关于这些神迹（或假神迹），蒙田在《随笔集》第三卷第十一章亦有论及。

明。在祭坛上只挂我们的国王的一面旗帜,没有其他国王的族徽。他们说他们经常看到斯克拉维尼人大队人马到这里祈祷,从海上不管多么远一看到教堂就怪声大叫,在现场又高声抗议,向圣母承诺要把她接回到他们身边,又口口声声后悔当时使她断然抛下他们;这真是一大奇观。

我打听到从洛雷托沿着海边走八天,轻轻松松到达那不勒斯,这是我想走的一条路线。佩斯卡拉和基埃蒂是必经之地,那里有驿车每周日前往那不勒斯。

我向好几位教士献钱,大部分都坚决拒收,其他人也因我死活不答应才收了下来。

他们把自己的粮食储藏在马路下面的地窖里。

我是在四月二十五日许的愿。

从罗马到洛雷托这段路程我们走了四天半,花了我六埃居硬币,马匹要付五十苏一匹,租给我们马匹的人也喂马,也包我们吃。这样的讨价还价并不占便宜,因为他们催着白天赶路,这样他们少开支,此外给我们的待遇也是可省则省。

二十六日,我去参观三里路外的港口,港口景色秀丽,还有一座炮台,属于勒加那蒂地区。

施舍人唐·洛加·乔万尼和圣器室保管人乔万尼·格列高利·达·卡格里,把他们的名字告诉了我,我若为自己或他人的事用得上他们,可以给他们写信。他们对我殷勤有加。前者管理这家小圣堂,我送什么都不受。我非常感激他们给我们做的事与说的客气话。

星期三午饭后，我走入一个肥沃、大路朝天、景物丰富的地区，到了

安科纳（十五里）吃晚饭。这是马尔凯区的首府。在拉丁语中称"Picenum"。人口众多，特别是希腊人、土耳其人和斯克拉维尼人，商业发达，建筑良好，两边有两块伸入海里的大高地；其中一块高地上有个大要塞，我们是从那里过来的，另一块相距不远，上面有一座教堂。这座城市坐落在这两块高地之间以及它们的斜坡上。但是城市的主体在山谷深处沿海地带，那里有一座非常美丽的海港，还看得见一扇大拱门，纪念图拉真皇帝与他的妻子和姐姐。

他们说过海到斯克拉维尼经常只需八、十或十二个小时。我相信花上六埃居或者加一些，可以雇上一艘船前往威尼斯。我花三十三比斯托莱租了八匹马到卢卡，这约是八天的路程。马匹应该由马夫喂养，我若在路上八天不够又加上四五天，我仍可用马，只需付马匹与马夫的消费。

这个地区到处是优良的猎犬，出六埃居就可从有些人手里买到。鹌鹑也没有这里的人吃得多，但是都很瘦。

我为了欣赏这座城市的美景与地形，一直待到二十七日午饭后。两块高地之一上面的圣西里亚科教堂是世界上著名遗物最多的教堂，都给我们展示观赏了一遍。

我们也证实了大量鹌鹑从斯克拉维尼飞过这里，每天夜里有人在这边的岸边撒网，又模仿它们的叫声把它们在飞过时引

来；他们说九月份它们飞越过海回到斯克拉维尼。

夜里我听到阿布鲁齐的炮声。在那不勒斯王国以远，每隔一里就有一座敌楼；第一座楼发现了海盗船，举火向第二座楼报警，第二座再向第三座报警，速度极快，他们看到在一小时内就可从意大利一端传至威尼斯。

安科纳是古时希腊语名称，指海在这个地方形成的"弯角"。它的两处岬角往前伸，形成一个很深的褶皱，城市前部有这两个岬角和海作为屏障，后部又有一块高地，从前高地上有一座要塞。那里还有一座希腊教堂，在一块旧石头做的门上有几个字，我相信是斯克拉维尼文。这里的女人一般都美丽，还有许多纯朴的男人和手艺精湛的工匠。

午饭后，我们沿海岸走，比我们的海岸线要平缓好走，直到水陆交接处都种植东西；我们到

塞尼加利亚（二十里）住宿。美丽的小城，坐落在一块与海水相连、十分秀丽的平原上；形成一个良港，因为有一条河从山上下来，流过这座城市的一边；他们把它改造成了一条运河，两边铺上大块木板，船只可在此抛锚停泊，入口处是关闭的。我看不到什么古迹；而且我们也住在城外，这是这里唯一的一家好旅店。以前称为塞诺加利亚，那是我们的祖先被克米勒斯打败后移居这里留下的名字①；它属于乌尔比诺公爵的辖区。

---

① 公元前390年，高卢人在阿利亚打败罗马防军，劫掠罗马，后被克米勒斯击退，撤出罗马。"Senogallia"中的"gallia"（加利亚）指高卢。

我感觉身体不适。我离开罗马那天,奥萨先生跟我走在一起,我那时要去问候另一位贵族。当时那么粗心大意,我用右食指弄伤了右眼角,立刻有血流下,很长时间眼睛红得厉害;渐渐痊愈时,真是一句拉丁语说的:"我痛是因那笨手笨脚的手指甲。"

我忘了要说的是,在安科纳那座圣西里亚科教堂有一个低矮的坟墓,墓碑上写着"安东尼娅,父姓洛卡莫罗,母姓瓦莱特,法国阿基坦人,嫁于葡萄牙人帕西奥托·乌尔比诺",葬于十到十二年前。

我们一早离开那里,沿着海边一条非常舒服的道路走;将近午饭时间,我们从一座大木桥上渡过麦特洛河,在

法诺(十五里)吃中饭。在美丽肥沃平原上的小城,与海相连,建筑不佳,城墙封闭。我们在这里得到良好接待,供应面包、葡萄酒和鱼;旅店价格也不高。有一点胜过这条海岸线上的其他城市,如塞诺加利亚、佩扎罗等,那就是它有丰富的淡水,好些公共喷泉,还有私家井,而其他城市则必须到山里去找水。这里我们还看到一座古代拱门,上面有一段写上奥古斯都名字的拉丁语铭文:他建造了城墙。这座城市以前称为法努姆,是命运神庙的意思。

全意大利差不多都是用滚轮筛面粉,那里一个面包师一小时干的活比我们四小时还多。几乎在所有旅店内都有打油诗人,他们能够立马给现场的观众口吟即景的诗句。在全城的小店,即使路角的缝衣店里,也找得到伴唱的乐器。

这座城市号称意大利全境第一美女城;我们除了极丑的以外一个也没遇见;我还向城里的一位正人君子打听,他对我说这是哪个世纪的事啦。在这条路上一顿饭约十苏,一人一天费用二十苏,马匹的租用与消费约三十苏,总共五十苏[1]。

这座城市属于教会所有。我们原本要沿着海边这同一条路往下走,去看佩扎罗,这是一座值得一看的美丽城市,然后参观里米尼,然后又是古城拉韦纳。尤其是在佩扎罗,听人说乌尔比诺公爵在那里盖的美丽的建筑和奇异的地理位置。往下则是去威尼斯的路。这个想法我们放弃了。

我们离开海边,向左转,走上一块大平原,梅托拉斯河穿越其间。在道路两边到处是非常美丽的山丘。这个地区的面貌颇像卡斯蒂荣的勃莱尼克平原。这块平原上,在河流的另一边,发生了萨利内托尔与克劳迪乌斯·尼禄跟哈兹德鲁珀尔的战争,哈兹德鲁珀尔在此被杀[2]。走完平原遇到山,就在山的入口是

福松勃隆(十五里),属于乌尔比诺公爵。城市坐落在山坡上,城下有两条笔直的路,漂亮、平稳、地势好;然而他们说法诺的人比他们富裕得多。在广场上有一个大理石大柱座,是图拉真时代的文物,上有一长篇铭文,纪念本地的一位居民,

---

[1] 三笔总数应该是六十苏,但原文是五十苏;据加拉维尼版的注解,不包括饭钱,仅是骑马人的费用。
[2] 指罗马与迦太基布匿战争中的一次重大战役。发生于公元前 207 年,迦太基大将哈兹德鲁珀尔阵亡,最后也导致汉尼拔失败。

另外在墙壁上也有一篇铭文,没有时代标志。这里从前是森普罗尼论坛。但是他们坚持说他们最初的城市深入平原,废墟所在的地方也更加美丽。城里有一座石桥跨过梅托拉斯河,走弗拉米尼路去罗马。

由于我到得早(因为里程短,我们白天在马上只骑七至八小时),我跟好几位正派的人讨教,他们把他们知道的城市与周边概况告诉了我。我们参观了那里乌尔比诺红衣主教的花园,许多嫁接在其他品种葡萄的葡萄株。我还跟一位写书的文人闲聊,他叫文森特斯·卡斯特拉尼,是这里的人。

我第二天早晨离开;走了三里路后,朝左拐,从一座桥上跨过与梅托拉斯河汇合的卡第亚那河。沿着几座野山荒岭走了三里,道路狭窄不好走。这条路到头看见一条五十步长的隧道,穿过最高耸的一块岩石。这是一项大工程,最早开拓的是奥古斯都,有一则写上他名字的铭文,已被时间抹去;在路的另一端还看到一则铭文,纪念韦斯巴芗。在这四周道路下面看到的都是从很深的河床中升起的大建筑工程。切割削平的厚石头;沿着这条路可通达罗马,那就是这条弗拉米尼大道,其痕迹大部分已埋没地下,路面原宽四十尺,现今仅存四尺也不到。

我特地绕路去看了一看,又循自己的脚印回来继续前行,这次是走易于攀登而又肥沃的群山山脚下。这条路将近走完时才又开始在山路上上下下,来到了

乌尔比诺（十六里）。这座城市很少特色，建在一座中等高度的山顶上，但是根据山的坡度向四周展开，以致没有一块平地，到处是上山与下山。因为那天是星期六，正好有集市。

我们看到了以美丽著名的宫殿；是一个大建筑群，绵延至山脚下。邻近的千重山峦尽收眼底，但是景色并不妩媚。整个建筑里里外外没有十分出色之处，唯一的小花园也仅有二十五步左右。他们说一年有多少天那里就有多少间房间。房间倒是确实很多，按照蒂沃利和其他意大利宫殿的模式。你透过一扇门洞经常看到另外二十扇门一个方向排开，另一个方向也有这么多或者更多扇门。那里有些东西是很古老的，但是主要部分由菲德里科·玛丽亚·德·拉·罗韦尔下令建于一四七六年，他在里面标榜自己当高官时的政绩以及战时的赫赫武功。这些事迹都布满了宫殿的墙头，还有一则铭文则说这是世界上最美的建筑。完全用砖头砌成拱顶，没有像意大利的大部分房屋那样用木地板。

当今这位公爵是他的侄孙。这是贤良亲王的一族，受臣民的爱戴。他们家学渊源，都是文化人，在宫里也有一座皮藏丰富的图书馆[1]。但是钥匙找不到了。他们倾向于西班牙。西班牙国王的族徽居于优先地位，还有英国和金羊毛骑士团，我们的则一字不提。

他们主动拿出第一位乌尔比诺公爵的画像，年纪很轻，由

---

[1] 1631年，乌尔比诺公国缺乏男性继承人，归并入天主教国。著名的乌尔比诺图书馆藏书现为梵蒂冈图书馆的一部分。

于他的不公义而被臣民杀死。他不是这一族的人。他娶了弗拉拉公爵的姐姐,妻子比他大十岁①。他们两人相处不好,分居,据他们说就是因为她吃醋。这样又加上她年已四十五岁,很少有生孩子的希望,公国就会因此归入教会,他们为此很苦恼。

我在那里看到比科·德拉·米朗多拉栩栩如生的肖像:肤色白皙,非常英俊,没有胡子,约十七八岁模样,鼻子长,眼神温和,面孔瘦削,黄头发直挂到肩膀,一身奇异打扮。

在意大利许多地方,他们爱造这种螺旋式阶梯,甚至非常窄而陡,也能骑在马背上登顶;这里也用铺斜形地砖。他们说这地方很冷,公爵一般也只是夏季才来这里。为了应付这件事,在那里两个房间角落里还可看到其他一些房间,四边都封闭,只有玻璃窗透过房间的光线;在这些密室里面是主人的床。

午饭后,我多走了五里路去参观自古以来人称"哈兹德鲁珀尔之墓"的地方,在一座高而陡的丘陵上,他们叫丈尔斯山。那里有四五间陋房和一座小教堂,还有一幢大砖或方砖砌的房子,圆周约二十五步,高约二十五尺。四周每隔三步还有用同样砖砌的扶手。我不知道工匠把他们做的形状像鸟嘴、作为档拦的东西叫什么。我们爬了上去,因为下面没有入口。在那里找到一个拱门,里面什么都没有,没有条石,没有文字;居民说以前这里有一块大理石,上面有标志,但是在我们去时

---

① 据《七星文库·蒙田全集》,应为十二岁。

已搬走了。我不知道这个地方怎么会按上他的名字,我不大相信他们说的是真的。这点是肯定的,那就是他在这附近打败和杀死的。

之后,我们走一条崎岖的山路,雨下了一小时后变得泥泞难行,我们又涉水渡过梅托拉斯河,因为这只是一条溪流,载不动船,我们另一次在午饭后也这样做过。我们走一条低洼方便的路在白天将尽时到了

卡斯特尔·杜兰特(十五里)。沿梅托拉斯河的一座平原小城,属于乌尔比诺公爵。老百姓放焰火,庆祝他们公爵的妹妹比西尼亚诺公主的男孩出世。

我们的车夫给马卸鞍子,同时也取下笼头,不管它们处于什么状态,照例给它们饮水。我们为了减低浓度,在这里和乌尔比诺都喝兑水的葡萄酒。

星期日早晨,我们沿着一片颇为肥沃、周围都是小山的平原走,首先经过一座美丽的小城圣安吉罗,属于公爵所有,沿着梅托拉斯河有非常美丽的周边地区。因为这是五月一日的前夕①,我们在城里见到了庆祝四旬斋中间狂欢日女孩扮成的小王后;还是在这块平原上穿过另一座属于同一管辖区的城市,叫梅加特罗,走上一条开始感觉到亚平宁山脉的路,来到

---

① "五月美女节",在意大利和法国都是一个古老的传统节日。1904年诺贝尔文学奖得主弗雷德里克·米斯特拉尔在一诗中有详细描写。

博尔戈—帕斯（十里）。在群山小旮旯里的一个小村，在简陋的旅店里打尖。

饭后，我们首先走上一条荒野多石的小路，然后走了两里山路、四里坡道登上了一座高山；路面像鳞片，很不好走，但是不可怕也不危险，悬崖也不是削壁千仞看得人头晕眼花。我们跟着梅托拉斯河直至它在此山中的地层；这样我们看过它在塞尼加利亚投入海，也就看到了它的源头与结尾。走下山我们面前就是一片非常美丽的大平原，上面流过台伯河，它离源头也仅八里地左右；再过去有其他的山。谁从克莱蒙的多娚山下来，进入奥弗涅山的利马尼，面前呈现的景色与此很相像。乌尔比诺公爵的管辖区到我们那座山山顶为止，这里开始佛罗伦萨公爵管辖区，左面则是教皇的管辖区。我们到了

博尔戈圣墓镇（十三里）吃晚饭。这块平原上的小城，毫无出众之处，属于佛罗伦萨公爵；我们在五月的第一天离开。

离城还有一里地，我们走一座石桥过台伯河，河水还是保持它的清澈秀丽，这说明在罗马看到的台伯河河水肮脏，给了它恶名："黄浊的台伯河"①，其实是别的河流使它混浊的。我们穿过四里地的平原，在第一座山岗顶上发现一座小镇。在这条小道上好几位少女，三三两两走到我们面前，抓住我们的马缰绳，一边唱个应景的歌曲，一边要求节日布施。

---

① 这见于罗马诗人贺拉斯的诗歌中。

我们从这个山岗骑马直下，到一个石头很多的坑洼，沿着一条溪流的河床走了很久，然后不得不爬上一座荒瘠、多石头的山，上下都是走三里；从那里我们发现另一块大平原，在平原上从一座石桥上过基亚沙河，然后又从一座大而美丽的石桥上过阿尔诺河；我们就在桥的这边

布利亚诺角（十八里）住宿，小屋子。房舍简陋，就像前面三处，这条路上大多数都是这样。把好马带到这里来真是荒谬之至，因为没有饲料。

午饭后，我们走在一块平原上，河水在上面奇奇怪怪地凿出可怕的裂隙；我相信在冬天必然很难看；那时也正在修路。刚才午饭前不久，我们没往左面去阿雷佐①，它在同一块平原上，离我们才两里地左右。好像那里的地势稍高。我们从一座美丽高耸的石桥过安布拉河，我们到

勒瓦内拉（十里）吃晚饭。旅店不到村子一里左右的地方，很出名；人誉为托斯卡纳最好的旅店，名不虚传；因为以意大利的旅店来说，它也是最好之一。这里常有庆祝活动，他们说当地贵族经常在此集会，就像勒莫尔在巴黎，吉约在亚眠。他们这里使用锡盘子，这是很少见的。这是一幢独立的房屋，在平原上的位置极佳，有一口井供它独用。

---

① 罗马诗人普鲁塔克的故乡。

我们在早晨离开，走平原上一条直的、非常美丽的道路，穿越四个封闭的小村镇：蒙特瓦蒂、圣乔万尼、菲格里纳和安西萨，到

皮昂·德拉·丰特（十二里）吃中饭。

旅店条件差，里面也有一口井，在安西萨镇上面，坐落在阿尔诺山谷，彼特拉克在作品中提起过，大家也认为彼特拉克出生在安西萨，至少是在这附近一里地的一幢房子里；那里只剩下一些微不足道的废墟；他们还把那个地方指了出来。他们已经播种了许多东西，那时正在种甜瓜，盼望八月份有收成。

这天早晨，我头沉，眼睛发花，仿佛来自偏头痛的老毛病，我已有十年没发了。

我们穿过的这座山谷，从前是一片沼泽地，李维认为汉尼拔不得不骑了大象过去，因为天气恶劣使得他的一只眼睛失明。这里确是一个低平的地段，阿尔诺河水轻易泛滥到这里。

在那里我中饭什么都不想吃，有点懊恼；因为吃了可以让我呕吐，这是我立竿见影的疗法；不然我要这样昏昏沉沉一两天，那次就是这样。我们发现一路熙熙攘攘都是当地人，他们带了各种食物去佛罗伦萨。我们穿过阿尔诺河上四座石桥中的一座进入

佛罗伦萨（十二里）。

第二天，望完弥撒后我们从那里出发，偏离那条正道一点

前去参观卡斯特洛,这我以前提到过①;但是由于公爵的女儿们也在那里,恰在这同一时刻要经过花园去望弥撒,有人请我们稍等,我不乐意。我们在路上遇到几处赛神会队伍;旗帜前导,妇女随后,大部分非常美丽,都戴草帽(这地区产的草帽胜过世界各地),从村妇来说,穿得很好,白色轻便软鞋。在妇女行列后面走的是神父,在他后面是男人。在前一天,我们看到僧侣的赛神会队伍,几乎一律都戴这样的草帽。

我们继续走在一块非常宽阔美丽的平原上,说实在的,我几乎不得不承认奥尔良、图尔,甚至巴黎在它们的周边都不及佛罗伦萨拥有这么多的房屋和村庄,还延伸得那么远。至于豪宅与宫殿,那是不容置疑的。我们沿着这条路走到

普拉托(十里)吃中饭。一座小城镇,属于公爵,坐落在皮尚吉奥河上。我们通过一座石桥渡河到了这座城的城门。

这座城最特出的就是有许多行走方便、结实的桥梁,这是其他市区都比不上的;而且,沿途到处都遇见巨大的条石,上面写着每个地区负责修缮哪段道路。我们在当地的宫殿看到了驻普拉托的教皇特使的族徽与名字,他们说他出身于这里。在这座宫殿的大门上是一尊戴王冠的大雕像,手里掌握地球,脚下是安茹的罗伯特②。他们在那里说这座城市从前是属于我们

---

① 蒙田第一次逗留佛罗伦萨时期,参观过卡斯特洛,在"秘书"代写的日记中谈到,现在的章节中看到他对佛罗伦萨的看法有所改变。
② 那不勒斯国王,普拉托在1313年向他归顺。

的；百合花到处都是，而城市本身的纹章是红色直纹上布满了金色百合花。穹顶教堂非常美丽，黑白色大理石装饰精致。

从那里出发，我们走另一条岔路，绕了四里地来到波乔宫，这座庄园烜赫一时，属于公爵，坐落在翁布罗内河边。这幢建筑的形式是普拉托里诺的样板。令人惊讶的是在那么有限的体积内竟然容纳一百间非常漂亮的房间。这里的东西我尤其看到的是大床上覆盖漂亮又价廉的装饰布，这是些花色斑斓的薄布，只是用很细的羊毛织成，再衬上同样颜色的四支纱交织的塔夫绸。我们还参观了公爵的蒸馏室、缝纫工场、车床和其他设备，因为他热爱机械。

接着是一条直路穿越绝对富饶的乡野，这条路的两边是树，树上盘绕葡萄藤，形成篱色，实在好看。我们通过这条路到

皮斯托亚（十四里）吃晚饭。翁布罗内河畔的大城市；马路宽阔，像佛罗伦萨、普拉托、卢卡和其他城市那样铺设大块石板。我忘了说的是在波乔宫有几个大厅，坐在餐桌前可以看到佛罗伦萨、普拉托和皮斯托亚；公爵那时在普拉托里诺。皮斯托亚城里人口稀少，教堂美丽，好房子也有几幢。我打听草帽的价格，他们售十五苏。我觉得在法国要售十五法郎[①]。从前卡蒂利那[②]就在这个城市附近和这片土地上被击败的。

---

① 一法郎值二十苏。
② 瑟吉厄斯·卡蒂利那，罗马政治人物，被控谋反，事败后，公元前六二年在皮斯托亚附近被杀。

波乔产挂毯，图案描绘各种各样的狩猎场景；我尤其注意到的是有一幅骑马的人正在追猎中了标枪的鸵鸟。

拉丁语中皮斯托亚（Pistoia）写成 Pistorium；它属于佛罗伦萨公爵。他们说从前存在的两个家族冈赛利里和潘西亚蒂奇，世代为仇，使这个地方像无人居住地带，以致现在总共只有八千人口，卢卡并不比它大，人口却超过二万五千人。

塔迪奥·罗斯比格里奥吉邀请我与所有陪同我的人第二天吃中饭，那是乔万尼·弗朗奇尼在罗马给他写了一封关于我的介绍信。宫殿陈设豪华，上菜的次序则有点怪异，肉很少，仆从不多；酒在饭后再上，像在德国一样。

我们参观了教堂，在主堂的顶层吹小号，在儿童唱诗班里有身穿祭服的教士吹低音喇叭。这座可怜的城市恢复徒有其表的古礼来弥补失去的自由。他们有九位一级市政官和一位旗手（即城市首领）①，他们每隔两月选一次。他们维持公共秩序，以前由公众现改为由公爵供养，他们住在宫里，一直待在里面，很少外出，除非集体行动。旗手走在公爵派去的行政官前面，那位行政官实际上掌握一切权力。旗手对谁都不鞠躬，在其心目中自比为小朝廷；我见到他们这么装模作样觉得可怜，但是大公爵给他们的津贴比从前提高了十倍。

意大利大花园大多数都在主要路径上养草刈草。在那个时候，樱桃开始成熟；从比斯托亚到卢卡一路上，我们遇见几个

---

① Gonfalonier 旗手，是中世纪意大利某些城邦领袖的称号，其选举两月一次。该城市划分为三个区，这个职务由三区轮流执行。

村民，拿着几束草莓向我们兜售。

星期四是升天节，我们在午饭后动身，起初一段时间走在这块平原上，然后是一条有点起伏的道路，再后又是一片宽阔美丽的平原。在麦田中央种植行列整齐的树木，一株株树顶都盖上葡萄藤；这样的田地简直就是花园。从这条路上看出去的山上也都种满了树，主要是橄榄树、栗树和为了养他们的春蚕而种的桑树。在这块平原上我们走到了

卢卡（二十里）。

城市比波尔多小三分之一，自由，只是由于弱小而沦为皇帝和奥地利皇族的保护地。它封闭，四周碉堡林立；壕沟不深，流水也浅，布满青草，沟底宽而平。城墙内圈的马道上种植了两三排树，作为遮阴——他们说——必要时也是鹿寨。从外面只看到一片遮蔽房屋的树林。他们始终保持一支三百名外国士兵组成的卫队。

城里人口密集，多的是纺丝工人。街道狭窄，但是美丽，差不多到处都有美丽的大房子。他们从塞奇奥河引出一条运河贯穿全城，他们花十三万埃居造一座宫殿，工程进展很快。他们说不包括城里有十二万臣民。他们有几处小城堡，但是没有城市归属于它们的名下。贵族与武士都做生意：布恩维西家族在当地是最有钱的。外地人只有通过一扇重兵把守的门才能进去。

城市有这么惬意的地势我还从未见过，四周是美得出奇的

平原，最窄的地方至少也有两里宽，接着又是秀丽的山岭，大多数人在乡野都有房屋。

那里的酒质量一般，每天生活需二十苏。当地模式的旅店条件颇差。许多人对我态度十分殷勤，送酒送水果送钱的都有。

星期五、星期六我待在这里，星期日午饭后动身离开（午饭别人吃，我没吃，我在守斋）。城池近处的丘陵上都是秀丽的房屋，还很密集。大部分路程都走在一条低低的道路上，颇为舒服，塞奇奥河沿岸到处都是郁郁葱葱、可居住人的群山。我们经过好几个村子和两个较大的镇：德西莫和博尔戈。这条河在我们的右面，在河的这一边走上了一座高度少见的桥，一个桥拱横跨宽阔的河面；这样形状的桥我们见过三四座。

意大利：初访拉维拉

（一五八一年五月七日——六月二十一日）

我们约在下午两点到了

拉维拉温泉城（十六里）。

这是一座七高八低的小城。沿着河不到温泉之前有一个约三四百步的平原，在平原上面，沿着一座面积不大的山的山坡向上走就是浴场，像巴涅尔·德·比戈尔温泉那样升高。饮水则在城市附近。

浴场所在的那块地很平，有三四十间屋，有良好的配套设施；房间漂亮，都是独用，自由自在，每间都有盥洗室，还有两扇门，一扇跟外界相连，一扇关上后不受侵扰。我先把房间几乎全部侦察了一遍，然后讨价还价，我订下那个最美的房间，这主要指它看出去的景色，至少我选中的这一间，看到这个小山谷、利马河和遮蔽山谷的山，山都得到良好的耕种，直上山顶都一片绿，种有栗树和橄榄树，另外地方还有葡萄树；葡萄树绕山结环拾级而上。每级突出部位的边缘是葡萄，每级的内部是小麦。我在房里整夜都听到这条河的潺潺流水声。

在这些房屋之间有一块广场可供散步，一边砌成开放式的平台形状，从这里观看在公地葡萄棚走廊下的这块小平地，沿着这块小平地的那条河，下去约两百步，可以看到一个美丽的小村庄，客人拥挤时它也为浴场服务。大部分房屋是新盖的；有一条良好的道路通往那里，村里还有一个美丽的广场。这地方的大多数居民都在这里过冬，开有自己的店铺，主要是药铺；因为他们几乎都是药剂师。

我的旅店主人自称波里尼队长，就是其中一个药剂师。他给我使用一个客厅、三间客房，一间厨房和给我随从使用的外屋，里面有八张床，其中两张还有帐子；他供应盐、每天的餐巾，三天换一次桌布，厨房里的铁炊具，蜡烛台，收十一埃居，也就是十比斯托莱再加几苏，住上两周；锅、罐、盆都是陶器的，由我们买下，此外还有玻璃杯与刀叉。肉类——牛羊肉——尽量供应；其他也没有什么了。每家客店都提出可以代为买菜，我相信一人每天花二十苏也可包给他们；若要自己做，每家客店也总有男人或女人能够下厨的。葡萄酒不是很好喝；但是要的话也可派人从佩夏或卢卡捎来。

我最早到那里，除了有两位博洛尼亚贵族，他们没有多少随从。这样我就可以选择，据他们说，那里店家很多，比在客流量多时跟他们砍价更有利。因为他们习惯上是等到六月份才过来，在这里待到九月；在十月份离开；他们在这里相聚纯然是休息。更早，——我们发现那时有些人正要回去，那是因为已待了一个月——或在十月份逗留，那是很少的。

在这个地方有一幢房子远远比其他的富丽堂皇，那是布恩维西领主家族的，确实漂亮；他们称之为宫殿。在餐厅里有一口美妙的活水喷泉和其他设施。他们至少可以提供我看中的四间一套的寓所；要是我需要，也可以拿下全幢。像上面所说的那四间装饰房，我若肯出十五天二十当地埃居的价钿，他们就可以出租给我。我只愿意一天出一埃居。考虑到季节与价格变化，我的主人只答应在五月份可以这个价成交；我若要多待，那就必须重新商量了。

这里有饮用的水和沐浴的水。一间有拱形罩顶的浴室，光线很暗，有我在蒙田的餐厅一半那么宽。那里还有一种装置，他们称之为淋浴器。这是一些管子，热水通过它们淋到身体各部分，主要淋在头上，再从上而下不停冲在你身上，使身子发热；然后水又汇集在一起，经过像洗衣女使用的木槽流走。那里还有一个拱顶浴池，暗暗的，供女士使用。从一口饮用的泉水那里引水过来，位置很不舒服，在一个凹壁内，还要走下几级台阶。

五月八日星期一上午，我好不容易服下了山扁豆，我的主人把这东西给我时，不像那个罗马人那样有风度[①]，我也是用双手乱抓。我在两小时后吃中饭，没有能够吃完；药性发作，使我把吃下的东西都吐了出来，后来还是呕吐不止。我肚子剧痛，拉了三四次，腹中空虚，折磨我将近二十四小时，我对自己说再也不服这个东西了。我宁可患急性腹绞痛，也不愿意被这个山扁豆弄得肚子这么难受，口内无味，精神萎靡不振。因

---

① 蒙田在罗马时第一次服山扁豆，由朗布依埃红衣主教的药剂师帮他服下，所以才有此话。

为我来这里时状态良好，甚至星期日晚饭后——这是我在那天唯一一次进食——还兴致勃勃去看科斯那浴场。它离这里有半里地，在这座山的另一面，必须上山翻过山头下来，再到这里浴场的高度才是。

这另一家浴场的沐浴与淋浴更为著名。我们那个浴场除了有饮用的泉水，无论从医生或使用来说没有一般常规的服务。有人说那家更早出名。还说什么它的古老要追溯到罗马人时代，但是这两家都没有什么古代遗迹。

那里有三四个拱顶浴池，拱顶中间有一孔眼，似气孔；光线阴暗不舒服。离那里二三百步另有一处温泉，在这同一座圣约翰山的稍高处；这里盖了一间浴室，有三个浴池，也是罩顶的。附近没有房子，但是有地方放一个垫子让人在白天休息个把小时。在科斯那，温泉不用于饮用。然而他们区分自己的泉水的功能，有提神的，有驱寒的，有的治这种病，有的治那种病，这一切会产生千种奇迹，总之没有一种病是找不到药治疗的。

有一家好旅舍有许多房间，另外二十来家不怎么像样。无论从设施舒适、窗外景观来说，都不能与我们相比，虽然它们的脚下流过我们的那条河，视野更深入山谷，要贵得多。好多人在这里喝水，然后再到那里去沐浴。此时此刻，科斯那有了名气。

一五八一年五月九日星期二，一大早太阳还未升起，我走去在我们温泉的喷嘴前喝，一口气喝了七玻璃杯，有三斤半之多，他们量出来是这样。我相信合我们十二双品脱。这水微温，像埃格科特或巴博丹，味道要比我以前尝过的都要淡。我也只是辨别出一点温热与甜味。那天服了后一点反应都没有，从服下到午饭时有五个小时，没有撒一滴尿。有人说我喝得太少，因为那里的人要我喝一只大肚瓶的量，也就是两只广口瓶，合八斤，或我们的杯子十六七杯。我相信它认为我服了药腹中空空，作为食物填补进去了。

同一天，一位博洛尼亚贵族来见我，他是率领两百步兵的上校，受雇于卢卡领地，他住在浴场四里外的地方。他向我说了许多客气话，跟我待了约两个小时；他嘱咐旅店主人和在场的人要对我尽心尽力殷勤招待。

这个领地传统上雇用外国军官，按照地区派遣相应数目的自己人进驻各村，然后配备一名上校指挥他们，队伍有大有小。上校有饷银，队长都是当地居民，只在战争期间领饷，需要时也指挥个别连队。我的那位上校每月领十六埃居，唯一的任务是时刻待命。

他们生活中更多遵守的是这里而不是我们浴场的规矩，尤其在饮用时大量节食。我住宿的地方比哪儿都好，即使巴涅尔也比不上。这里的地势跟巴涅尔一样秀丽，但是其他浴场就不是了。巴登的浴场比其他所有浴场要华丽舒适得多。巴登的旅店也可与任何一家相比，除了窗外的景观以外。

星期三一早，我又喝这里的水；前一天我感觉它的效果甚微，很不舒服；因为我服了以后立刻就大便，但是由于这里的水我一滴也没喝过，就把大便归因于前一天服的药。星期三，我喝了七个一斤量的玻璃杯，这至少是我那天喝的一倍，我相信我还没有一次喝过这么多。我觉得很想出汗，但又不愿意这样做，因为听人常说这不是我要达到的效果。如同第一天那样，我关在自己的房间里，时而散步，时而休息。水更多是从肛门排出，拉稀拉了好几次，不需要用力。

我认为这类山扁豆清肠法对我有害无益，因为水经过刺激后走后面的通道会成为习惯，而我考虑到肾脏更希望从前面尿出。我有意在第一次沐浴前一天，仅仅准备节食就可以了。

因而，我相信这水的疗效差、作用不大；从而也温性，不会有风险，对于初来者和体弱者是合适的。有人喝这水是驱除肝湿热和脸上红斑。这件事我仔细记下，是为法国一位非常贤淑的夫人效劳。

圣约翰的水大量用于化妆品，因为它非常油腻。我看到他们装满大桶运往国外，我喝的水往外销的还要多，由骡驴运到勒佐、摩德纳、伦巴第，作为饮用水。这里有人卧在床上喝，他们主要注意事项是保持胃部和两脚温暖，少行动。邻近的人会从三四里外过来买回家。为了表示这水不是很开胃，他们习惯上是从比斯托亚附近的一家浴场取水运到这里，那里的水味道很辣，在池里也很烫。这里的药剂师往往在喝这里的水以前先喝上一杯，因为它效果好，开胃，帮助吸收。

第二天我拉出一些清水，颜色还是有些混浊，像在其他地方一样，排出不少沙子；但这是山扁豆引起的，因为我服山扁豆的那天排了不少。

　　我在那里听到一件值得回忆的事。当地一个居民，是军人，还健在，名叫朱塞佩，管理一艘热那亚苦刑船，我也见过他的好几个近亲；在一场海战时他被土耳其人俘虏了去。为了获得自由，他变成了土耳其人（处于这种情况的人很多，尤其在这里附近的山区，还尚在人世），接受了割礼，在那里结婚。他还远离自己藏身之地，伙同其他几个土耳其人到这边海岸来抢劫，被奋起反击的人民俘虏。他灵机一动说他是有意回来投降的，他是基督徒，几天后释放了，来到这地方，到了我投宿的旅店对面那幢房子，走进去，遇见他的母亲。因为他还穿了那套水手服装，母亲看见他在那里很惊讶，严厉问他是谁，要干什么。最后他被认了出来——因为他失踪已有十到十二年——拥抱母亲。她大叫一声，倒地不省人事，直到第二天还是让人看不出有生命迹象，医生在旁边都一筹莫展。她终于苏醒过来，此后没有活多久，大家都认为是这次震动缩短了她的寿命。

　　我们的朱塞佩受到大家的欢迎，他到教堂里发誓改正自己的错误，得到卢卡主教的赐福和其他许多礼遇：这一切都是花招。他内心还是土耳其人，为了回到那里去，他从这里潜逃到了威尼斯，又跟土耳其人生活在一起。在旅途中，他又落入我们手中。由于他这人孔武有力，精通航海的老水兵，热那亚人还是保全了他的性命，把他捆绑在牢里，有事还利用他。

　　这个国家有许多士兵在军籍上注册的是地方居民，为领主领地服务。上校的任务不是别的，就是专门训练他们射击、击剑诸如此类的事；这些人都是本地的，他们没有报酬，但是他们可以携带武器、穿锁子甲、背火枪——这使他们很神气。他们不会因欠债而被羁押关牢。遇上战争可以领饷。他们中间有队长、擎旗兵和军士，只有上校必须是外国人，才有饷银。博尔戈的那位上校，他在前一天来见过我，从他那个地方（离浴场有四里地）派个人给我送来了十六只柠檬和十六株菜蓟。

这水的温润清淡还可以从它很容易转化成食品这点看出，因为它很快变色和消化，又不像其他水那样引起尿频，这是我本人同时又是其他人的切身体验。

虽然我住得非常舒适愉快，可与我在罗马的旅店相比，但是我房间里没有窗框，没有火炉，更没有窗玻璃。这说明在意大利暴风雨没有我们那里频繁；不然的话，差不多所有房子都只有木板窗，这会是一个不可忍受的缺陷；除此以外，我睡得很好。

他们的床，就是在一些小而粗陋的支架上，按照床的长度与宽度铺上几块木板；再在上面放一块草垫，一只床垫，如果你有帐子，那就住得非常好了。为了不让你的支架与木板露在外面有三个办法：一、用跟帐子一样的料子，如我在罗马时的做法；二、把你的帐子长垂到地把一切盖住，这是最好的办法；三、把罩布四角用纽扣系住，挂到地上；这必须是很薄的料子，如白绒布，下面再衬一块罩布保暖。至少，我学会这样做是减少行装，在家时也如此，我是不用床架的。人在里面很好,此外也是防臭虫的妙法。

同一天中饭后,我去泡温泉,这是违背当地做法的,据这里的人说饮服时不能沐浴,两者要分开;一段时间饮服,然后一段时间沐浴(他们饮服八天,沐浴三十天);在这里的浴场饮服,在另一个浴场沐浴。沐浴非常温和舒服;我泡上半小时,只出了一点汗,这是在晚饭时间。我离开那里就去上床,晚餐只吃了一盆加糖柠檬色拉,没有喝酒;因为那天我没有喝足一斤,我相信一切维持到第二天为止,我用这种方法差不多可把摄入的全部排泄出去。

计算尿量是一种笨习惯。

我不觉得不好,还精神抖擞,像在其他浴场一样,然而我看到自己没有尿尿就心里着急;可能在其他地方我也遇到过同样的事。但是他们把此看成是性命攸关的大事,从第一天起,你若没有排出三分之二,他们就建议你放弃饮服或者改用药物。

我个人认为这水还可以,它既不治人也不害人。它只是令人懒洋洋、软绵绵的,怕的则是它使肾脏发热而不是排毒,我相信我所需要的是更热更开胃的水。

星期四,我又喝了五斤水,害怕效用不足排不出。它让我大便一次,小便很少。

同一天早晨,我给奥萨先生写信时,不由凄然想起拉博埃西先生,久久不能摆脱愁思,使我痛苦非凡。

浴池底部发红有铁锈,水流经的管道也如此;再加上水淡而无味，使我相信这里面含铁质，会造成便秘。星期四，在等待中饭前的五个小时，饮服下去的水我只尿出了五分之一。

医药真是徒有其名。我信口说过我很后悔清肠太过，以致腹内空空，水也作为食物留了下来。我不久前在书中读到一位名叫多那蒂的医生谈这些水，他说他建议中午吃少，晚上吃好。由于我第二天继续喝，我相信我的猜测可以为他所用。他的同行弗朗西奥蒂在这点与其他许多方面都与他唱反调。

那天，我感到腰子有点沉重，我怕这是喝的水引起的，都滞留在那里了，回想前二十四小时内的排泄情况，看到自己在进餐时喝得少，才得出了我这个结论。

星期五我没有喝水，我不喝，却在早晨去洗浴和洗头，这是违反这地方的普遍看法的。这里的习惯是掺和一些药物提高水疗效果，例如冰糖、桲甘露或药性更强的东西，掺在他们的第一杯水里，最普通的是特图乔的水，我尝过，是咸的。我有点怀疑那些药剂师，不是到他们所说的比斯托亚原生地附近去进货，而是自己用天然水调制的；因为我尝出除了咸以外还有一股特殊味道。他们把它加温，开始喝一杯、两杯或三杯。我看到有人在我面前喝，毫无效果。有人在第一杯、第二杯或以后几杯水里放点盐。他们认为喝了后大汗淋漓几乎脱力，也想睡。我觉得这水的最大功能还是发汗。

（从这里开始，直至回法国途中进入皮埃蒙特为止，蒙田用意大利语叙述旅途见闻。今据《七星文库·蒙田全集》刊

载的法语版译出——译者)

让我试一试说上这另一种语言,尤其我已到了这个地区,我觉得这里的人说最纯粹的托斯卡纳语,特别是当地人之间,他们的口语没有被邻近地区的方言掺杂而弄得不伦不类。

星期六一大早,我去喝贝尔那贝的水。这是这座山上的一眼泉水,这里热水与冷水看起来数量惊人。这座山不是很高,圆周约有三里。大家只喝我们那眼主泉中的水,另一眼只是最近才声名鹊起。有一名麻风病人叫贝尔那贝,试过所有其他泉水的水与浴池后,选上这眼泉水,不懈地治,治疗了。他的治愈也使这水遐迩闻名[①]。

这周围没有房屋,除了一个小顶棚,管道四周有几只石凳;管道是铁铸的,虽最近才装上,底部几乎完全腐蚀。他们说这是水的力量把它摧残的,很像是这么一回事。这水要比那水更热一些,据大家的看法也更沉更辛辣。硫磺的味道也更浓,但浓得不多。它滴落的地方颜色发灰,像我们的一样,但不明显;这水离我的旅舍不到一里,在山脚下转了弯,所处的地势要比其他温泉低得多。它与河流约相隔一两矛长。

这水我喝了五斤,有点勉强,因为身子不怎么好。前一天午饭后天还热,我散步走了约三里,晚饭后我感到这水在强烈发挥效能。我开始在半小时内把它化解。我出外绕了二里路然

[①] 这件事不少编年史上都有记载,这水也从而取名为贝尔那贝水。

后再回旅店。我不知道这样额外的运动对我是不是有益,因为在其他几日,我都是立即回到房间,为了不让早晨的空气叫我身子发冷,旅店离泉水不到三十步。我第一次排出的水是自然的,有不少沙,其他几次是白的,混浊的。不停放屁。当我尿了将近三斤,尿开始呈红色;在午饭时我已排出了一大半。

我绕着这座山的四周转了一圈,发现好几处温泉。农民甚至还说,到了冬天各地方都有蒸气冒出,这说明还有许多。它们在我看来都是热的,跟我们的相比也可说没有气味、味道和水汽。

我在科斯纳看到另一处比我们的浴场要低得多,那里有大量小淋浴管,比我们的更方便。他们这里说这些管子的水来自好几眼泉水,约八到十处。每个管子头上都有一个不同的名字,说明不同的效用:如美味、温情、恋爱、王冠、失望,等等。确实,有的浴管要比其他的热。

周围的群山几乎都盛产小麦与葡萄,而不是四十年前种的只是普通树木和栗树。也可看到小部分荒山,山顶上还盖着雪,但是它们都离此较远。老百姓吃的是"木头面包",这已成为他们的谚语,指栗子做的面包,栗子是他们的主要收成,它的做法就像法国人所说的"杂粮面包"。我还从未见过那么多的蛇和癞蛤蟆。那里山上和荆棘地里有大量的草莓,小孩就是因为怕蛇不敢去采摘。

有些饮客每喝一杯就吃上三四颗芫荽,驱除肠气。

五月十四日圣灵降临节,我喝了五斤水,喝了更多贝尔那贝水，因为我的杯子里还有着一斤多水。他们这里把一年中四个节日都冠上复活节的名字①。我第一次排出许多沙子，根据我当时喝下去就有尿的欲望，还有在其他浴场一般的饮用量来说，在不到两个小时内，我排泄的水量已超过三分之二。它使我保持空腹，排出很顺畅。意大利的"斤"只有十二盎司②。

这里生活很便宜。小牛肉很鲜嫩，每斤约折合法国三苏。有许多鳟鱼，但品种小。那里有做太阳伞的巧匠，背了产品到处走。这个地区到处是山地，很少见到平整的道路，可是有几条非常好看，山里就是最小的路径也大都铺了石头。

午饭后，我给村里的姑娘开了个舞会，为了不致显得太拘束，我自己也跳。在意大利某些地方，如托斯卡纳和乌尔比诺公国，妇女行礼是法国式的，双膝微屈。在最邻近小镇的温泉管道附近有一块方形大理石，正好在一百十年前五月一日那天放上的，上面刻着这眼泉水的功效。上面的铭文我不赘述，因为好几本提到卢卡温泉的小册子上都有记载。在所有浴场都有小沙漏计时器供大家使用；我在桌子上就有两个是人家借我用的。晚上，我只吃了三片烤面包，带黄油和糖，没有喝酒。

星期一，由于我认为这水使我排泄足够畅通，再又回过头喝普通泉水，我喝了五斤；它不像平时那样引起我发汗。第一次撒尿时尿出一些沙，这显然是结石的残余物。这水跟贝尔那

---

① 据克洛德·潘加诺版的注解，卢卡人在基督教三大节日都冠上复活节的名字，如"彩蛋复活节"是日常所称的复活节，"玫瑰复活节"指圣灵降临节，"木柴复活节"指圣诞节。耶稣升天节则无特殊的名称。
② 法国的"斤"是十六盎司。

贝水相比我觉得几乎是冷的，虽然贝尔那贝水的热度已很低，与勃隆皮埃和巴涅尔的水差得更远。这两方面水都很有效。因而，那些医生嘱咐第一天效果不好的话就应该放弃喝，我很高兴没有相信他们的话。

五月十六日星期二，按照当地的习惯，也很合我的心意，我停止了喝水，就在泉水下泡了一个多小时，因为其他地方的水我觉得太凉。由于我还是觉得小腹和肠子里有气，虽然不痛，胃里倒也没有，我怕这水是罪魁祸首，就停止继续喝。但是我在浴池里很享受，真想在里面睡一觉。它没有使我出汗，但使我肢体灵活；我把身子擦干，在床上躺了一会儿。

每个月，本堂神父的教区都举行阅兵。我的那位上校对我百般殷勤，也进行他的阅兵。有两百长矛兵和火枪手；他要他们相互对抗训练，那些农民对于操练过程都能领会，但是他的主要职责是让他们的队伍保持整齐，教他们遵守军队纪律。

这里的老百姓分为两派，一个是法国派，一个是西班牙派。这种分裂状态往往引起严重的争执；甚至会在公共场合爆发。我们一派的男男女女在右耳上插几朵花，戴软帽，梳前刘海头发或诸如此类的东西；西班牙这一派把花插在左耳一边。

这里的农民与他们的妻子都穿得跟乡绅一样。你看不到一个农妇不是穿白鞋、美丽的长棉袜和彩色软绸围裙。她们跳起舞来，蹦跳旋转无一不精。

在这个领主国说到"亲王"，指的是一百二十人议院，上校不可能不经"亲王"批准而娶妻子，他极难获得批准，因为他们不愿意他在当地有亲朋好友。他还不能够积聚私产。凡是士兵不可以不请假离开当地。还有许多人穷得到山里去乞讨，用自己攒的钱买武器自用。

星期三，我在浴场泡了一个多小时；我有点出汗，还洗了头。我们在那里看到冬天使用德国炉子烤衣物和其他东西很方便。因为浴场师傅用铁铲加煤保持火势不灭，用一块砖头把炉口掀开，用这个方法引入空气使火烧旺，衣服也很快烤干，我们的火怎么弄也没那么方便，这个铲子做得像我们的一种盆子。

这里把小女孩与待嫁的女孩都称作"bambe"，还没长胡子的男孩称为"putti"。

星期四，我行动更细致，泡浴也更从容；我出了一点汗，把头伸到龙头下。我觉得泡浴使我身子软，两腰有点沉。然而我排出沙子和不少粘液，如同我喝水的日子。我确实也觉得这些水对我的效果犹同饮服一样。

星期五我继续这样做。他们每天从这口井和科斯纳井中取出大量的水，销往意大利各地。我觉得这些温泉使我面色清朗。小腹里还是容易胀气，但是不痛；显然是这件事使我尿中出现许多泡沫和小气泡，历时很久才消散。有时尿中还有黑毛，但很少，我想起从前也尿过不少。平时尿液是混浊的，里面还有一种油脂状的物质。

这地方的人不像我们那样嗜爱肉食，他们只出售一些普通肉，对肉价也心中无数。在这个季节，一只非常好的小野兔一开口六个法国苏就给我买下了。这里人不打猎,也不出售野味,因为乏人问津。

星期六,天气恶劣,风刮得很大,在没有屏风、没有玻璃窗的房间里感觉强烈。我就没去沐浴也不饮服。我看到这水起了大作用,我的那位兄弟,他不记得自己曾经自然排沙,与我一起在其他浴场里排沙,可是在这里他排出了许多。

星期日上午我沐浴,但是没有洗头。午饭后我举办了一次公开有奖舞会,这里的浴场有此传统;我很高兴举办今年第一场舞会来取悦大家。五六天前,我在附近乡镇张贴舞会的消息,前一天我还特地邀请这两家浴场所有先生与夫人,都来参加舞会和随后的晚宴。

我派人去卢卡筹备奖品。习惯做法是颁发好几项奖品,不要显得钟情于一位女士而怠慢其他几位;为了避免任何嫉妒与猜疑,奖给女士的总有八到十项奖,男士的两到三项。我遇到好多人求情,要我千万不要忘了他们,一个人是为自己,另一个是为侄女,再一个是为女儿。几天前,我的至友乔万尼·达·文森佐·萨米尼亚蒂,由于我曾写信托他代办,从卢卡捎来了男用的一条皮腰带和一顶黑呢帽,女用的两条塔夫绸围裙,一条绿的,一条紫的(必须说明的是总是有若干奖项较为隆重,能够笼络自己瞩目的一两位女士);还有两条平纹布围裙、四匣别针、四双薄底鞋(我把其中一双送给了没有参加舞会的一个漂亮姑娘);一双女式拖鞋(我再加上一双软鞋,做成一奖两物);三块细纱头巾,兰根饰带(这作为三件奖品)、四串珍珠小项链;这样总共是十九件给女士的奖品。这一切花了我六埃居多一点。此外我还雇了五名短笛手,我供他们吃一天,再付给他们大家一埃居;这件事我做得很得意,因为从来没有这样的好买卖。这些奖品挂在四周花花绿绿的圆框上,让每个人都看到。

我们偕同邻近的女士在广场上开始跳舞,我起初担心别就只我们几个人;但是不久从四面八方来了一大帮人,尤其是领地的好几位贵族和夫人,我对他们尽心接待交谈,我觉得他们对我相当满意。由于天气较热,我们移进了普昂维西宫的大厅,那里很适合舞会。

太阳开始西斜,约为二十二点①,我去找那些最有身份的女士,我对她们说我看到这些姑娘个个都是天生丽质、仪态万方,我既无天分也不敢莽撞去作评判,我要求她们来承担这项工作,根据各人的优点把奖品发给大家。我们在礼仪方面商量了好一会儿,因为她们对这份微妙的工作再三推让,认为是我太谦逊了。最后,我给她们提出这个条件,说她们如果接纳我参加她们的评审组,我会提出自己的意见。这样,我完全凭自己的眼光,一会儿选这一位,一会儿选另一位;我看重的总是美貌与温柔;这时我向她们指出舞姿美妙不仅取决于脚步的移动,还有全身的举止风度清雅娴静。礼物就是这样按照各人的优点发了下去,有的多有的少。颁奖的夫人以我的名义给各位

---

① 如前文所述,按当地的计时习俗,应为下午五点到六点。

舞者颁奖，而我把一切好意都归之于她。一切都按照规则有条不紊地进行，只是有一位小姐拒绝人家发给她的奖品，要人求我看在她的份上发给另一位，我觉得这样做不妥当，因为那一位并不很可爱。

发奖时报出有杰出表现的人的名字。她们每人轮流从自己的位子上过来，走到那位夫人与我面前，我们并排坐在一起。我取出我认为合适的奖品，吻一下，交给夫人，她从我手中接过去交给少女，总是满面春风对她说："这份美妙的礼物是这位先生给您的，去谢谢他吧。""不不，您应该感谢这位夫人，是她认为您在众人中最有资格得到这份小小的奖赏。我只是不好意思，这份礼物实在配不上您的某某优点。"这是我根据各人情况说的话。接着给男士也这样做。贵族与夫人虽然也参加了舞会，但是我没把他们算在竞赛中。这在我们这些法国人看来实在是一个难得、动人的情景，这些农妇那么温顺，穿得跟夫人一样，舞跳得也同样精彩，可与最好的舞蹈家一争高低，只是她们的舞蹈不一样。

我邀请大家吃晚餐，因为在意大利宴请其实只是在法国的一顿便餐。几块小牛肉和几对童子鸡我就可以应付过去了。跟我同进晚餐的是这个教区的上校，我的朋友博洛尼亚贵族弗朗索瓦·冈巴里尼先生，还有一位法国贵族，没有别人了。但是我让迪维吉娅留下与我同桌。这位可怜的农妇住地离浴场两里。这个女人与她的丈夫都靠双手打工过日子。她长得难看，年三十七岁，脖子长甲状腺肿，不识字，也不会写。但是从少年时起，父亲家里住着她的一位叔叔，他总是在她面前朗读阿里奥斯托和其他诗人的作品，她的智慧得到开启，对诗歌特别有悟性，从而她不但写诗才思敏捷惊人，还在诗歌中引入古代寓言、神的名字、各国乡土、博物知识和名人显士，仿佛她曾经受过正规的教育。她给我写了许多诗。说实在的，这诗只是有韵，但是风格则恣意自在。

这场舞会有一百多个客人，虽然时机不很合适，正逢一年中最大、最重要的收获季节。那时当地人都在劳动，没有心思过节，早晚收桑叶养蚕，所有少女都忙着干活。

星期一早晨，我去浴场的时间比平时晚了一点，因为剪头发和修胡子；我洗头，又在主泉的水龙头下冲了一刻多钟。

在我的舞会上，客人中还有一位当地的代理主教，他负责司法工作。他们指定一名官员任职六个月，由领主国派往每个教区，审理初审民事案件。一切不超过一定小数目的案子都由他过堂。另有一位官员承办刑事案件。我对后一位说，对我来说领主国在这方面制订规定是适宜的，这事不难办，我甚至还向他提出我觉得是最合理的建议。那些商人成群结队来这里取水，然后分发至意大利各地，必须拥有一张他们带走的水量证明书；这可以防止他们进行任何欺诈。我就告诉他们下面这件我亲身经历的事。有一名骡夫来找我的旅店主人，他只是个普通老百姓，要求他开个证明说他带了二十四桶这里的水，其实他只有四桶。主人起初拒绝出证明弄虚作假；但是骡夫回答说在四到六天后他回来再找那其他的二十桶。他没有这样做，我跟代理主教是这样说的。他完全接受我的意见；但是他又拼命打听骡夫叫什么名字、他的脸是怎么样的、他有些什么样的马。这我一样都不想告诉他了。

我还对他说，我有意在这个地方引入欧洲最著名浴场实行的做法，就是有一定地位的人进门后要把他们的族徽留下，表示他们对浴场的一种谢意，他代表领主国对我千恩万谢。

有些地方这时已开始收割牧草。

星期二，我在浴池里待了两小时，淋浴浇头约一刻多钟。

同一天，浴场来了一位定居在罗马的克雷莫纳商人。他身患不少怪病，可是他爱说话，到处走，让人家看出来他对生活很满意，性格开朗。他的主要病患在头部。他大脑功能很差，记忆力严重丧失，以致吃过饭后怎么也记不起人家端上桌子的是什么。他走出家门要去办事，他必须折回来十次问他应该去哪儿。《天主经》他勉强能背完，念完后又会一百次回到开头，始终不发觉自己已经念过，或者念完后又会再开始。他以前失去过视觉和听觉，吃过大苦头。他觉得腰部那么热，不得不老是系一根铅腰带。他多年以来完全按照医嘱生活，怀着宗教的虔诚遵守饮食制度。

意大利不同地区的医生开出不同的处方，彼此针锋相对，尤其在这些沐浴与淋浴的分歧上，这令人看来颇为有趣。在二十个诊断书中没有两个是一致的。他们差不多都互相诋毁，指责别人是杀人犯。

这人患了一种怪病，满腹胀气；气从耳朵中出来，呼呼的，经常扰得他睡不着觉；打哈欠时，觉得突然之间气从这个管道喷涌而出。他说使腹内气顺最好的方法是在嘴里含四大颗糖衣芫荽，然后用唾液把它们沾湿润滑，塞在肛门里当栓剂，效果迅速明显。

他也是我见过的第一人，戴这种孔雀毛做的大帽子，帽顶盖一块薄塔夫绸。他的那顶高约一掌，鼓鼓的，很大。帽夹是用细棉布做的，按照头的尺寸不让阳光照入；帽檐约有一尺半宽，可以当我们的阳伞使用，说实在的骑在马上很不方便。

我后悔以前没有对其他浴场做详细描述，不然可以作为我后来去过的浴场的价值参照与实例。我愿意这次更深入更全面讨论这个问题。

星期三，我去了浴场，我觉得身子发热，挥汗不止，感到有点虚。嘴里发干发苦。走出浴池感到一阵说不出的晕眩，在勃隆皮埃、巴涅尔、普莱夏克等地那些浴场我也因水热有过这种情况，但是巴博丹与这里的水就没有，除了这个星期三，或许是我来得比平时的日子要早，还没有空腹，或许是我发现水比平时热了许多。我泡了一小时半，头淋了约一刻钟。

在浴池里淋浴是违反一般做法的，因为习惯是两个一前一后分开做；在这里的水池沐了浴，大家一般都去另一个浴场淋浴，用的龙头也是不同的，有人用第一个龙头，有人用第二个龙头，有人用第三个龙头，根据医生的嘱咐；就像我饮服、沐浴、再饮服，不分什么饮服日和沐浴日；而别人连续几天饮服后又连续几天沐浴。毫不遵守一定的疗程，而还有人至多饮服十天，又至少沐浴二十五天，中间毫不间断；最后是我沐浴一天一次，而别人一天总是两次；我淋浴时间很短，而别人总是早晨至少一小时，晚上也同样时间。至于还有一种普遍做法，天灵盖上削去头发，在削发处放上一小块布（或者羊毛呢子），用网眼（或带子）罩住，我头上光秃秃的就不需要这样做了。

同一天早晨，我接受了代理主教和领主国内一些主要乡绅的访问，他们都刚从他们常去的其他几家浴场过来。代理主教在闲聊中跟我谈起他几年前遭遇的一件怪事，他的大拇指多肉部位给金龟子刺了一下①；这刺使得他死去活来，他想到自己会衰竭而亡。然后他到了生命的最后关头，五个月躺在床上不能动弹，长时压着腰部；这个姿势使腰子发热以致形成结石；这病再加上腹绞痛让他在一年多时间内苦不堪言。最后，他的父亲是韦莱特里总督，给他捎来了一块绿宝石，是从一位曾在印度住过的教士手里得到的；他带上这块绿宝石再也不感觉疼痛与结石。他处于这样的状态已有两年。至于说到针刺的局部疗效，指头与差不多全手依然瘫痪；手臂用不出力气，以致他每年要来科斯纳浴场给这条手臂、还有他那只手冲淋，他那时正在给手做。

这里的老百姓很穷；他们在那个季节就是从树上扒下叶子，摘青的桑果喂养幼蚕。

我住的那幢房子在六月份的租金还没有敲定，我要跟房东

---

① 意大利原文是 scargioffolo，是意大利一个乡镇的土话，三种法语版各译为 artichaut（菜蓟或铁钩）、scarabée（金龟子）和 escargot（蜗牛）的。英语版译为 beetle（甲虫）。

把这件事明确下来。这人看到他的邻居都来向我招揽生意，尤其是普昂维西宫的主人向我提出每天租金一金埃居后，决定给我把房租定为每月二十五金埃居，从六月一日开始，我的第一期租金到那天为止，以后我要住多久就多久。

这地方的居民虽然大家多少都沾亲带故，却内心嫉妒，怀着刻骨的仇恨。因为有一个女人告诉我这句俚语：

谁要老婆怀孕，送她前去浴场，
不用自己劳驾。

我住这幢房子最高兴的是从浴场到床头，有一条平坦的小路，只须穿越一个三十步长的庭院。

我看到这些桑树都摘下了叶子很难过，就像盛夏季节看到了冬景。

我不停排出的沙子好像比平时粗糙，每天感到阴茎上隐隐作痛。

这里每天有从四面八方带来小瓶装的品酒样品，让来此游览的外国人前去定货；但是好酒委实不多。白葡萄酒很淡，但是酸，不醇和，不然就是口味粗糙、涩、呛嘴。幸好预先从卢卡或佩夏带来了特雷比亚诺白葡萄酒，很成熟，然而不算是上品。

星期四是圣体瞻礼节，我在温度适中的浴池里泡了一个多小时，出汗不多，从池里出来也无任何变化，又把头淋了半刻钟；回到床上呼呼入睡。我对沐浴与淋浴比对其他事都有兴致。我感到双手与身体其他部分有点儿发痒。此外我注意到这里许多居民患疥疮，许多儿童易生湿疹。

这里跟别处一样，当地人瞧不起我们好不容易来这里寻找的东西。我见到许多人从未尝过这里的水，也根本没把它当作一回事。可是这里也很少老人。

我不断从尿里排出粘液，看到沾在沙子外面，粘连不断。当我在小腹上淋浴时，我相信这浴有排气功能。还有肯定的是我看到我有时会发肿的右睾丸也突然明显消肿；我从而得出结论气排不出去是会引起红肿的。

星期五，我如平时那样沐浴，头部淋浴时间稍长一点。我不断排出的沙子数量意外多，使我怀疑它来自它深藏的腰子里，因为在排除和挤压沙子时腰子会鼓了起来；这说明更可能是从水里来的，是水里有沙，逐渐生成和立即排了出来。

星期六，我泡了两小时，淋浴一刻多钟。

星期日，我休息。同一天，一位乡绅给我们开了个舞会。

这里和意大利大部分地方都没有钟，这使我觉得很不方便。

在浴室里有一尊圣母像，铭刻这句诗：

圣母啊，运用你的权力使入浴者离池时身体精神纯洁无瑕。

他们环绕山坡建造大尺度的台阶，台阶上的泥土不够结实就用石头或其他植被予以加固，以此满山遍野全是耕作物，这种既美观又实用的做法真令人叹为观止。这些台阶的实土根据它的宽度都铺满种子。它的一边朝向山谷，也就是绕山或沿边都被葡萄藤包围。最后，凡是找不到或做不成平整的地面上，朝向山顶都种上了葡萄。

在博洛尼亚乡绅的舞会上，一位女士头顶一满桶水开始跳舞，桶始终直立不倒，她还做出许多惊险动作。

医生看到我们大多数法国人早晨喝酒，当天又沐浴，感到惊讶。

星期一早晨，我在浴池里泡了两小时，但是我没有淋浴，早晨突生奇想饮了三斤水，使肚子有点发胀。我每天早晨在水里睁着眼睛洗眼睛，这使我不好也不坏。我相信我在浴池中排出三斤水，因为我撒了许多尿；我也比平时出汗还多，还有其他排泄。由于前几天我觉得便秘比平时更严重，根据原来的药方服了三颗熟芫荽，我原来满腹胀气，这下放出许多屁和其他一些排泄物。虽然我的肾得到满意的清洗，我还是觉得刺痛，我把这归之于胀气而不是其他原因。

星期二，我在浴池里泡了两小时；我淋了半个小时，没有喝。星期三我在浴池中一个半小时，淋浴约有半个小时。

直到目前为止，说真的，我跟这些人很少交流也不接近，我实在配不上他们对我的才智与能力的赞扬。我也没有展现过什么特殊才能，需要人家对我那么欣赏，对我的一些小聪明那么重视。可是,在同一天,一位年轻贵族保罗·德·塞西斯(塞西斯红衣主教的侄子)在这个浴场,有几位医生要给他做一次重要的诊断,他们受了他的委托来请我过去听听他们的意见与讨论,因为他已下决心一切听从我的看法。我心中暗自好笑;但是在这里和在罗马我遇到这样的事不止一次。

在我专心阅读或者盯住什么发光的东西,有时候会感到眼睛发花。使我不安的是在佛罗伦萨那天患上偏头痛以后这毛病持续不去。我感觉额头沉,不痛,眼睛上盖了一层翳,这倒没使我近视,但视觉模糊,我不知为什么。自那以后,偏头痛又发过两三次。最近这些天发的时间较长,然而不影响我的工作。但是自从我在头上淋浴后,每天都会发;我的眼睛又开始像从前一样蒙了一层纱,不痛也不发炎。我已有十年没生的头痛病,也在这偏头痛发作那天来了。于是,害怕淋浴损伤我的头脑,我不愿再淋了。星期四,我只是泡了一小时。

星期五、星期六、星期日,我没有进行任何治疗,既出于上述的担心,也因为我身体不适,总是排出很多沙子。我的头脑依然老样,没有恢复到良好状态;有些时刻还因为想入非非而有所恶化。

星期一上午,我分十三杯喝了六斤半的普通矿泉,我在中饭前排出了约三斤混浊的白尿液,其余是逐渐清净的。虽然头痛时断时续,也不厉害,使我的气色很差。可是我,像前几次感到的一样,既不觉行动不便,也不虚弱;只是眼皮沉重,视觉模糊。

这一天，在平原上开始了收割黑麦。

星期二拂晓，我去贝尔那贝温泉，分六杯喝了六斤水。天下小雨；我出了一点汗。这次喝下去体内起了反应，把我的肠子洗清，由于这个原因我还不能对我排泄情况做出判断。我尿很少，但是两小时后，尿又呈天然颜色。

在这里还可找到一月六金埃居左右的公寓；一个单间，附全部生活设施，更有仆人服务。没有仆人时许多事还可由客店主人来做，伙食也可以。

在天然的白天过完以前，我排出所有的尿，要比所有喝下去的水还多。我在午餐时稍微喝了一次半斤的水。晚饭吃得很少。

星期三下雨天，我分七次喝了七斤普通水。我还把这之前喝的都排了出来。

星期四，我喝了九斤，也就是说第一次七斤，然后当我开始排出时，我差人把那两斤也取了来。我前撒后拉都排了出来，午饭时喝得很少。

星期五、星期六我同样如此。星期日我保持安静。

星期一，我分七杯喝了七斤水。我总是排沙，但是比我沐浴时要少，我看到这同一时期内其他许多人身上也有这种情况。同一天，我感到小腹疼痛，类似要排结石时的感觉，果然我排出了一块小结石。

星期二，我又排出一块；我几乎可以肯定，因为结石排出时我可以感觉其中某块的大小，我察觉到了这水有粉碎结石的药力，那时我排出的都是小块结石。星期二，我分八次喝了八斤水。

如果加尔文知道了这里他的传教士兄弟自称为 ministre[①]，不用怀疑他会给他们另起一个名词了。

星期三，我分八玻璃杯喝八斤水，几乎总是在三小时内排出一半，未经吸收，呈天然颜色，然后又是半斤发红的浊色；其余在饭后和夜里排出。

这个季节吸引了许多人到浴场来；我根据自己以前的经验，还有医生——主要是对这里的水写过专著的多那托先生——的意见，我在浴场里用水淋头没有犯大错误。因为他们这里还是照常在浴池中对着胃部冲淋，一根长管子一头接在水龙头上，一头对着泡在浴池里的身子冲。因为平时淋头的水也是这种水，淋浴的日子其实也就是在泡浴了。要我把淋浴与泡浴混在一起，或者直接用温泉而不用管子的水，我不可能犯过这样的大错误。可能我没有继续做这就是错误？根据我到目前为止的感觉，很可能是我自己造成体液波动，没有随着时间把它们排出体外。

这位多那托先生认为同一天内饮服与泡浴疗效好，这使我很后悔自己有这样的意愿却没有这样的胆量，还在这两种方法叉开进行的同时早晨沐浴时不饮用。

这位医生满口称赞贝尔贝那的水质；但是都是从医学的角度进行美妙的推理，而不看到这些水对于不像我那样不断看到

[①] 此词原义用于宗教方面，指"为上帝工作的人"，也就是教士，后来引入政治意义才有"部长""大臣"之意。

尿中有沙的病人的疗效。我这样说，因为我不能认定这些沙子是由那些温泉造成的。

星期四上午，为了抢占第一个位子，我在日出以前就去浴场，我泡了一小时没有洗头。我相信当时这个情景，再加上我接着在自己的床上睡觉，使我得了病。我口干舌燥，身子发热，晚上上床时喝了两大杯同样的凉水，没有给我带来任何变化。

星期五，我休息。方济各修士（他们这样称呼省修会会长），才学皆备，彬彬有礼，他跟其他不同修会的好几位教职人员来到浴场，派人给我送来了礼物，上等好酒、小杏仁饼和其他糖果零食。

星期六，我没有治疗，我去默那比奥吃中饭，这是一个美丽的大村庄，建在我说过的这些山之一的山顶上。我带去了一些鱼，到一位军人家里去做客。他曾在法国和其他地区到处旅行，在佛兰德成家和发了财。他叫桑多先生。那里有一座美丽的教堂，在居民中很多是军人，其中大部分人也都游历很广。他们在西班牙与法国方面分裂成严重对立的两派。我没有在意把一朵花戴在了左耳，法国派的人觉得自己受到了冒犯。

午饭后，我爬上一座要塞，高墙森严，同样矗立在非常陡峭的山顶上，山上到处庄稼种得好好的。因为这里，在最荒野的地面上，在岩石与峭壁上，甚至在山隙里，不但看见葡萄和小麦，还有草茵，但是在平原上他们不种牧草。我接着在山的另一侧直冲而下。

星期日上午，我与好几位乡绅去浴场，我在那里待了半小时。我收到路易·比尼特西先生送来的一车水果礼物，质地优良，其中有无花果，这还是在浴场未见过的时鲜货，还有十二瓶好酒。同时，方济各会修士给我送来了大量其他水果，我回去后大慷其慨送给了村里人。

午饭后有一场舞会，参加者有许多穿得漂漂亮亮的女士，但是姿色都一般，虽然她们已是卢卡的大美人了。

克雷莫纳的路易·法拉利先生跟我很熟，晚上，派人送给我几盒品质优良香喷喷的木瓜、珍贵品种的柠檬和特大个儿的橙子。

接着夜里，已近破晓，右腿的腿肚子突然抽筋，疼痛非常，但不持续，而是时断时续。这样有半个小时。不久以前也这样有过一次，但一会儿就过去了。

星期一，我去浴场，用泉水对着胃部冲了一小时；大腿上一直有刺扎的感觉。

这恰是气候开始转热的日子；蝉鸣不比在法国更烦人；直到那时我觉得这季节还是比家里凉爽。

在自由国家里不像在其他民族，看不到等级与身份的差别；这里最卑微的人自有他们我说不出的贵族气；即使乞讨时他们言辞中也有一种权威性，例如："给我布施一下，怎么样？"或者："布施我一下，您请吧！"在罗马的用词一般是这样："为了您自己给我做做好事。"

星期二，我在浴池里泡了一小时。

意大利：佛罗伦萨—比萨—卢卡

（一五八一年六月二十一日—八月十三日）

六月二十一日星期三一大早，我离开城市，跟那里的一群男女朋友告别时，得到形形色色我所能够期待的友好表示。我穿越陡峭然而风景宜人、草木茂盛的山岭，到了

佩夏（十二里）。

坐落在佩夏河畔的小城堡，位于佛罗伦萨领土内，房屋美丽，道路开阔，产特雷比亚诺名酒，葡萄园处在一片非常浓密的橄榄林中央。居民对法国怀有热情，他们说就是这个原因他们以"海豚"[①]作为城市的纹章。

午饭后，我们来到了一块美丽的平原，人口很多，还看到许多城堡和房屋。我原本建议去看蒙特卡蒂尼，那里流出特杜西奥山的热而咸的泉水。但是我因分心而忘了这件事。我把它抛在右面，离我的那条路一里，离佩夏约七里。当我发现自己忘记，差不多已快到了

皮斯托亚（十一里）。

[①] 意大利语中 Pesce 为"鱼"，音近佩夏（Pescia），以此引到同样是鱼的"海豚"。海豚在法语中是 Dauphin，此词又一义是"法国王太子，王储"。

我住在城外，洛斯比格里奥吉先生的儿子过来看我。

在意大利谁不租马旅行，实在是自添麻烦。因为我觉得到了一个地方接着一个地方换马，比长途旅行中都靠马车夫掌握要方便得多。

从皮斯托亚到佛罗伦萨，距离二十里，租马只需四吉力。

从那里通过普拉托小城，我来到

卡斯特洛，在大公爵宫对面的一家旅店吃中饭。饭后我们前去更仔细地参观那座花园。在那里我以前在许多情景下有过的感觉又回来了：想象总是远远超越现实。我看到它在冬季光秃秃一片萧索。我就想象它在春暖花开时会是怎样的美景，确实要胜过那时眼前看到的。

从普拉托到卡斯特洛，十七里。午饭后，我去了

佛罗伦萨（三里）。

星期五，我看到了赛神会，大公爵坐在车里。在众多的珍奇宝贝中，有一辆形状似剧院的马车，金顶上面是四个童子和一名修士或扮成修士的男人，戴假胡子，站着扮（阿西西的）圣方济各，像图画上那样握着手，风帽上有一顶王冠。还有城里的其他儿童，都手执武器，其他一名扮圣乔治。他来到广场迎战一条巨龙，龙沉甸甸地由几名大汉扛着，从嘴中呼呼喷出火焰。小孩时而用剑时而用长矛打它，最后刺中它的咽喉。

这里有一位贡迪，他住在里昂，对我真诚热情，他给我送

来上等好酒，也就是说特雷比亚诺酒。

天气热得连当年居民也都惊讶。

天刚亮，我右侧肠绞痛，难受了约三小时。那天我吃了第一只西瓜。从六月起，在佛罗伦萨开始吃南瓜和杏仁。

将近二十三日，在一座美丽的大广场里举行赛车①。广场是方形的，长稍大于阔，四周环绕漂亮的房屋。在每边角上插一根方木头尖杆或桩子，桩子中间系一根长绳，防止大家穿越广场。还有许多人在场内走来走去，不让有人跨过绳子。阳台上都是女士，大公爵偕同公爵夫人和他的朝廷大臣在一座王宫里。老百姓都沿着广场散开，或者在搭建的看台上，我也在里面。

大家看到有五辆空车在赛跑。它们都是随机（或抽签后）在一根尖杆旁边站好位子。好多人说离尖杆最远最占便宜，因为在场内转弯更容易。喇叭声一响赛车奔跑。从开赛的尖杆出发转到第三圈就决出胜负。大公爵的赛车在第三圈前都一路领先。但是斯特罗齐的车一直紧随其后，加快速度，放马疾驰，愈追愈近，胜负还难预料。我发现老百姓看到斯特罗齐追了上来打破静默，即使当着亲王的面也竭力喊叫，呼声雷动②。

赛车裁判平时都由乡绅充当，这次引起争执就要决定由谁裁定，斯特罗齐一派的人主张由全场群众决定，立刻在群众中

---

① 6月24日是施洗约翰节，施洗约翰是佛罗伦萨城的保护神。
② 在佛罗伦萨历史上，斯特罗齐家族与美第奇家族相互仇视。

间做出了一致的表决，大家高呼斯特罗齐，他终于赢得了胜利；但是我则觉得这是错误的。奖金数目是一百埃居。这场比赛比我以前在意大利看的哪次都要有趣，我觉得跟古罗马的比赛颇有相像之处。

由于那天是圣施洗约翰节的前夕，绕着主教座堂的屋顶挂了两排或三排灯笼或油灯，随后放上焰火蹿空。然而，有人说在圣施洗约翰节放焰火不是意大利习惯，而是法国习惯。

星期六那天才是圣约翰节，这是佛罗伦萨最大最庄严的节日，那天万人空巷，即使年轻姑娘也上街（我看不到其中有多少漂亮的），一早大公爵就出现在宫殿广场内沿着房屋竖立的一个高台上，墙壁上挂满名贵的壁毯，他在一顶华盖下，教皇的教廷大使在他左侧，而弗拉拉大使离他要远得多。依照传令官宣读的名单，他的全部领地和全部城堡在他面前列队而过。

比如，锡耶纳，出来的是一个年轻人，穿黑与白的丝绒，手拿一只大银盘和锡耶纳母狼像。他把它们敬赠给大公爵，还说了一篇简短的献辞。当他说完话，许多武装侍从随着他们的名字报出，进入游行队伍，他们衣衫很差，骑劣马或者母骡，有人捧一只银杯，有人举一面破旗。这些人占多数，沿着马路过去不说一句话，举止洒脱不拘，神态不像参加严肃的仪式，而是一场嬉戏。这是锡耶纳国属下城堡和领地的代表。他们每年把这套纯然流于形式的仪式重复进行。

然后过来一辆花车和一座木头搭成的大方塔，上站儿童，排在四周台阶上，穿着互不相同，扮天使与圣人。塔的高度与最高的房屋相等，在顶上是一位圣约翰，也就是说一个男人打扮成的圣约翰，缚在一根铁杆上。官员，尤其是造币局的官员，都跟在花车后面①。

游行队伍由另一辆花车殿后，在车上是几名青年带着发给各种比赛的三份奖品，在他们旁边是这天要比赛的柏柏尔马和将要带了主人的旗帜赛马的扈从。他们的主人都是国内最高等级的贵族。马匹都是个头不高的骏马。

那时天气并不见得比法国炎热。可是为了在这些客房里不受热，我不得不在客厅的桌子上铺了床垫和床单睡上一夜，找不到舒适的客店也就将就了。因为这个城市不适合外国人。我还使用这个窍门来避开这里每张床上泛滥成灾的臭虫。

在佛罗伦萨鱼不多。这里人吃的鳟鱼与其他鱼类都来自外地，而且还是腌制的。乔万尼·马里亚诺，米兰人，跟我住在同一家旅店，我看到大公爵差人送给他一份礼物，葡萄酒、面包、水果和鱼；这些鱼是活的，不大，装在陶罐内。

我整天嘴发干发苦，还有些感染，不是干渴而是内热引起的，我以前在炎热天气也有过这样不适。我只吃些水果与生菜加糖；这样身体就不会好。

在法国晚餐后开始的夜间娱乐，在这里都在晚餐前进行。在白天最长的日子里，往往到了夜里才吃晚饭，一天开始于早晨七到八时之间。

---

① 这天是佛罗伦萨的"城邦臣服日"或"献礼日"。

这天，午饭后，进行柏柏尔马赛马会。美第奇红衣主教的马夺冠。奖金是两百埃居。这个表演观赏性不强，因为你在街上只看到马匹奋蹄疾驰而过。

星期日，我参观了比蒂宫，展品中有一物是一尊母骡石像，还是献给一头还活着的母骡，这个荣誉是报答它多年来为这幢宫殿的建筑运输服务，至少上面的拉丁语诗句是这么说的①。我们在宫里看到这尊（古代）喀迈拉像，在两肩之间有一颗新生的头，长了角与耳朵，身子则像个小狮子。

前一天星期六，大公爵的宫殿向大众开放，挤满了老乡，他们可以到处走动，在大客厅的角角落落都有人跳舞。在我看来，这类人聚集于此，是他们失去的自由的反映，年年在城市主要节日时得到重现②。

星期一，我去西尔维奥·普科洛米尼领主家吃午饭；他是个俊秀英才，尤其精通剑术（或其他武艺）。那里有好几位乡绅共聚一堂，海阔天空畅谈。普科洛米尼领主对意大利武师，如那位威尼斯人、博洛尼亚人③、帕蒂诺斯特拉罗和其他人的剑术，都不放在眼里；这类功夫他只欣赏他在布雷西亚定居的一位学生，他在那里教贵族击剑。他说一般的剑术教学中没有规则也没有方法。他尤其批判把剑往前刺的招数，很可能受制于敌人；还有一刺、一跳又一停。他说从经验使他看出，实战中

---

① 那句诗："卧具、石头、大理石、木材和柱子都由它驮着、拉着、拽着，运了过来。"
② 在佛罗伦萨共和国时期，百姓在街头跳舞。十五世纪中叶，美第奇家族建立僭主政治，农民到佛罗伦萨过圣约翰节，可以进入安科纳宫的大厅。
③ 据加拉维尼版，意大利语的日记中，威尼斯人与博洛尼亚人应为一人，是指蒙田在博洛尼亚遇见的那位威尼斯剑术家。

所出的招数完全与此不同。他正在筹划出版这方面的一部书。说到战争,他十分蔑视炮兵。他说的这番话深得吾心。他欣赏马基雅维利写的这篇专著,接受他的看法。他还肯定说,在防御工程上,当今最杰出的能工巧匠正在佛罗伦萨为尊贵的大公爵效力①。

这里饮葡萄酒的习惯是把雪放入杯子里。我只放了一点点,因为身体不是太好,经常腰痛,总是排出数量难以相信的沙子;除此以外,我头部总是没能恢复到当初的清醒状态。我晕眩,眼睛、前额、两腮、牙齿、鼻子和整张脸都感到说不出的沉重。我有这样的想法,这些疼痛都是喝了当地味美但容易上头的白葡萄酒引起的,因为偏头痛第一次发作时,由于旅行和季节的缘故身体发烫,喝下了大量特勒比亚诺酒,酒甜但不解我的口渴。

不管怎样,我不得不承认佛罗伦萨确实有理由称为"美人"。

今天,只是为了散散心,我去看了那些谁要看都让看的女人。我看了最有名声的女人,但是也没有出众之处。她们都集中住在城里的一个特殊区域内,她们的房屋简陋破旧,没有一点可跟古罗马或威尼斯的妓女相比,在美貌、谈吐与举止上也相差甚远。如果她们中间有人要在这个区域外居住,这也不是什么难事,但是必须操一门职业掩人耳目。

我参观了纺丝工的小店,里面使用某种缫丝机;一名女工

---

① 据《七星文库·蒙田全集》,指弗朗索瓦·帕西奥托·德·乌尔比诺。

只用一个动作就可同时转动五百只锭子。

星期二早晨，我排出一块红色小结石。

星期三，我参观了大公爵的逸乐宫。最令我吃惊的是一块像金字塔似的岩石，用各种各样的天然矿石制成的，也就是说一块块砌合在一起。这块岩石喷出水，转动岩洞内许多机关，水磨坊、风磨坊、教堂小钟、站岗的哨兵、动物、狩猎场景等等，无一不有。

星期四，我无意再去看另一场赛马。午饭后我去了普拉托里诺宫，我又详细参观了一遍。王宫的门官要我对这座宫与蒂沃利宫的美景说说自己的看法，我对他说出我的思想，不是从总体上而是一个局部一个局部去比较，考虑到它们各不相同的优点，这使它们看来各有其妙。

星期五，我在琼蒂书店买了一包书，十一部戏剧作品和其他书籍。我在那里看到薄伽丘遗嘱，上面还有几篇对《十日谈》的评论。

从这份遗嘱中看出这位大人物的命途如何贫困悲惨。他留给女性亲属与亲姐妹的只是几块布帛和他的几件床上用品；把他的书籍留给一名教士，谁要讨就由他转赠给谁。他还把最不值一提的炊具与家具都记上一笔；最后他做出对自己弥撒和葬礼的安排。这份遗嘱写在一张破烂的羊皮纸上，后来照原样印了出来。

罗马与威尼斯的妓女倚在窗户上招引她们的情郎，佛罗伦萨的妓女闲时站在自家门口引人注目。你可以看到她们与同伴三三两两,在车水马龙的街道上聊天唱歌。

七月二日星期日,午饭后我从佛罗伦萨出发,穿过阿尔诺河桥,把它留在右边,但还是沿着河流走。我们穿过美丽肥沃的平原,那里有托斯卡纳最著名的西瓜田。优种瓜在七月中旬成熟,最佳的瓜田区叫勒格娜亚,离佛罗伦萨三里。

我们接着走的路大部分都很平坦肥沃,人口茂密,到处是房屋、小城堡,村庄几乎一个个连接不断。

我们还穿越一块美丽乡土叫安波利,从名字听来总有我说不出的古意。地理位置非常舒适。我看不出有任何古时遗迹,除了在大路旁有一座坍塌的桥梁,仿佛有些旧时遗韵。

这里有三件事引起我惊讶:一、这个小镇的百姓工作勤劳,即使星期日,有人打麦子或堆麦子,有人缝纫纺线,等等。二、看到农民手里弹诗琴,而一边牧羊女则在吟诵阿里奥斯托的诗。但这也是在意大利全境都能看到的情景。三、看到他们把收割的谷物在田野里放上十天半个月,不用担心邻居偷走。

那天傍晚,我们抵达

斯卡拉(二十里)。

这里只有一家旅店,但是非常好。我没有吃晚饭;只睡了一会儿,因为右边牙痛。我经常头痛的同时感到牙痛;但是吃东西时感觉最难受,嘴里不能进东西,不然就痛得厉害。

七月三日星期一早晨,我们沿着阿尔诺河走一条平坦的道

路，发现被一片美丽的麦田挡住去路走不过去。将近中午，我们抵达

比萨（二十里）。

城市属于佛罗伦萨公爵。坐落在阿尔诺河从中穿过的平原上，阿尔诺河离此六里处入海，给比萨带来各种不同的建筑物。

这时期，学校正在放假，这是盛夏三个月的常规做法。

我们在那里遇上一个非常棒的"欲望者"剧团。

由于我不喜欢自己住的旅店，就租了一幢房子，里面有四居室和一个大厅。主人负责伙食和提供家具。房子很美，一切费用每月八埃居。至于餐具，如桌布和毛巾，也由他提供，这算不了什么，因为在意大利换桌布时才换毛巾，而桌布一星期才换两次。我们让仆人自己安排费用，我们在旅店包伙，每天四吉力。

房子的地理位置非常好，景观也美，远眺阿尔诺河分流的一条运河横越原野。这条运河很宽阔，五百多步长，迤逦而行，仿佛又要折了回来。由于这个特殊的河弯道可以清晰地看到河流的两头，还有那横跨大河的三座桥，船只与货物充斥河面。运河两岸都修建了美丽的河滨道，就像巴黎奥古斯丁河滨道。两岸的河滨道边都有宽阔的马路，沿马路一排房屋，我们的租房也在里面。

七月五日星期三，我参观了主教座堂，从前是哈德良皇帝

的宫殿。这里面有无数不同大理石、不同形式、不同工艺的柱子，还有壮丽的金属门。这座教堂还有形色不同来自希腊与埃及的遗物作为装饰，用古代废墟材料建筑而成，上面有不同的铭文，有的完全倒置，有的只剩半截，某些地方有不认识的文字，有人说是古伊特鲁里亚语。

我看到那个形状奇特的钟楼，向一旁倾斜有七度之长，像博洛尼亚的那座钟楼和其他钟楼，四周都是开放式柱子和游廊。

我还参观了圣约翰教堂，里面见到的雕刻和绘画同样丰富多彩。

更突出的是一张大理石讲坛，上有众多人物，雕工之精，据说这位洛伦佐为此杀了亚历山大公爵，把几尊头像锯下献给卡特琳·德·美第奇王后。这座教堂的形制像罗马的万神殿。

这位亚历山大公爵的私生子把这里作为他的府第。我见过他，他老了。他托公爵的福活得很滋润，一切都不用操心，这里有美好的山林钓鱼打猎，这就是他的工作。

圣物、稀世珍品、华贵大理石、工艺精湛的大型宝石，在意大利其他城市所能看到的，这里应有尽有。

我饶有兴趣地参观了人称为圣陵园的墓葬建筑。面积大得出奇，三百步深，一百步阔，方形。四周的走廊有四十步阔，地上铺的是大理石，屋顶用的是铅。墙上画满古代绘画，其中有一幅是佛罗伦萨的贡迪所画——他是这个家族的一支。

本城的贵族把他们的墓室都建在走廊下面。在这里还可看到约四百个家族的名字和族徽，经过战争与破坏旧城内幸存的只剩四家了。这座古城现在人口很多，但是主要住的是外来人。在这些望族中出了好几位侯爵、伯爵和其他领主，一部分已经陆续迁移到基督教世界的其他地方定居。

在这幢建筑中央是一块露天的地面，那里还在埋葬死人。一般要保证放在这里的尸体在八小时内不肿胀，地面无明显拱起；八小时后尸体缩小凹瘪；再八小时肉体开始腐烂，以致二十四小时过去以前只剩下一堆赤裸裸白骨。这个现象跟罗马公墓的现象很相似，那里埋上一个罗马人，土地立即把他拱出。这地方像游廊一样用大理石铺地。又在大理石地面上堆土，约一二庹高。据说这土是从耶路撒冷搬运来的，比萨人带了大军远征到过那里①。谁得到主教的同意，可以捧了一撮土洒到其他坟墓里，大家深信这样尸体会更快分解。这话好像不假，因为在公墓里几乎看不到骸骨，也不像在其他城市的公墓里有地方可以把骸骨挖掘后重新埋葬。

邻近的山里开采出非常美丽的大理石；城里也有许多雕琢大理石的能工巧匠。他们那时在给柏柏尔的非斯国王兴建一项非常豪华的工程，他们设计图纸，将竖立五十根高耸入云的大柱子装饰一家剧院。

在这座城市的许多地方看到法国的纹章，还有查理八世国

---

① 德意志国王、神圣罗马帝国皇帝（约1123—1190）腓特烈一世（人称红胡子），在其第三次十字军东侵时，五十三艘比萨人船只奉命在回程中装运耶稣受难的骷髅地（也称各各他）的大量泥土。

王赠给大教堂的一根柱子。在比萨一幢房子的街面墙上，有这位国王等身大小的画像，跪在圣母面前，圣母好像在嘱咐他什么。铭文写道，国王在这幢房子里吃晚饭时，脑海突然闪过一个念头，要让比萨人恢复过从前的自由生活；在这点上铭文说得他比亚历山大伟大。上面还说这位国王众多头衔中有一个是：耶路撒冷与西西里国王。把自由归还给比萨人的这段文字被人有意涂抹，半数已模糊湮没。其余几幢房子也有用法国纹章作为装饰的，表明他们是被国王封为贵族的人。

这里没有很多古屋和古代遗迹，除了在尼禄的宫殿旧址上有一堆美丽的砖瓦废墟，其旧名依然保持了下来；还有一座圣米迦勒教堂，从前是一座战神玛斯庙。

星期四是圣彼得节，有人告诉我以往比萨主教，跟着迎神队伍到城外四里的圣彼得教堂去，从那里到海边投入一枚戒指，庄严地把海娶了过来；因而这座城市那时有一支非常强大的船队①。现在只是一位小学校长单独前去，而教士则在教堂里迎神，那里有盛大的赎罪会。约四百年前的一份教皇谕旨（根据一千二百多年前的权威文献有此一说），说这座教堂是由圣彼得建造的，圣克莱芒在一张大理石桌子前主持仪式，从这位圣教皇的鼻子里流出三滴血落在桌子上。这三滴血鲜艳得就像三天前刚沾上的。热那亚人从前把这张桌子砸碎，要带走其中的一滴血；这样使比萨人把残剩的桌子从教堂取走，带到他们自

---

① 在比萨与在威尼斯，俱有娶海为妻的祭礼。在旧比萨港的码头上有一座祭坛，根据传说圣彼得当年传教时在此地登岸。

己的城里。但是每年圣彼得节都搬到这里参加迎神会,而百姓则整夜乘船来到这里。

七月七日星期五,我一早前去参观在两里路外的彼得·德·美第奇的奶牛场(或农场)。这位领主在那里有大片农田庄园,都由自己经营,每五年租给新农户,各取一半收成。土地宜种小麦,有的牧地上养着各种各样牲畜。我下马观看这幢房屋的特征。那里有许多人使用乳品业所需的所有工具,忙于做奶油、黄油、奶酪等。

在平原上往前走,我走到了蒂勒尼安海海边,右边我看到了勒里奇,另一边,还更近一些,是里窝那,坐落在海边的城堡。从那里清楚看到戈尔戈纳岛,更远些是卡普拉亚岛,再远则是科西嘉岛。我沿着海岸向左转,直至我们一起走到阿尔诺河河口,这里船只要进港非常困难,因为许多小河都一起流入阿尔诺河,带来大量泥沙淤积在此,既填塞也提高了河口。我买了一些鱼,送给比萨来的女演员。沿着这条大河看到许多柽柳树丛。

星期六,我买了这种木头做的一只小桶,六吉力;叫人用银环箍住,付给金银匠三埃居。我又买一根印度手杖可以撑着走路,六吉力。一只椰子壳做的小罐和壶,对于脾与肾结石它跟柽柳起同样治疗作用,八吉力。

那位工艺师是个巧手,以制作精良的数学工具而闻名,他教我说所有树木有多少年内部木质就有多少个环形纹。他让我观看他店里所有的各类木头,因为他是个家具师傅。树木朝北的部位比另一部位更窄，纹理也更密更粗。这样，不论人家给他看什么木头，他自夸都能说出这棵树的年龄和长在什么位置。

恰好在那个时期，我的头脑里不知有什么障碍，总是令我某种不舒服，又加上便秘，肚子不抚摸和不用药物催泻就不会清空，但是效果很差。腰子又视情况而定。

几年前，比萨城内的空气向来以不洁闻名；但是自从科西莫公爵下令把四周的沼泽地吸干，空气转好了。从前是那么恶浊，要把某人逼入死路，只消把他流放到比萨，不出几个月就可以叫他送命。

这地方不产山鹑，不管那些亲王怎么煞费苦心要饲养。

我在寓所好几次接待杰罗姆·波罗的来访，他是医生，科学博士[①]；我去给他回访。那是七月十四日，他送给我一部他的著作《海潮的涨落》，用通俗语言写的；他还给我看他写的另一部书，用拉丁语写人体的疾病。

同一天，在我的住处附近，二十一名土耳其奴隶从兵营里逃出，劫了一艘三桅战舰逃之夭夭。战舰上设施齐全，亚历山大·德·比昂皮诺领主去钓鱼，把船留在了港口。

除了阿尔诺河和它穿越市区的蜿蜒之美，还有几处教堂、古代废墟和私家建筑，比萨没有多少风光宜人的景物。它在某些方面还可以说冷落。它地处偏僻，房屋形状与马路又宽又

---

① 蒙田在《随笔集》第一卷第二十六章提到他，极端的亚里士多德信徒，这使他成为罗马宗教裁判所的常客。

长，这些与比斯托亚非常相像。最大的缺陷是河水质量太差，每条河水都有一股泥塘味。

居民很穷，然而傲气十足，很难相处，对外国人缺少礼貌，自从他们的一位主教彼得–保罗·波旁逝世后对法国人更不客气。他自称跟我们亲王同族，有这个族名的人家至今还在。

这位主教热爱我们的国家，也非常豪爽，他下令说凡有法国人到这里，把他带到他家里来作客。这位善良的神职人员给比萨人留下简朴慷慨的极佳印象。他过世才五六年。

七月十七日，我和其余二十五人每人付一埃居参加一场抽奖游戏，获取一位叫法尧科拉的本市演员的旧衣物。首先抽签看谁第一玩，谁第二玩，这样直至最后一名。大家按照这个次序。但是由于要赢的东西有好几个，于是订出两个同等的条件：得分最多的人赢一份，得分最少的人也赢一份。我抽签后得的是第二。

十八日，在圣弗朗索瓦教堂内，座堂的神父与修士发生一场大争执。前一天，比萨的一位贵族埋葬在这座教堂内。神父们带了他们的祭服与必需品前来做弥撒。他们辩说这是他们的特权，也是自古以来的习俗。修士则反驳说在他们的教堂里就由他们自己而不是别人来做弥撒。一名神父走近大祭台，企图霸占桌子；一名修士竭力要他松手，但是神父的教堂的副本堂神父给了他一记耳光。于是双方起了冲突，一推一搡导致拳脚相向，棍棒对打，烛台和火把乱飞。一切都用来当作武器。混战的结果是哪一方都做不成弥撒；但是造成一场大丑闻。消息一传开我就去了那里。自有人一五一十向我叙述。

二十三日拂晓，三艘土耳其海盗船在附近海岸登陆，掠走了十五到二十名渔民和可怜的牧民当作囚犯。

二十五日，我造访了著名的高那契诺家，他是医生，比萨大学的讲师。他有自己的生活方式，这与他的医道完全背道而驰。他午饭后立刻睡觉，白天要喝酒一百次，等等。他给我看他写的诗，用农民的土话写成，很有意思。他对比萨附近的温泉评价不高，但是对十六里外的巴涅阿卡温泉甚为欣赏。这些温泉以我看来，对于肝病有奇效（他对我说了许多神奇的例子），对结石与腹泻也是。但是他建议在使用前先喝拉维拉的水。他对我说，他深信除了放血以外，医学在任何方面都不能和温泉浴相比，只是要知道应用得当。他还对我说在巴涅阿卡温泉浴场，房舍设施齐全，非常舒适，自由自在。

二十六日，早晨我撒尿混浊不清，要比以前的都要黑，还有一块小结石。肚脐与阴茎之间二十小时以来感觉的疼痛没有丝毫减轻；但是还可忍受，没有影响到肾与腰。不多时后，我又排出了一粒小结石，疼痛稍好。

七月二十七日星期四，我们一早离开比萨，文塔文蒂、洛伦佐·贡蒂、圣米尼阿托（他让他的弟弟陪送我到法国；他自己寄住在卡米尔·盖塔尼骑士家）、波洛和其他我打过交道的工艺匠和商人，都对我客客气气，彬彬有礼，我感到特别满意。我还肯定我若需要钱，也不会没有人赠予的，虽然这座城市是出名的无礼貌，居民自高自大。但是在任何情况下，礼貌的人也使别人礼貌。

这里有大量鸽子、核桃和蘑菇。

我们横越平原走了很久,在一座小山的山脚下遇到所谓比萨温泉浴场。那里有好几处,大理石上的铭文我不知怎么念:这是些押韵的拉丁语诗,称颂温泉的疗效。日期据我所能猜测的是一三〇〇年。

最大最有声誉的那个浴场是方的,一边伸在外边,格局非常好,大理石楼梯。每边有三十步长,温泉的源头在一个角落里。我喝几口品评;我觉得它无味无臭。只是舌上有些辣;温度不是很高,好喝。

我发现源头的水里有白色小颗粒,在巴登浴场这就叫我很不高兴,我当时想这是从外面进来的污染物。现在我认为是矿泉的水质带来的,还因为在出水的源头那边颗粒更粗,接着水会更清更干净,这是我在巴登清楚体验到的。这块地方荒凉,房屋简陋。泉水几乎是荒废的;用这水的客人是早晨从仅四里外的比萨过来的,同一天再回家去。

大浴池是露天的,唯有这个还带点古代标记,因而称为尼禄浴场。一般认为这位皇帝通过好几座引水渠把这水输送到他在比萨的皇宫。

另有一间有顶的浴池,造型普通,供百姓使用,其中的水非常清纯。他们说这水对于肝和内热引起的脓疱有疗效。这里喝的水量跟其他浴场相同。大家饮服后散步,满足天然需要,不论怎么做,出汗或者其他途径皆可。

我一爬上这座山，面对这片大平原、海、岛屿、里窝那和比萨，观赏到世界上最美的景色之一。下山后，我们又去这片平原，上面矗立着

卢卡（十里）。

这天早晨，我排出一粒要大得多的结石，显然是从另一块更大的结石上脱落下来的：上帝明察，其意愿得到实现。

我们在卢卡住旅店，跟在比萨的条件一样，即每天主人四吉力，仆人三吉力。二十八日，碍于路易·比尼特西先生的盛情难却，我几乎被迫在他的家里租了一幢矮房子，非常凉爽，适宜居住，有五间卧室、一个大厅和一间厨房。家具应有尽有，整洁实用，意大利式，在许多方面不但可与法国式相比，还可说更胜一筹。应该承认意大利建筑里这些高高的拱门，宽敞而美丽，极具装饰美，在房屋入口处给人一种高贵舒适的感觉，因为低部也是同样形式，带有高而宽的门。卢卡的贵族夏天就在这些门廊里进餐，在路人的众目睽睽之下。

说真的，我在意大利停留的地方住得不但好，还很惬意，除了佛罗伦萨（我在那里不走出旅店，尽管在里面很不舒服，特别天气热的时候），还有威尼斯（那里我们不打算久待，就住在一个很多人来人往还不清洁的旅店里）。我在卢卡的房间比较偏僻；什么都不缺；我没有任何打扰，也无不便之处。即使礼尚往来也令人疲劳，有时还讨厌，但是当地居民很少上我这儿访问。我随自己意思睡觉、读书；兴致来时出外走走，到处遇

到女人和男人凑在一起闲聊，一天几小时散散心；然后又是商店、教堂、广场，东走西逛，一切都足够满足我的好奇心。

我体弱多病，老年将至，在这些消遣中精神还是相当平静，外界很少情景看到后会引起不安。我只是觉得少了个我那么盼望的同伴，欣赏那些美事却无人与我分享和交流。

卢卡人球艺精湛，常常看得到精彩的比赛。男人骑马上街这不是他们的习惯，或很少人这样做，驾车更是少见；女士外出骑骡，由一名仆人步行跟随。外国人要找租屋千难万难；因为出租的本来不多，城市又住得很挤。一幢普通的房屋，四间带家具的卧室、客厅和厨房，他们要我月租费七十埃居。

要找卢卡人做伴可不容易，因为他们甚至儿童也忙于工作，生产布料放到市场上买卖。因而外国人住在这里颇为无聊与不愉快。

八月十日，我们与卢卡的好几位贵族出城去散步，他们借给我马匹。我在城郊约三四里处看到几幢非常美丽的闲居别墅，有门楼与走廊，外观非常俏丽。特别是其中一个大走廊，内部拱顶，四周葡萄枝蔓托在支架上把它盖住。葡萄藤架都生气勃勃、天然的。

头痛有时也会停止五六天或更久，但是我总是没能完全恢复正常。

我心血来潮，按部就班学起了托斯卡纳语；我花了不少时间与努力，但是进步不大。

这个季节感觉天气炎热，远远超过平时。

十二日，我走出卢卡去参观伯努瓦·布昂维西先生的乡村别墅，我觉得景物一般。我特别注意到他们高地上某些小丛林的布置。在约五十步的空间，他们种植了不同品种、四季常青的树木。在这块地方的四周挖小地沟，做成有遮盖的小路。小丛林中央辟为猎人使用的猎场，他们在一年中某个时间，如将近十一月，带了一只银哨子和几只斑鸠；斑鸠是特地捕来当作诱饵的，都用绳子系好，在四周设下带胶汁的诱鸟笛，一个早晨可以逮住两百只斑鸠。这是这座城市附近某个地区才有这样的做法。

十三日星期日，我从卢卡出发，事前我交待好，付给路易·比尼特西十五埃居，作为我住在他家公寓的租金（这样一天合一埃居）；他非常高兴。

那一天，我们去看了属于卢卡贵族的好几家乡下别墅；漂亮，舒适，各有各的美。水景很多，但是假的，也就是说不是源源不绝的天然活水。在这个山区泉水那么少倒是怪事。他们使用的水都来自河溪；用瓶、洞窟和其他专门工程把它们装饰成喷泉。

晚上，我们到路易先生的一幢乡下别墅吃饭，还有他的儿子贺拉斯先生，他一直陪同我们。他在一座凉爽、四周透风的大游廊下设盛宴隆重接待我。然后他让我们分别在几间好房间里歇息。那里我们用上了洁白的白麻布床单，如同我们在他父亲在卢卡的寓所里一样。

意大利：第二次逗留拉维拉

（一五八一年八月十四日—九月十二日）

星期一我们很早离开那里。一路上没有下马，在主教的乡下别墅前停下，他在里面。我们得到他手下人很好的接待，甚至还受邀吃中饭；但是我们接下来到

拉维拉温泉（十五里）吃中饭。

我受到那里所有人欢天喜地的接待。实在好像是我回到了自己的家里。我还是住在前一次租下的那个房间里，每月二十埃居同样价格，同样待遇。

八月十五日星期二，我很早前去泡浴，在池里待了不到一小时，觉得水稍凉不够热。没有引起我出汗。我到这些浴场不但身体良好，而且还可说是轻松愉快。我浴后撒的尿浑浊；晚上，在颠簸艰难的路上走了一会儿后尿带血色；在床上觉得腰子里有什么东西撑着。

十六日，我继续泡浴；为了避开大家，我选择了女士浴池，那里我从未去过。我觉得那水太热，或许它真的是如此，或许是前一天我已泡过而毛孔大张，身子发热较快。可是我还是泡了一个多小时。我出汗一般，尿是正常的，没有沙子。午饭后，尿又浑浊发红，将近日落时还带血色。

十七日，同样的浴水我觉得温和了一些。我汗出得非常少；尿有点浑浊，也带沙；我的脸色苍白发黄。

十八日，我在同一个浴池里还是泡了两小时。我觉得腰子说不出的沉重，肚子倒是空空的不错。从第一天起，我感到腹内气多，鸣声多。我很容易相信是这里温泉的特殊作用，因为我初次进入这里浴场，明显发觉同样都是这么胀气。

十九日，我入浴稍晚，让卢卡的一位女士在我前面使用，因为这里有一条颇合情理的规则，就是让女士尽兴享受她们的温泉浴。我又在那里待了两小时。

有好几天头脑保持良好的状态；现又有一些沉重。尿一直是浑的，但是程度不同，排出许多沙。我也发觉腰子里有什么异动。我若猜得没错，那是这里温泉的主要疗效之一。它不但扩张开道，还逐出、化解和消除异物。我排出沙，但是这沙跟最近击碎的结石不一样。

夜里我感觉左侧开始严重甚至刺心的腹绞痛，使我辗转难眠好一会儿，然而没像平时那样发展下去。因为只痛到小腹为止，最后结束也叫我相信这是胀气的缘故。

二十日，我在浴池待了两小时。整天小腹胀气非常难受。撒的尿也总是浑浊、发红、厚腻，带些沙子。头还是痛，上厕所次数比平时增多。

这里的人过节不举行我们那样的仪式，也不像星期日。女人大部分工作都在午饭后做。

二十一日，我继续泡温泉，浴后腰子很痛，尿多又浑浊，总是排出一些沙。我的推断是腹内到处都感到气,引起了我两腰的疼痛。这些尿是那么浑浊,使我预感有大结石要排出。我猜得太对了。写完这部分日记后,刚吃完午饭就感到剧烈的腹绞痛。为了让我保持更高的警觉,还在左腮感到一阵前所未有的剧烈牙痛。受不了这么多毛病,两三小时后就上了床,这样脸颊的疼痛倒是立刻消失了。

可是,腹绞痛继续让我感同五内俱裂,时而这边时而那边胀气,连续不断影响身体各部位,我最后觉得这是胀气而不是结石,不得不要求清肠。决定在夜色来临时就做,准备了油、春白菊、黄蒿,这一切全都是药剂师制定的。波里诺队长本人给我治疗,技术精湛;当他觉得气遇到阻滞,他停止,把灌肠器往回抽;然后轻轻再来,继续做,让我对整体治疗过程不反感。他不用嘱咐我尽量留着不要拔出,因为我并不着急。我甚至这样留着三小时,然后由我自己决定把它取出。由于离开了床,我好不麻烦吃了一点杏仁饼和喝了四滴葡萄酒。这时,我再回到床上,浅睡了片刻后有便意要上厕所;到天亮以前去了四次,总觉得有些残余灌肠药没有排清。

第二天早晨,我感到很舒畅,因为放出了许多屁。我很疲倦,但是没有痛苦。中饭吃了一点东西,毫无胃口;喝酒也没味道,虽然感到非常渴。中饭后,左腮又痛了起来,让我很难受,从午饭后直至晚饭时。由于我深信我气胀是面包引起的,我就不吃,整夜睡得很好。

次日醒来时,觉得疲乏与抑郁,嘴里焦渴发苦,像发烧似的气喘。我不觉得难受，但是尿还是不正常，非常浑浊。

二十四日早晨，我排出了一粒留在通道中的结石。从这时起直到晚饭为了增加尿意没有去小便。那样，我在排出之前与之后都不会感到痛苦或出血。结石的大小与长度像小松果，但是一边厚得像蚕豆，形状完全像个男性生殖器。对我来说把它排出真是万幸。以前还从未排出过大小与此可比的结石。我从尿的质量还真是猜对了会发生什么。我还要看看其结果如何。

如果说我肯定自己必然处于这种状态下死去，而死亡又时时刻刻在逼近，在到达这个关头以前又没有任何作为，以便那个时刻来临时可以毫无痛苦地度过，可能是我这人太软弱太胆怯了。因为最终理智敦促我们愉快地接受上帝高兴派送我们的好事。于是，为了躲避随时随地袭击人的不幸，不论是什么样的不幸，唯一的解药、唯一的规则、唯一的做法是决心本着人性去忍受，或者勇敢地和迅速地去了结这些不幸。

八月二十五日，尿又恢复原来的颜色，我又处于此前的状态。除了这点以外，我经常白天或黑夜左腮会难受；但是这种难受不会延续很久，我记得从前在家里也犯过，给我带来许多不适。

二十六日早晨，我泡浴一小时。

二十七日午饭后，我犯急性牙痛，痛得我死去活来，我派人去找医生。医生全身检查一遍，主要由于他一来我的疼痛也渐渐消失，他认为这类面颊肿胀没有或者只有非常小病灶；而是气与体液混同从肠胃冲上头部，引起这个不适；我觉得这话颇有道理，因为我身体其他部位也觉得有类似的疼痛。

八月二十八日星期一，我清早就去喝贝尔那贝温泉水，我喝了七斤四盎司，一斤是十二盎司。这使我上了一次厕所，午饭前撒尿量不到一半。我明显感到喝了这水头脑迷迷糊糊的，沉重。

二十九日星期二，我喝九杯平常的泉水，每杯含一斤少一盎司。头痛立刻就来了。实事求是来说，头部状况不佳，自第一次入浴以来没有真正摆脱过，虽然沉重感更少而且也不相同，我的眼睛在一个月前视力也没一点衰退，也没一点昏花。我后脑难受，但是从来没有一次头痛，也不是先痛到整个左腮，然后到牙齿，甚至更低，最后又传至耳朵和一部分耳朵。痛感很快消失，但是一般是剧痛，时常白天黑夜又会重犯。这就是我的头的情况。

我相信这水蒸气不论用于饮服还是用于沐浴（虽然是两种不同的使用）对头都非常有害，有人还很肯定地说对胃更为有害。因而这里的习惯是先服点什么药防止不良反应。

当天直至第二天，我把喝下去的水还差一斤都尿了出来；把餐桌上的饮水也算了进去，这个量是非常小的，一天不超过一斤。午饭后，将近日落时，我去浴池，在那里待了三刻钟，星期三我出了一点汗。

八月三十日，我喝了两玻璃杯，每杯九盎司，这样是十八盎司，在午饭前排出了一半。

星期四，我停止饮服，早晨骑马去参观康特隆，山里一个人口众多的村庄。山顶有好几块美丽肥沃的平地，种上牧草。这家村子有好几块小田野，舒适的石屋，屋顶也是用木板盖的。我环绕着山走了一大圈后回到住地。

我对自己最后喝下的水的排泄情况感到不满意，于是有意放弃饮用。使我不高兴的是我撒的尿与我饮的水一比较，发现饮用日子的记录对不上号。在我最后一次饮用后，在我体内还应该留有三杯温泉水。此外我还大便不爽，与平时状况相比，可以认为是一次真正的便秘。

一五八一年九月一日星期五，早晨我泡了一小时，在浴池中出了一些汗，撒尿时排出大量发红的沙。当我喝时，排沙没有或很少。头的情况跟平时一样，即很差。

我开始觉得这些温泉浴不适合我。从而，如果那时我从法国收到我等了四个月而没有收到的消息，我会立即离开，宁可在任何其他浴场去结束我的秋季治疗。我旋转脚踵朝罗马这边去，离开大道不远就可找到巴涅亚卡、锡耶纳、维泰博的浴场；朝威尼斯这边去则是博洛尼亚和帕多瓦的浴场。

在比萨，我让人把我的族徽重新描绘镀金，做得颜色鲜艳夺目，一切价格只合法国的一埃居半；然后，由于这都画在一块布上，我在浴场配上镜框，细心钉在我住的那个房间墙上，但有条件在先，那就是这个族徽该认为是送给房间而不是波里诺队长的，虽然他是房子的主人；不论以后发生什么事在这房间里不移走。队长答应做到，还起了誓。

三日星期日，我去浴池，在里面泡了一个多小时。我感到满腹胀气,但是不痛。

夜里与四日星期一上午,牙痛得要命;从那时猜疑是某只病牙引起的。早晨嚼乳香毫不觉得有所减轻。这阵剧痛更加重我的便秘,为此我不敢再去饮矿泉水;这样我也就很少服药。将近午饭时间和之后三四小时,这痛让我有片刻安宁;但是在二十点钟,两腮又再度剧痛,竟使我两腿站立不住。痛得我只想呕吐。一会儿出汗,一会儿寒颤。觉得全身到处有病,这使我相信痛不仅是一只病牙引起的。因为虽然左边更痛,其实两边太阳穴与下巴颏儿都痛得厉害,扩散到两肩、喉咙,甚至全身各部位,以致我度过了记忆中平生最残酷的一夜,这是真正的痛彻心肺。

我就在黑夜里派人去找了一名药剂师,他给我喝白兰地,含在我最痛的嘴边,这使我好转许多。从我把白兰地含在嘴里这一刻起,一切疼痛消失了;但是白兰地一吐出,又痛了起来。这样我不断地往嘴巴里灌杯,但是我不能把白兰地留在嘴里,因为我一静下来,感觉疲乏引起睡意,困时总有几滴酒落入喉咙,要我立刻把它吐出来。将近日出时痛又止了。

星期二早晨,在浴场的所有乡绅都到我床前来看我,我在左太阳穴脉搏上贴了一块乳香小药膏,那天受苦不大。夜里他们给我在腮上和头的左边贴几块热麻丝。

星期三,牙齿与左眼还是有难受的感觉,人睡着不痛了,但是睡不稳。我尿出了一些沙,但是没有我在这里第一次那么多,有时它们颗粒很小,像小米,发红。

九月七日星期四上午，我在大浴池里泡了一小时。

在同一个上午，有人从罗马给我带来托森先生的信函，写于波尔多八月二日，他在信中告诉我在这前一天，我被一致推选为波尔多市长，他请我为了对祖国的爱接受这个位子。

九月十日星期日上午，我在女士浴池里泡了一小时，那里有点儿热，出了一身汗。

午饭后，我独自骑马观看邻近的几块地方，尤其是那座叫格拉那依奥拉的小庄园，坐落在这地区一座高山的山顶上。爬越山顶时我发现了大家所能见到的最富饶、最肥沃和景色最优美的丘岭。

跟当地人闲聊时，我问一位老翁他们是不是也去我们的浴场；他回答我说，有人由于离洛雷托圣母院太近也就不常去朝圣，他们的情况也是一样。大家也看到温泉只是用在外国人或来自远方的人身上才起作用，他还说，他难过地看到近几年来这些浴场对泡温泉的人害处多于益处；这是因为从前这地方看不到一个药剂师，医生也很少见，而现在则恰恰相反。这些人因贪图钱财（更重于照顾病人利益）而散播这样的看法，温泉是无效的，除非你在治疗前与后服用某些药品，还要在温泉治疗时细心配制药物服用。以致他们（医生）不会轻易同意你进行纯然的不含任何药物的温泉治疗；因而接着发生最明显的效应，据他说在这些浴场里治死的人比治愈的人多，从而他肯定不久以后这些浴场将名声扫地，最终无人问津。

九月十一日星期一，上午我排出许多沙，差不多是小米的形状,圆、坚硬、表面发红、里面发灰。

一五八一年九月十二日,我们一早离开拉维拉浴场,我到

卢卡(十四里)吃中饭。

这里人开始收获葡萄。圣十字架节是本城的一个主要节日。那时给在外地逃债的人一周自由,回到自己的家乡自由参加这场宗教盛典。

我在意大利找不到一名好理发师给我修胡子和理发。

星期三晚上,我们去大教堂听晚祷,那里集中了全城居民和仪式行列。木十字架①向公众展示,卢卡人对它顶礼膜拜,因为它年代久远,以显示过众多神迹而闻名遐迩。教堂也特地为它而建造的,即使那座安放这件圣物的礼拜堂也建在这座大教堂的中央,但是位置选得不好,违反所有建筑规则。当晚祷念完,整个仪仗队都走入另一座教堂——从前的主教座堂。

星期四,我在教堂的祭坛上聆听弥撒,领主国的所有官员都在那里。卢卡人热爱音乐,男男女女很少不懂音乐的,平时他们一起唱歌,可是嗓子好的甚少。他们直着嗓子唱弥撒,谈不上精彩。他们特地建造了一座高大的祭坛,用木头和纸板做成,上面放满圣像、大烛台和许多银盘,排列得像一张餐桌。中间一个盘子,四边四只盆子。祭坛从上到下都这样布置,产生一种绚丽夺目的效果。

---

① 传说是圣尼哥底母雕刻的杉木基督受难像,782年从东方偷运至此。1484年特地建造礼拜堂供此圣物。

每次主教做弥撒，就像那一天，在他高唱《荣归主颂》时，有人在一堆乱麻上放火烧了起来。这堆乱麻系在一根悬着的铁栅栏上，专门放在教堂中央派这个用场的。

在这里气候已经很凉很潮湿。

九月十五日星期五，我像患上了尿频症，这就是说我撒的尿要比我喝的水多两倍；如果泡浴时体内还积蓄了一些水，我相信也都撒了出来。

星期六上午，我毫不困难排出了一粒粗糙的小结石；前一个夜里，我在小腹和龟头部位有点感觉。

九月十七日星期日，举行城市旗手的交接仪式[1]。我到宫殿去观看仪式。

这里人工作几乎不顾星期天，许多商店照常营业。

九月二十日星期三，午饭后我离开卢卡，之前把许多东西打成两箱运往法国。

我们走一条平坦的道路，但是却像加斯科涅的朗德那么荒芜。我们走上科姆公爵建造的一座桥穿过一条大溪，那里是大公爵的打铁磨坊，有一幢漂亮的房子。还有三个鱼塘，或者说三个隔开成封闭的池塘，塘底铺上砖头，里面养了大量鳝鱼，水浅看得清清楚楚。我们在菲塞奇奥渡过阿尔诺河，傍晚抵达

斯卡拉（二十里）。

---

[1] 见第184页注释。

我又在日出时离开。走上一条类似平原上的美丽道路。其实这个地区被类似法国境内肥沃的小山割开。

我们穿过卡斯特维伦蒂诺，这是四周城墙封闭的小镇；然后又步行经过附近不远的塞塔尔多，坐落在丘陵上的一座美丽城堡，也是薄伽丘的故乡。我们从那里走到

波吉邦西（十八里）吃中饭。

小城镇，我们从那里又到

锡耶纳（十二里）吃晚餐。我觉得这个季节意大利要比法国冷。

锡耶纳广场也是意大利城市内最美丽的广场。天天看到向群众做弥撒，住家和商店都斜对着祭坛，里面的人和工人都不用离开工作和走出他们的地方就可听到。到举扬圣体时吹喇叭引起大家注意。

九月二十四日星期日，我们午饭后离开锡耶纳，走上一条容易虽然有时崎岖的道路，因为这地区到处是肥沃的丘陵和并不陡峭的山岭，我们抵达

圣基里科，二十里外的小城堡。

我们住在城墙外。我们涉水过一条小溪，驮我们行李的一匹马在里面跌倒，我所有的衣物，尤其是书籍，都遭了殃；花

了好些时间才把它们弄干。我们把邻近的小山蒙特普尔西阿诺、蒙特奇埃洛、卡斯蒂格里塞洛留在了左边。

星期一很早，我去看两里外的维尼奥纳浴场，场名取自附近的一座小城堡。浴场坐落在一块较高的山地，山脚下流过奥基亚河。这块地方四周约有十二幢左右简陋难看的小屋；总体看来冷落清苦。那里有一个大池塘，四周围墙与台阶，水中央派起好几支热水柱，没有一点硫磺气，水气也不多，有发红的沉淀物，好像含铁之外并无其他特点，但是这不作饮用。这个池塘长六十步，阔三十五步。四边有四五个隔开、有盖的池子，一般人在里面泡浴；浴池收拾得很干净。

这里的水大家不喝，但喝更有声誉的圣卡斯西亚诺的水。这离圣基里科不远，朝罗马方向十八里处，在大路的左边。

考虑到这些陶质容器洁白干净，像瓷器一样细腻，我觉得它们真是便宜，用在餐桌上实在比法国的锡器，更不用说旅店使用的脏餐具要愉悦多了。

那些天，我以为已经完全摆脱的头痛，又让我渐渐感觉来了。我像以前一样眼睛、额头、后脑都感到一定程度的沉重、孱弱和昏乱，这令我很不安。

星期二，我到

拉巴格里亚（十三里）吃中饭。在

圣洛伦佐的陋店留宿。

当地开始收获葡萄。

星期三上午，在我们的随从与锡耶纳车夫之间发生了一场争吵；车夫看到这次旅行要比平时长，很不高兴承担马匹的费用，就不愿意付那个晚上的花费。双方闹得火气很大，我不得不去对市长说出原委，他听了我的叙述认为我有理，下令把一名车夫关进牢里。我提出的理由是我们驮行李的马还跌进了水里，使我大部分衣物都遭了殃，这才是行程延误的原因。

离蒙特菲亚斯卡纳六里地的大道附近，向右几步路就有一家浴场，位于一片大平原上。这家浴场跟最近的山相距三四里，形状像个小湖，在湖的一端看到极大的泉口，滚烫的水喷涌而出。这水硫磺味很重；生成白色泡沫和沉淀物。在泉口一边有一条管子，把水引到邻近屋子内的两只浴池。这幢房屋是独立的，里面有好几个房间，但是很差。我不相信常有人来。这水服用七天，每次十斤。但是必须让它冷却来减低它的热度，像在普莱夏克浴场一样。沐浴次数也相同。这幢房屋与浴场属于某座教堂的产业。以五十埃居价格出租。但是除了靠春天有病人前去赚些钱以外，租借的人还出售从湖里取来的泥土，善良的基督徒掺上油用来给人治疥疮，掺上水用来给羊与狗治疥疮。天然形态的原泥卖两吉力，做成干球卖七卡特林。我们在那里还遇到法纳斯红衣主教的许多条狗，有人领了它们来这里洗澡。

我们约又走了三里来到

维泰博(十六里)。

天色已晚,必须中饭与晚饭并作一顿吃。我嗓子发哑,身体感觉冷。以前在圣洛伦佐由于臭虫多,我和衣睡在一张桌子上,只是在佛罗伦萨和这地方又遇到这样的事。我在这里吃一种类似橡栗的东西,他们叫 gansole,意大利盛产这东西,味道不坏。这里还有椋鸟,多得只要两里亚一只。

九月二十八日星期四上午,我去参观这里平原上的另外几家浴场,离山有一段路程。我们首先在两个不同的地方看到几幢房子,不久以前还是乏人光顾的浴场,场上还散发着一股臭气。此外还有一间小屋,里面有一个温泉口形成一个小池可供沐浴。这水没有气味,但是也淡而无味;温度适中,我认为这里面有许多铁质,但是大家不喝。更远处还有一座建筑,人称教皇宫,因为据说是由尼古拉五世教皇建造或重修的。在宫殿地面上有一个洼地,有三个不同的温泉喷口,其中一个用于喝的。温度适中,也没有臭气,只是觉得味道有点拉嘴,我相信里面含硝酸钾。我去那里是想喝上三天。那里喝的量跟别处一样,然后散步,出汗就是好事。

这里的水闻名遐迩,向意大利全境运送。有一位医生对意大利各地的温泉浴场写过一篇综合报道,从饮用来说他选择这里的水先于其他地方的水。尤其他对于肾病有特效。一般是在五月份饮用。在墙上贴了一篇文章,是一名病人大骂把他送到这里浴场的医生,他现在比从前病重了许多;我读了觉得这不是一个好兆头,同样不是好兆头的是浴场主人说这个季节已经秋深了，态度冷冰冰地劝我喝吧。

那里只有一幢主楼，但是宽敞、舒适、正气，离维泰博有一里半路；我步行前去。楼内有三四个浴池，具有不同疗效，此外还有一处淋浴。这些水产生很白的泡沫，容易凝结，跟冰一样硬，在水面上形成一层硬壳。整个地方都被这层白色泡沫覆盖和镶嵌。在里面放上一块布，立刻看到它沾上这种泡沫，冻结发硬。这泡沫可以用来刷牙；运至国外卖钱。嚼在嘴里有一股泥沙的味道。他们说这是大理石的原料；会在肾脏里形成结晶。可是他们又保证说放在玻璃瓶里决不留下沉淀，可以保存清澈纯粹。我相信爱喝的话是可以喝的，带刺激的味道反而让人更觉味美。

从那里回来又走上那一片很长、宽达八里的平原，去看看维泰博居民（他们中间没有一名贵族，全是庄稼人和商贩）搜集亚麻和大麻的地方，这是他们制品的原料，在这行业干活的只是男人，女人一律不雇用。这些工人中有许多都围绕着某一个湖，湖里的水在这季节还是热得发烫[1]。他们说这湖深不见底，他们把湖水引出，筑成一些暖热的小池塘，在里面浸泡亚麻和大麻。

这次小小的旅程，走着去骑着马回来，到家里排出一块发红坚硬的小结石，小麦粒那么大；前一天我有点感觉它下落到小腹，在尿道前停止了。为了方便这类的结石排出，先把尿憋

---

[1] 指布里加曼湖，火山形成的湖，但丁在《神曲·地狱篇》中提到。

住，然后收缩阴茎，然后一冲把它推出去。这是阿萨克的朗贡领主教我的秘方。

星期六是圣米迦勒节，午饭后我去参观离城半里外的橡树圣母教堂①。我们走一条非常漂亮的大道，笔直平坦，从头至尾种满了树，由保罗三世教皇下令精心建造的。教堂很美，里面都是宗教纪念物，无数还愿牌。在一篇拉丁语铭文中读到，约一百年前一个人受到盗贼的袭击，吓得半死，逃到一棵有圣母图像的橡树下，他向圣母做祈祷，神奇地隐了身，盗贼看不见他，使他逃过这场显而易见的劫难。这个神迹使当地人对这位圣母格外虔诚；在这棵橡树四周建造了这座非常美丽的教堂。橡树躯干在底部截断，挂圣像的上部靠墙而立，四周的树枝也都砍掉。

九月的最后一天星期六，我一早从维泰博出发，走大路去

巴尼亚亚。这地方属于冈巴拉红衣主教，市容装饰华丽，尤其喷泉到处可见，以致看起来不但可以比美，甚至还胜过普拉托里诺和蒂沃利。首先是一口活泉水，蒂沃利没有这个；水非常丰沛，普拉托里诺就不是这样。以致可以尽量供应，用于不同用途。来自锡耶纳的同一位托马索先生，以前指导蒂沃利的工程，现在也在指导这项尚未完成的工程。这样在旧设计上总要有新创造，他就在这个工程中添加了许多赏心悦目的花

---

① 这座教堂建于 1470—1525 年间，根据传统，圣母像悬挂于一棵橡树上。

样。在这些琳琅满目的装饰中有一座高矗的金字塔，用不同方式喷水：有向上喷的，有向下喷的。在金字塔四边是四个小湖，装满水美丽清澈。每个湖中央是一艘石头贡多拉船，上面有两位弓箭手，他们泵满了水，用他们的箭把水射向金字塔，还有一名吹号手，也会喷水。我们绕着这些湖与金字塔在非常美丽的小径上散步，小径上雕刻精致的石栏杆。还有其他部分叫某些参观者更为欢喜。宫殿不大，但是结构灵巧。依我的愚见，这里在运用水的巧妙来说远远胜过其他地方。红衣主教那时不在，但是他一心向往法兰西，他的手下人对我们殷勤招待，有求必应。

从那里走一条直路，到了卡普拉洛拉，那是意大利人津津乐道的法纳斯红衣主教宫。确实，我在这个美丽的国家内也没见过哪座宫殿可以与它相比的。凿在凝灰岩中的一条大壕沟围绕宫殿四周，露台式屋顶，因而看不见瓦片。它的形状是五角形的，但是肉眼看来又成了一个正方形的。内部形状又是正圆的；四周是拱顶大走廊，到处挂满油画。所有的房间都是方的。建筑宏伟，厅堂华丽，尤其一个沙龙令人赞不绝口，房顶（整幢建筑是拱形的）上是所有星辰组成的天穹。而在沙龙的四周墙上画的又是地球，包括所有地区，这样组成一个完整的寰宇图。这些画内容丰富，全面覆盖墙头。其他地方用不同的画表现保罗三世教皇和法纳斯家族的事迹。人物画得栩栩如生，见过他们本人的观众一眼就可看出肖像画里有我们的法国陆军统帅、王太后①和她的子女：查理九世、亨利三世、阿朗松公爵、那瓦尔王后和弗朗索瓦二世国王（他是众人的长兄），还有亨利二世、皮埃罗·斯特罗齐和其他人。同一个大厅内两边都有胸像，一边最尊贵的位子上是亨利二世像，下面有铭文说他被任命为法纳斯家族的保护人；在另一边是西班牙腓力二世国王，铭文上写："为了受之于他的众多恩惠。"

在宫外也有许多东西值得一看，尤其是一个洞窟，有一个人工喷泉把水喷向一个小湖，在视觉与听觉上都造成一种天然雨景。这里泉水处在荒野之地，不得不让水抽出后输送到八里外的维泰博。

从这里走大平原上的一条坦途，到了宽阔的草原，中间有些干涸少草的地方涌现出颇为清纯的冷泉，但是含有浓重的硫磺，从远处便可闻到气味。我去

蒙特罗西（二十三里）过夜。十月一日星期日到

罗马（二十二里）。

这时感到奇冷和北方吹来的彻骨寒风。星期一和接着几天，我觉得胃里食积不化，这使我打定主意单独进餐，为了少吃节食。那时我的肚子空了，全身就舒坦，除了头部还是没有完全复原。

---

① 法国陆军统帅指安那·德·蒙莫朗西公爵，王太后指卡特琳·德·美第奇，亨利二世国王的妻子。

我抵达罗马那天，收到波尔多市政官员的信，他们写得非常客气，说到他们选举我当他们城市的市长一事，恳切要求我前去他们那里。

一五八一年十月八日星期日，我去蒙特卡瓦罗的戴克里先浴场看一个意大利人，他长时期在土耳其当奴隶，在那里学到了马术中许多非常少见的本领。比如说，这个人站在鞍子上放马疾驰，用力投出标枪，然后又一下子骑在鞍子上。在狂奔中只用一只手扶住马鞍架，右脚触地，左脚还留在马镫里。大家看见他好几次这样来回轮换上下。他还在奔驰中做出好多类似的不凡身手。他还会娴熟地如土耳其人那样前后开弓。有时把头和一个肩膀贴在马脖子上，两脚临空倒竖，让马任意奔跑。他把手里的一根棍子往空中抛去，又在奔跑中把它抓住。最后，他站在马鞍上，右手执长矛，朝一只手套刺过去把它刺穿，就像把指环戴到手指上一样利落。他站在地上用手把一根梭枪有力一挥，然后拿它在额前颈后旋转。

十月十日，午饭后，法国大使派了一名马弁对我说，我若愿意他将乘车来接我一起去参观奥西尼红衣主教的家具。红衣主教就在今年夏天逝世于那不勒斯，把他的巨大财富遗赠给他的一个侄女，她还只是个孩子；家具正在出售。在那些珍贵物资中间我看到有一条塔夫绸被子，里面装的是天鹅羽毛。在锡耶纳有许多这样的天鹅，全身连皮带毛处理后保存；他们向我索价是一埃居半。

天鹅都有一整张羊皮那么大，一只天鹅①足够做一床被子。我还看到一只鸵鸟蛋，四周雕琢再上色；还有一只方形首饰盒，里面还放着几件首饰。由于这只盒子做工非常精巧，四边镶水晶镜，打开后上下四周都显得比原物要大而深得多，盛放的珍宝也多了十倍，因为同一样东西通过水晶玻璃的反射相互映照，看得眼睛发花。

十月十二日星期四，桑斯红衣主教乘车接我单独去参观圣约翰与圣保罗教堂。他是这教堂的正式堂长，也领导提炼香水的这些修士；这我在前面提到。

这座教堂坐落在切里乌斯山上，选择这个位置是颇费心计的。下面全部是拱顶，有大走廊和地下厅堂。有人说这是霍斯蒂里恩论坛的旧址。这些修士的花园与葡萄园景观甚好，可以遥望古罗马。高地陡峭渊谷深，拔地而起，几乎无路可以攀登。

同一天，我把一件塞满的行李包寄往米兰。车夫一般要二十天才能送到。行李包总重量一百五十斤，每斤运费四贝奥奇，这相当于法国两苏。我在里面放了好几件贵重物品，特别是羔羊像念珠，在罗马也没有更漂亮的了。它是特意为皇后的大使制造的，她的一名贵族还请教皇祝过圣。

十月十五日星期日，我一早从罗马出发。我给弟弟留下四十三金埃居，他打算用这笔钱留下来学上五个月的剑术。在

---

① 此据《七星文库·蒙田全集》。但是据意大利原文、加拉维尼版、唐纳德·弗莱姆英译本，俱是"几只"。

我离开罗马以前,他租了一间漂亮的房间,每月二十吉力租金。埃斯蒂萨克先生、蒙蒂先生、沙斯男爵、莫朗和其他几位陪送我到第一个驿站。因为我不愿劳驾那几位贵族,我要是不赶快动身,他们中间有好几人如杜·贝莱、安布尔、阿莱格尔和其他先生已经租好了马,还准备继续送我。

我到

隆西格里奥纳(三十里)住宿。我租了马到卢卡,每匹马二十吉力,车夫负担马匹消费。

星期一上午,一阵奇寒令我大吃一惊,好像还从来没有对冷这样难受过;还有奇怪的是看到这地区葡萄收获季节居然还没有结束。我到

维泰博吃中饭。在那里我穿上了皮衣和冬季的全副装备。我从那里到

圣洛伦佐(二十九里);又从那里我去

圣基里科(三十二里)住宿。所有这些道路就在今年由托斯卡纳公爵下令重修,这是一项美好的工程,造福大众。上帝会给他报偿的。因为这些道路从前破败不堪,而今方便宽敞,差不多很像城里的街道。到罗马来的人络绎不绝,令人惊讶。租马前往罗马贵得出奇;但是回程则几乎不用你花钱。在锡耶

纳附近——在其他许多地方也可看到——有一座双桥，也就是说一座桥上穿过从另一条河流过来的引水桥。我们晚上抵达

锡耶纳（二十里）。

那天夜里，我腹绞痛难受了两小时，我相信感觉到有一粒结石泻出。

星期四一早，犹太医生纪尧姆·费利克斯来看我；他针对我的肾病和排沙情况，对我该采用的饮食制度谈了很久。我立即离开了锡耶纳；腹绞痛又犯了，前后历三四小时。将近结束时，在小腹及其四周感到剧烈疼痛，我发觉结石已经落下。我到

蓬塔艾尔莎（二十八里）吃晚饭。

我排出一粒比小米还大的结石，还有一点沙，但是不痛也没有通过的困难。我星期五上午出发，半途中在

上帕西奥（十六里）歇脚。我在那里停了一小时，让人给马匹喂燕麦。我在那里又不费多大工夫排出不少沙子和一粒长结石，一部分软一部分硬，比大的小麦粒还大些。我们在路上遇见好几位农民，其中有的摘葡萄叶子，储存到冬天喂牲畜；有的搜集蕨类植物做褥草。我们到

卢卡（八里）住宿。

我还接待了好几位贵族与工匠的来访。十月二十一日星期

六上午，我排出了另一粒结石，它留在通道里有一会儿，后来通过时不困难也没痛苦。这粒结石差不多是圆的，坚硬结实，里白外红，比一粒谷子大得多。我尿里还是有沙子。从这可以看出一切会自然舒解；因为我觉得这一切就像自然排泄。感谢上帝这些结石排出时没有剧痛，也没有妨碍我的行动。

待我吃下一颗葡萄后（因为旅行中我早晨吃得很少，甚至几乎不吃），我没有等待那几位原本准备送我的贵族就离开了卢卡。我走上一条漂亮的路，经常还十分平坦。右边是满目橄榄树的小山，左边是沼泽地，更远处是大海。

我看到在卢卡境内有一台机器，由于政府不加利用而处于半遗弃状态。这对于周围的乡村却造成极大损害。这台机器用于使沼泽地干燥，让土地肥沃起来。他们挖了一个大壕沟，在壕沟的头上是三只轮子，从山顶倾泻而下的一条活水溪流冲在轮子上，推动轮子不停地转动。轮子转动后用系在上面的戽斗在一头把沟里的水汲出，又倒入另一头的一条渠道；为此目的建造的渠道较高，四周围墙，把水送入海里。这样四周的乡野才会干燥。

我穿过佛罗伦萨公爵的圣彼得城的中央，很大，那里有许多房屋，但很少有人居住，因为据说空气糟糕，无法居住，大多数居民不是早死就是活着萎靡不振。我们到

马萨德卡拉拉（二十二里）吃晚饭。小镇属于西博家族的马萨亲王。

一座小山的半山腰里有一座美丽的城堡，城堡四周与底下是道路与房屋，再环绕良好的城墙。往下城墙外面是小镇，绵延到平原上；小镇也被城墙围住。这地方美；道路与房屋也美，房屋都有彩绘。

我在这里不得不喝新葡萄酒；因为这里的人不喝别的。他们自有秘诀用刨花和蛋清使新酒清纯，颜色看来像陈酒一般，但是有一种不自然的怪味。

十月二十二日星期日，我走一条非常平坦的路，左面枪支射程之内是托斯卡纳海。在这条道上，于大海与我们之间有一些不起眼的古代废墟，居民说这是当年的一座叫卢那的大城市[①]。我们从那里到

萨尔察纳，热那亚领主国的土地。

在那里可以见到共和国的纹章，是骑在马上的圣乔治；共和国在那里有一座瑞士兵营。佛罗伦萨公爵以前是这地方的占有者；要不是马萨亲王在中间把它们隔开，圣彼得城和萨尔察纳这两个国家的两座边境城市，会不断地打来打去。

在萨尔察纳，我们被迫给每匹马走一个驿站付上四吉力。我们离开时，恰逢佛罗伦萨公爵的非婚生弟弟唐·乔瓦尼·德·美第奇从热那亚回来，鸣礼炮迎接。他在热那亚以哥

---

① 卢那，伊特鲁里亚的名城，到了罗马时代已衰落，1016 年被阿拉伯海盗摧毁。但丁在《神曲·天堂篇》也有提及。

哥的名义拜谒皇后①,同时晋谒的还有意大利其他几位亲王。以自己阔绰的排场而引人纷纷议论的是弗拉拉公爵;他带了四百辆马车前去帕多瓦迎接皇后。他事前要求威尼斯市政议会允许他带领六百匹马经过他们的领地;议会回答说他过境是允许的,但尽量少带人马。公爵把他的扈从都塞进马车,就这样率领他们过境,只是马匹的数目减少许多。我在半途中遇到唐·乔瓦尼·德·美第奇亲王。这位青年长得一表人才,有二十位衣冠楚楚的人伴随,但是骑在租来的马匹上。这在意大利不算是辱没身份,即使亲王也不是。过了萨尔察纳,我们把热那亚的那条道留在左边。

从那里去米兰,走热那亚或走这同一条路没有多大区别,殊途同归。我想看看热那亚和皇后,她在那里。让我放弃这个主意的是往那里有两条路,一条从萨尔察纳去要走三天,有四十里路非常难走,高高低低,都是石头和峭壁,旅店简陋,很少人来去。另一条路经过勒里西,它离萨尔察纳三里地。在那里上船,十二小时后抵达热那亚。我胃弱受不了走水路,在陆路上的种种不便还可将就,只是怕在热那亚有大量外国人,找旅店困难,此外我还听说从热那亚到米兰一路上不安全,盗贼丛生。而且我关心的也只是返回(法国),我决定放弃热那亚,走右边穿越群山的那条路。我们左边是马格拉河,沿着它的一条谷底道路走。这样时而经过热那亚国,时而经过佛罗伦

---

① 指神圣罗马帝国皇帝、德意志国王马克西米连二世的未亡人玛利亚皇后,她去西班牙途中经过米兰和热那亚。

萨国，时而经过马拉斯比那家族领主的土地，除了有几小段路况不佳以外，总是一条实用方便的道路；我们到了

蓬特雷莫利（三十里）住宿。

这是一座狭长的城市，古代房屋很多，但不优秀。有许多废墟。有人说这城市从前叫阿布阿。它现在属于米兰国，不久以前由菲埃斯克家族掌控[①]。

他们给我送上桌子的第一样东西就是奶酪，像在米兰去的路上和皮亚琴察附近一样。然后是质地特优的无核橄榄，还按照热那亚的做法像拌色拉似的配上油和醋调味。城市坐落在众山之间的山脚下。在小凳上放一满盆水以供洗手之用；大家都在这同一盆水里洗手了。

我二十三日星期一上午出发，走出旅店就登上亚平宁山脉，尽管山高行走并不困难，也无危险。我们整天就是在山里爬上爬下，山大部分很荒野也不肥沃。我们从那里到

福诺沃住宿。在圣塞孔多伯爵领地，三十里。

我很高兴摆脱了那些山民骗子的魔掌，他们在用餐和马饲料上无情地勒索游人。这里的人给我的餐桌送上不同风味的芥末杂烩，味道很好。特别是其中用木瓜做的一个菜。

我看到这里的租马供不应求。这地方的人对外国人要价无

[①] 菲埃斯克家族与陶里亚家族是热那亚两大敌对派别。相互钩心斗角，德国诗人席勒以此题材创作其名著《菲埃斯克的阴谋》。

法无天。一般来说每匹马跑一个驿站支付两吉力；这里要我一驿站付三、四、五吉力。这样我每天租一匹马要付一个多埃居，因为他们仅仅跑了一驿站要算上我两驿站的钱。

我在这地方离帕尔马还有两个驿站；从帕尔马到皮亚琴察的距离相同于福诺沃到皮亚琴察的距离，在我也只是多走两站路罢了。但是我不愿意去那里，为了不打乱我的归程，既然我已放弃其他一切计划。这地方是个六七间小屋的小乡野，坐落在达鲁河边上的平原上；我相信这是灌溉它的这条河的名字。星期二上午我们沿着它走了好久，我们到

博戈圣多尼诺（十二里）吃中饭。

小城堡，帕尔马公爵开始在其四周建造防御城墙。餐桌上吃的是蜂蜜橘片配芥菜泥，样子像半熟的木瓜酱。

从那里把克雷莫纳留在右边，跟皮亚琴察隔同样距离，我们走在一条非常美丽的道路上，在这地区极目远望看不到一座山，甚至地面没有一处起伏，土壤又非常肥沃。我们在每个驿站换马；我在最后两站策马疾驰，测验腰部的力量，我不累；尿也是正常状态。

将近皮亚琴察，道路左右两边矗立两根大柱子，柱子之间约有四十步距离。在柱基有拉丁语告示，禁止在柱子中间有建筑，也不许种树和葡萄。我不知道这样做是要保留道路的宽度，还是让平原保持开阔，从柱子到城里才半里路，看出去城景一览无遗。我们到

皮亚琴察（二十里）住宿。

一座大城。我到那里离黑夜还早，在城里各处转了三个钟点。泥土路面，没有铺砌。房屋狭小。广场是宣扬城市辉煌的地方，那里有司法宫和它的监狱。所有公民都聚集在那里。周围都是普通商店。

我参观了由腓力国王控制的城堡。驻有三百名西班牙士兵，从他们本人对我说的话听来，饷银很少。早晚吹奏起床号各一小时，用的乐器我们叫双簧管，他们叫短笛。城堡里人很多，有精良的炮台。帕尔马公爵那时在城里，从来不去西班牙国王占有的城堡。他在要塞——建在别处的另一座城堡——有自己的寓所。

总的来说，我没有看到值得一看的东西，除了那座圣奥古斯丁新建筑，这是腓力国王下令盖在另一座圣奥古斯丁教堂的原址上。他扣留它的一部分收入用以建造那座城堡。教堂开头建得很顺利，还未竣工；但是修院的房屋，也就是七十位修士和数目加倍的隐修士的宿舍，已经全部建成。这幢建筑，连同走廊、寝室、不同酒窖和其他房间，美轮美奂，以我的记忆来说其他地方从没见过这么华丽的教堂服务性建筑。

这里的餐桌上放盐块，奶酪不用盘子，整块端了上来。

帕尔马公爵在皮亚琴察迎候奥地利大公的长子；我在因斯布鲁克见过那位青年王子，他们说他去罗马加冕做罗马人的国王[1]。

---

[1] 据《七星文库·蒙田全集》注，奥地利大公的长子安德烈，从1576年起当红衣主教，从未当过罗马人的国王。

这里人用一只大铜勺给你递上水,是用来勺兑葡萄酒的。这里吃的奶酪就像皮亚琴察到处卖的一样。皮亚琴察正处于罗马与里昂的半道上。

为了笔直往米兰,我必须到三十里外的马里尼亚诺过一宿,从那里再到米兰有十里路;我在旅途中多走十里可以看到帕维亚。十月二十五日星期三,我一早动身,走上一条美丽的道路,途中我排出一块软的小结石和许多沙。我们穿越属于圣塔菲奥拉伯爵的小城堡中央。走到头,我们在一座浮桥上渡过波河。浮桥随同一个小窝棚搁在两艘木船上,一条长绳系在河道两边面对面的两排小船好几个部位,有人拉了往前走。提契诺河与波河汇集在那里附近。我们很早到了

帕维亚(三十里)。

我急忙前去观看这座城市的主要纪念物:提契诺河上的桥、主教座堂、加尔默罗会教堂、圣多马教堂和圣奥古斯丁教堂;在圣奥古斯丁教堂里有圣奥古斯丁的华丽陵墓,白色大理石,有许多雕像。

在城市的一座广场上有一根砖石柱子,柱头有一尊雕像,好像根据罗马朱庇特神殿前的安敦尼·庇阿[1]骑马像仿制的。这座雕像较小,跟原作无法相提并论。但是令我感到纳闷的是帕维亚的这尊有马镫,一只马鞍前后都有马鞍架,而另一尊

---

[1] 据《七星文库·蒙田全集》,非罗马皇帝安敦尼·庇阿(86—161),而是他的养子马可·奥勒留。

则没有。这跟某些专家的意见倒很合拍,他们认为马镫和马鞍(至少)的形制是近代才有的。某些无知的雕塑家可能认为这些附加物都失落不见了。我还看到波洛梅红衣主教为学生造的建筑物的最初工程。

城市大,还算漂亮,人口很多,都是各种行当的工匠。美丽的房屋很少,即使皇后不久前住过的房屋也不怎么样。在我见到的法国纹章中百合花是被抹去的;总之,没有稀奇的东西。

在这些地区,租马费是二吉力一驿站。我从罗马到这里住过最佳旅店是皮亚琴察驿站。我相信它在维罗纳之后也是意大利的最佳驿站。我在这次旅行中住过最差的旅店,那是帕维亚的苍鹰旅店。在这里和在米兰柴火要另外付费,床上没有褥子。

十月二十六日星期四,我离开帕维亚;我走右边的道路,离直道约半里地,去看一看据说是弗朗索瓦一世军队(被查理五世)打败的战场①。也看一看夏特勒宫,说它非常美是有道理的。

大门正立面完全是大理石的,装潢丰富,雕饰无数,外表非常庄重。在象牙祭坛正面是《旧约》与《新约》的浅浮雕场景;旁边是这座教堂的奠基人约翰·加莱亚佐·维斯康蒂的大理石坟墓。然后我们欣赏唱诗坛、主祭坛的装饰和隐修院;隐修院真是大得出奇,美得少见。建筑非常恢宏,看到组成这建

---

① 1525年2月24日,法国国王弗朗索瓦一世与神圣罗马帝国国王查理五世在帕维亚决战,法国军队战败,国王也当了俘虏。

筑群的不同房屋的面积与数量,还看到这里面数不清的仆人、马匹、车辆、工人和工艺匠,简直是一位非常显赫的亲王的朝廷。他们不停地在修建,花费大得令人咋舌,这都从教堂的收入中支出。这座隐修院坐落在一片很美丽的草地中央。我们从那里来到了

米兰(二十里)。

这是意大利人口最多的城市。城市大,住满各行各业的工匠与商人。它跟巴黎颇为相像,跟法国的城市有千丝万缕的关系。这里没有罗马、那不勒斯、热那亚和佛罗伦萨的华丽宫殿,但是面积胜过它们,外国人之多仅次于威尼斯。

十月二十七日星期五,我去观看城堡的外观,差不多在墙外绕了一圈。这是一幢雄伟的建筑,防御工事非常出色。有七百名西班牙人在此驻扎①,配备精良的大炮。四周围墙还在继续加固。由于骤降大雨,我在这里待了一个白天。在这以前,天气、道路,一切对我们还是很顺利的。

十月二十八日星期六上午,我离开米兰,走上一条平坦美丽的道路;虽然雨下个不停,每条道路都淹了水,看不见一点泥浆,因为到处都是沙地。我到

布法罗拉(十八里)吃中饭。

---

① 神圣罗马帝国皇帝,西班牙国王查理五世在1535年把米兰公国送给儿子西班牙的腓力二世。

我们走桥过了纳维格里奥河。那条运河不宽，但是水深，大船都可开进米兰。再过去我们乘船渡过提契诺河，到

诺瓦拉（二十八里）住宿。

小城镇，景物平平，坐落在一片平原上。四周是葡萄园和小丛林；土地肥沃。我们在早晨出发。为了有时间喂马，我们在

维切利（十里）停下。

属于萨伏依公爵的皮埃蒙特城市，还是坐落在沿着塞西亚河的一片平原上；我们坐船渡过塞西亚河。公爵运用大量人力，在当地迅速建造一座要塞，我从工程的外表来判断非常壮丽。它引起了就在邻近的西班牙人的嫉妒①。

我们又从那里穿越圣热尔马诺和圣蒂亚两座小城堡。一直走在一片美丽的平原上，主要盛产核桃树（这个地区没有橄榄树，除了核桃油以外也没有其他油料作物）。我们到

里窝那（二十里）住宿。

房屋密集的小镇。我们星期一清晨离开，走一条非常平坦的道路；我们到

基瓦索（十里）吃中饭。

---

① 这座城市好几次卷入萨伏依王室、法国与西班牙的纷争。

我们有时坐船,有时徒步,走过了好几条大河小溪,来到了

都灵(十里)。

我们本来可以轻轻松松在午饭前抵达。这是坐落在水乡的一个小城市,建设不是很好,生活也不愉快,虽然有一条小河可把垃圾冲走。我在都灵租马,从这里到里昂共六天,每匹五埃居半;马匹的花费俱由马主负担。

这里人讲法语很通行,个个都对法国很友善。通俗语言除了意大利发音以外,基本上还是用我们的日常用语组成的。我们星期二——十月的最后一天——离开那里,道路漫长,但始终平坦,我们到

圣安布罗斯(两驿站)吃中饭。
从那里走上一片夹在山峰之间的狭小平原,到了

苏斯(两驿站)住宿。
这是一座小城堡,有许多房屋。我到了这里感到右膝盖痛得厉害,这痛已有几天,老是在加剧。这里的旅店要比意大利其他地方好,酒好,面包差,菜肴丰富。旅店主人客气有礼貌,萨伏依全境都如此。诸圣节那天,我听了弥撒后从那里出发,到了

诺瓦勒萨(一驿站)。

我在那里雇了八名轿夫把我抬上塞尼山顶,再用雪橇把我送至另一边山脚下。

(蒙田进入法国境内,又用法语记日记。)

这里大家说法语;这样我放下了这门外国语;我使用得还算顺手,但是不太有把握,以前没有时间,又终日与法国人为伍,就没有认真学习。我登塞尼山,一半骑马,一半乘四人抬的轿子,另四人接替他们换班。他们用肩膀抬着我。登山历时两小时,路上多石头,马走得很不习惯,但是倒也没有意外与困难,因为山路宽阔缓缓上升,看不到悬崖与危岩以至于脚下要打滑。

到了山顶,看到脚下有一块二古里的平原,好些小房屋、湖和井,还有驿馆,没有树,有不少草和草地,在温和季节很有用处,那时都掩盖在雪下。下山有一古里陡峭笔直,我是由我的轿夫推着雪橇走的。我给他们八人总共两埃居作为一切辛苦的报酬。而雪橇只付一退斯通。这是一次愉快的说说笑笑,没有危险也不费心思。我们在

兰斯勒堡(两驿站)吃中饭。

这是山脚下的一个村子;从那里开始是萨伏依[①]土地。我们前往两里路外的小村子住宿。那里到处有鳟鱼和新酿与陈酿的优质葡萄酒。我们从那里走上一条崎岖多石的道路到

[①] Savoie,在历史上指萨伏依公国。在今日地理上,又是法国一个地区,译为"萨瓦"。在此还是按历史地理上的地名。

莫里埃纳的圣米歇尔（五里）吃中饭。

这个村子有驿站。从那里出发时间很晚，又全身淋湿来到

拉尚贝（五里）的住地。

这是个小镇，拉尚贝侯爵也以这个封邑得到称号。十一月三日星期五，我们到

埃格贝尔（四里）吃中饭。封闭的乡镇。夜宿在

蒙梅里安（四里）。

群山之间一块平原上拱起一个圆丘；这个带防御工程的城市就建立在圆丘顶上。城市上面是那座碉堡，下面是伊泽尔河，它流出七里外经过格勒诺布尔。在这里我明显感觉意大利油品质优良，因为这里的油叫我吃了胃痛，其他的我吃了又没有回味。我们到

尚贝里（二里）吃中饭。

萨伏依公国的首府。面积不大，美丽、商业繁荣。建在群山之间，但是这个地域，群山后缩很多，形成一块大平原。我们从那里翻越杜夏山，高峻多石，但是毫不危险或难走；山脚下是一条大湖。沿湖边有一座叫布尔多的城堡，生产的宝剑闻名遐迩；到了

叶纳（四里）休息。小镇。

星期日上午，我们渡过在我们右边的罗讷河。在这之前，我们经过一座建在河面上的碉堡。萨伏依公爵把它建在相隔很近的岩石之间。其中一块岩石上有一条狭窄的小道，沿着走到小道顶端就是那座碉堡，跟威尼斯人建在蒂罗尔山终端的丘砦无多大区别。在大山之间的谷底继续往前走，一口气到了

圣朗贝尔（七里）。山谷中的小山城。

萨伏依的大部分城市中间都横穿一条小河，河的两边是马路，上有大廊子；人什么时候都不会日晒和雨淋，然而商店光线实在偏暗。

十一月六日星期一上午，我们离开圣朗贝尔。里昂银行家弗朗塞斯科·塞那米先生由于鼠疫而避居于此，派了他的侄子给我送上他的葡萄酒，并对我诚挚问候。

我星期一清晨出发，终于完全走出山区，开始进入法国的平原。

这里我在查塞港坐船，渡过埃因河，马不停蹄直到

蒙吕埃尔（六里）

客商络绎不绝的小城市，属于萨伏依公爵，也是他们最后一座城市。星期二中饭后，我坐上驿车到

里昂（二驿站，三里）住宿。

看到这座城市我满心喜欢。

星期五，我从约瑟夫·德·拉·索纳手里买了三匹裂耳断尾、颈带木棍尚未用过的小狗，花二百埃居；前一天从马尔吉安那里买了一匹鞍马五十埃居，另一匹裂耳断尾马三十三埃居。

星期六，圣马丁节，上午我胃部剧痛，卧床直至午后，腹泻了一次；中饭没吃，晚饭吃得很少。

十一月十二日星期日，佛罗伦萨人阿尔贝托·贾契诺蒂好几次对我礼数甚为周到，虽然只是在那时才跟我认识，请我在他家吃中饭，还主动提出借钱给我。

一五八一年十一月十五日，我午饭后离开里昂，走一条山路到

布德里埃尔（五里）住宿。小村子只有两户人家。

星期四上午，我们从那里走上一条平坦美丽的路，中途临近弗尔这个小村，我们坐船渡过卢瓦尔河，接着不停地到

洛比塔尔（八里），封闭的小村子。

星期五上午，我们从那里走上一条崎岖的山路，迎着风雪交加的恶劣天气，到了

梯也尔（六里），在阿利埃河上的小城，商业兴隆，市

容整齐，人口很多。他们主要从事纸张贸易，以制作刀与扑克闻名。它与里昂、圣弗卢尔、穆兰和勒普伊相隔都是同一距离。

我愈走近家，愈觉得路长难忍。说真的，以日程来说，最早从尚贝里算起，我只是在罗马到我家的一半路上。这座城市是波旁家族的土地，属于蒙庞西埃公爵。

我还去帕米埃厂参观纸牌生产。那里跟其他正规企业有一样多的工人和生产规程。普通质量的纸牌一苏一副，精制的二卡洛斯一副。

星期六，我们走上肥沃的利马涅平原；坐船渡多尔河，然后又是阿利埃，我们到

蓬德夏朵（四里）住宿。

鼠疫在这里曾肆虐一时；我听到许多动人的故事。领主的府邸是卡尼拉克子爵的祖屋，为了消除瘟疫的传染也放一把火烧了。这位大人派了一名手下人向我传达问候和口头允诺，并要求我写信给弗瓦先生，向他推荐他不久前送往罗马的儿子。十一月十九日星期日，我到

克莱蒙费朗（二里），在这里停留让马驹子休整。

二十日星期一，我早晨出发，到了多姆山山顶上排出一粒大结石，形状宽而扁，从早晨就在尿道里，在前一天就感觉在阴茎底部。由于它像要落入膀胱，我也就觉得它也在腰部。它

不硬也不软。

我经过蓬吉博，也顺道去拜会拉斐特夫人，在她的客厅里待了半小时。这座府邸的美丽名不副实；建筑的地势怎么说也是丑陋的。花园体积小，方形，花径要提高四五尺；花坛在深处，果树多草少；花坛的两边下凹，再砌上条石。

那天雪花乱飘，寒风刺骨，没有看到一点地方景物。第二天我到

蓬托米尔（七里）住宿。小村子。

杜·吕德大人与夫人离此二里。

第二天，我去

蓬夏鲁（六里）小村子住宿。这条路直至利摩日都是简陋的旅店，然而却不缺少可口的葡萄酒。过往的都是前去里昂的骡车夫和信差。

我的头不舒服；如果说朔风寒雨对头脑是有害的，这些路上更叫我到了忍无可忍的地步，他们说这里的冬天要比法国任何地方都严酷。

十一月二十二日星期三，气候十分恶劣，我从那里出发。沿着费尔丹走。这是一座小城，房屋看来整整齐齐，坐落在四周是高岗围绕的一块低地上，不久前遭受鼠疫，半座城内人去楼空。我到

夏丹（五里）住宿。破旧的小村子。没有陈酒，我就喝没有提纯的新酒。二十三日星期四，头始终处于这个状态，天气严酷，我到

索维亚（五里），小村子，属于洛尚先生。第二天我从那里到

利摩日（六里）。

整个星期六待在那里；花九十金太阳埃居买了一头公骡；从里昂赶到这里的骡子运费付了五埃居，这件事上给诈骗了四里弗尔；因为所有其他费用只有三又三分之二埃居。从利摩日到波尔多一百里弗尔付一埃居。十一月二十六日星期日，我午饭后从利摩日出发，到

勒卡尔（五里）住宿。那里只有勒卡尔夫人在。
星期一，我到

蒂维耶（六里）住宿。
星期二，到

佩里格（五里）住宿。
星期三夜宿在

莫里亚克（五里）

星期四，圣安德烈节，十一月最后一天，夜宿在

蒙田（七里）：一五八〇年六月二十二日我从那里动身到费尔。从而开始了我历时十七个月又八日的旅行。

书 信

序　文

　　蒙田传世的信函不多，据《七星文库·蒙田全集》称共三十六封，据唐纳德·弗莱姆的英译本称三十八封，但是据克洛德·潘加诺的现代法语版又称三十九封。这里根据《七星文库·蒙田全集》版翻译，把其不收的三封也附加在内。

　　七封信是蒙田分送他的《随笔集》一书时写的献词，一封是一篇序言，介绍他的好友艾蒂安·拉博埃西在一五七〇年出版的遗作；一封是在《随笔集》上给朋友的题辞。两封是会同波尔多市政务官给法国国王亨利三世和那瓦尔国王（后为法国国王亨利四世）的"谏书"。其余二十八封差不多都写于蒙田生命中最后十年。一部分关于在蒙田任波尔多市长时期的公务。其中很多写给他的密友马蒂尼翁元帅，国王在居耶纳的摄政官，与他志同道合努力促进宗教战争两派的和解。最后两封信写给亨利四世国王。

　　这些信大多数是在十九世纪中叶发现的，只是一九三九年才在阿蒂尔·阿曼戈的《蒙田全集》中问世。信中提到的人物与地方有些恐怕只有专家感兴趣。但是也清楚显示蒙田作为市长的勤政和对错综复杂时局的敏感性。他得到法国宗教冲突双方的信任和讨教，忙于在敌对阵营内折冲樽俎，远较《随笔集》中提到的详细得多，还比一般的传记让人对蒙田有更清晰的了解。

〇一　致安东尼·迪普拉先生，巴黎市长[①]

先生，在上一封信中，我向您提到阿让和佩里戈尔地区遭受兵燹之灾，在动乱中我们的共同朋友梅斯尼[②]被俘后押解到波尔多斩首。今日我要跟您说的是内拉克[③]那些人，由于他们城市的一位将官鲁莽行事，攻击蒙吕克[④]的部队时中了埋伏，损失了一百到一百二十人，带了他们的牧师在七月十五日冒了重大的生命危险撤退到贝亚恩。卡斯特尔贾鲁的人投降，当地的牧师也被处决。马尔芒德、圣马凯尔和巴扎斯的百姓也纷纷外逃，但是损失惨重，因为杜拉斯城堡立即遭到掠夺，蒙塞古尔城堡被强占，后者是一座小城，有两面旗帜和许多信那个教的人[⑤]。那里，在八月的第一天，什么样的残酷暴行都付诸实现。不论对方是什么身份、性别与年龄；蒙吕克强暴了牧师的女儿，牧师则与众人一起被杀。我不胜痛苦地对您说，在这场大屠杀中一起遇害的也有您的亲戚，加斯帕尔·迪普拉的妻子

---

① 这封信只有日月，没有年份。其真实性引起过怀疑，看来应该说是蒙田写的，但是《七星文库·蒙田全集》（1962年版）内不收。根据克洛德·潘加诺版译出，信中提到1562年事件，指布莱兹·德·蒙吕克攻下许多新教徒的城市。安东尼·迪普拉也即是第十一封信的南都侬埃领主大人。
② 梅斯尼将军是卡斯蒂荣总督，站在新教派一边。
③ 那拉克离波尔多东南七十里，那瓦尔王朝所在地，是胡格诺派地盘。
④ 布莱兹·德·蒙吕克（1500—1577），《评论集》的作者。是杰出但冷酷的天主教将军，曾在四位国王手下当法国元帅。当时是居耶纳的总督。年已近六十岁。蒙田与他很熟，在《随笔集》（二卷八章）提到，在《意大利游记》也说到曾在意大利两次见到他同名的孙子。
⑤ 卡斯特尔贾鲁、马尔芒德、圣马凯尔、巴扎斯，都是位于内拉克与波尔多之间的新教派掌握的城市。杜拉斯与蒙塞古尔也是。蒙田像当时的许多天主教徒一样，说到新教徒（胡格诺，也称抗罗宗）单用"信那个教的人"。

与她的两个孩子，她是位高贵的夫人。我以前到这些地区去，有机会经常见到她，还肯定可以得到她的盛情款待。今天我也不再多说，因为说到这件事使我极为伤心，在此祈祷上帝给予您神圣的保护。

八月二十四日（一五六二年？）

您的仆人与好友

蒙田

〇二　致父亲的信①

（蒙田推事先生致他的父亲蒙田阁下的信，说到艾蒂安·德·拉博埃西病重与死亡时他注意到的几件事。也是《七星文库·蒙田全集》所收的第一封信）

……至于他的最后遗言，若要人予以恰当的转述，那是非我莫属了。因为他患病期间，他最乐意与之谈话的除我以外没有别人，还因为我们两人倾心相与、情同手足，我对他一生中的想法、见解与意愿都有非常确切的认识，毫无疑问人与人的了解也只能做到这一步了。我知道他的这一切都很高尚、勇敢、果断刚毅，——总之一句话——令人钦佩，我预感到如果疾病不致让他失去表达的能力，他在这个紧要关头，不会不发表一些发聋振聩的留言。因而，我尽量仔细倾听。

说实在的，大人，由于我记忆不佳，又由于这么一个沉重的损失令我难受，神志恍惚，不可能不把我愿意记住的事遗忘许多。但是就我能够加以回忆的事，我要对您原原本本转述，尽可能做到不失实。他这人自尊坚定，光明磊落，为了让您看到在死亡与痛苦的疯狂进攻下饱受摧残的肉体，还保留这股不

---

① 1563年8月18日，蒙田的好友拉博埃西在波尔多附近病逝。这封信似写于此后不久。后经蒙田稍作改动，刊登在1570年11月出版的拉博埃西《作品集》的末尾。那时蒙田父亲亦已作古。此信开头部分一直缺失不传。

可战胜的勇气，我承认要介绍他还必须是个比我高明得多的大手笔；因为他生前说到任何重大严肃的事，都侃侃而谈；旁人很难把它写得同样精彩；尤其这段时间，他的心灵与舌头仿佛在相互争锋，要为他作最后一次效劳；因为，我确实从来不曾见过他像在这次病中那么多想象与雄辩。

此外，大人，您若觉得我怎么会在这里提到他一些较为平淡与肤浅的话，那也是我有意为之。这些话在那时候，还处在这么一桩大事的最紧要关头说出来，这确是奇特地证明他的灵魂里是一片祥和、静穆和自信。

一五〇三年八月九日星期一，我从议会回来，差人请他来我家吃中饭。他回复说他感谢我，但身体不适，我若愿意在他动身前往梅多克之前跟他相处一小时，他会不胜感激。我在午饭后立即去看他，他和衣躺着，脸上已经出现我说不出来的变化。他对我说这是他前一天跟埃斯卡尔先生一起玩时，在丝袍下穿了一件紧身衣，风寒一入得了腹泻胃痛，经常使他出现这类的症状。

我觉得他长期来作好了出门的打算，那就不要放弃了，这做得对。但是那天晚上他到了离城才两里的杰米涅亚克就停了下来。我猜这样做是因为他留宿的地方四周都是鼠疫感染的房子，他对此甚为惊恐，因为他不久前从佩里戈尔和阿让地区回来，那里在他离开时已经瘟疫横行了。以前遇上他患的那种病，我认为骑马不失为一种好方法。这样他上路了，带了拉博埃西夫人和他的叔叔布约纳先生。

第二天，一大早，他的一名仆人被拉博埃西夫人派来见我，带了她的话来跟我说，前一夜他腹泻不止，情况很不好。她已去请医生和药剂师，要求我前往，我就在下午去了。

我一到，他好像看见我十分高兴；当我向他告辞回家，答应第二天再来看他时，他从来没有对其他事表示出这般的热情与恳请，要我尽可能与他多待一会儿。这使我特别感动。可是我还是得走，这时拉博埃西夫人已经预感有什么不幸，含着眼泪求我这天晚上不要走。这样她把我留了下来；他与我对此都很高兴。

第二天我回家了，星期四又去看他。他的病状恶化。出血与腹泻使他更加虚弱，而且每小时还在加剧。

星期五，我再次离开他，星期六我又去见他，他已萎靡不堪。那时他对我说他的病是有点传染性的，还很不舒服，产生抑郁。他非常了解我的天性，要求我陪他时间不必太久，但是尽可能多来。我没有再离开他。

直到星期日那天，他没有对我说过一句他对自己这人是怎么想的，只提他病中发生的特殊情况，以前那些医生是怎么说的。国家大事谈得很少，因为我觉得从第一天起他对这事深深感到厌恶①。星期日，他身子甚虚。当他神志恢复清醒时，他对我说他觉得自己处在乱世纷扰中，眼里看出来烟雾一片，什么东西都混沌不清，杂乱无章；然而他以前对于这场灾难并不忧虑。

---

① 拉博埃西在法国宗教战争开始第二年故世。从他的一篇回忆录中看出他对宗教团结表示深切的忧虑。

"我的兄弟,死亡也不会比这更坏了。"我那时对他说。

"但也没有坏成那个样。"他回答我说。

他患病一开始就夜不成眠,尽管服下各种各样的药,病情还是加重,以致给他开出了一般人不到最后关头不会服用的某些汤药;从那时起他开始对自己的痊愈完全失望;这是他对我说的话。

同一天,我见到时机合适就给他进言,说由于我对他的深情厚谊,我若不对他表示出我在这方面的关心那就是我的不是了。他健康时做什么事都充满智慧与远见卓识,是人中豪杰。他在病中也要继续保持,如果他身体一蹶不振,这是天命,我将会很遗憾,若没有人提醒,他将会让他的身后事无一着落,这对他的家人是损害,对他的名誉也有影响。他欣然接受我对他说的话;他决心面对困难去解决他在这方面的心事,他要我只把他的叔叔和妻子两人请来,让他们听一听他对遗嘱的安排。我对他说这会吓着他们的。

"不,不,"他对我说,"我会安慰他们,让他们对我的健康比我怀着更多的期待。"

然后他问我他身子表现出的虚弱没有叫我们吃惊吧。

"我的兄弟,这没什么,"我对他说,"这类病带有这些症状。"

"我的兄弟,这确实没什么,"他回答我说,"即使发生你们最担心的事也没什么。"

"对您会是一种福分,"我反驳他说,"损失的是我,我将失去这么一位杰出、智慧、可靠的朋友,我肯定我再也找不到这样的朋友了。"

"可能是这样,我的兄弟,"他接着说,"我要您相信,我所以还这样用心治疗,迟迟不去走完我已走了一半的路程,就是因为想到失去您,还有那位可怜的男人和可怜的女人(指他的叔叔和妻子),我真心诚意爱他们,我可以肯定他们会难以忍受失去我而感到的创伤,这对于您与他们确是非常巨大的。我也想到在我一生中许多爱过我、重视过我的好人心中的难受。我说心里话,要是按我的意愿,我还是很高兴跟他们有来有往。我若走了,我的兄弟,您是认识他们的,您向他们表示我在一生中最后时刻心中还对他们怀有的好意。还有,我的兄弟,可能我生来还不是个无用的人,不能为大众贡献绵薄之力。但是,不管怎样,我已作好准备应上帝的召唤而去,同时满怀信心享受您为我预言的至福。至于您,我的朋友,我知道您非常明智,不管遭受什么损失,总是会耐心与心悦诚服地顺从天主给我所作的一切安排。我请求您务必小心,不使我丧逝的痛苦让这两位好人失去理智的控制。"

他那时问我他们的举动怎么样。我对他说在这严峻时刻还算可以。

"是的,"他接着说,"此时他们还抱着一丝希望;但是我一旦把他们这点希望也剥夺了,我的兄弟,您将会很难劝慰他们。"

由于这个原因,只要他今后活着,他总是把自己已知无望的想法隐瞒不说，他恳切要求我也这样做。当他看到他们出现在身边，脸上装得开开心心，让他们抱着幻想。

这时候，我让他把他们叫了过来。他们也一时尽可能正颜敛容。我们围床坐下，就四个人，他表情平静，好像还有点高兴说：

"我的叔叔，我的妻子，我以我的信仰向你们保证，我把你们请过来跟你们说出我要做的事，并不是病情有所恶化或者我对治愈思想黯淡；因为，感谢上帝，我身体情况非常好，充满希望；但是长期以来，从多年的经验与阅读中知道世事多变，难以逆料，即使在我们那么珍爱的生命中，也都只是过眼烟云而已。同样考虑到我在病中，离死亡的危险已经不远，我有意首先询求你们的意见以后把我的家事理出个头绪。"

然后他转向他的叔叔说：

"我的好叔叔，如果这时候要我说一说我欠您的恩情，一时也来不及说完。我只是直至现在，不论人在哪里，不论我对谁说话，总是口口声声说到一位非常明智、非常善良、非常开明的父亲对儿子所能做的一切，您都给我做了，无论是用心竭力教育我好好读书，还是按照您的心意推动我步入政界；从而我的一生都离不开您的扶掖与教诲；总之一句话，我之有今日完全取之于您，这点我铭记在心，也深为感激，您是我真正的父亲，若没有您授权，我作为一家之小辈，是没有权力对什么进行支配的。"

这时他不说话了，等待他的叔叔呜咽与叹息过后从容回答他,说出他一直认为侄子高兴怎么做都是不会错的。这时拉博埃西要叔叔做他的继承人,恳求他把属于自己的一切都接受下来。

然后,他转身对他的妻子说:

"我的同命人(因为他们两人多年夫妻情分,他经常这样叫她),婚姻是上帝为了维系人间社会,给我们定下的最需要尊重和遵守的神圣纽带,自从我们结合以来我也是一片真心爱您,珍惜您,尊敬您,我完全相信您也以同样的感情对待我,这是我永远感激不尽的。我求您收下我财产中留给您的那部分,不要嫌弃,虽则我知道与您对我的恩情来说是远远不够的。"

然后又转而对我说:

"我的兄弟,我是那么地爱您,我从那么多人中间选择您作为我的知交,那是延续古代常见的那种讲究道德与真诚的情谊,由于人的罪恶这类情谊早已远离人间,只是在古人回忆中尚找到一些痕迹。为了表示我对您的一份情意,我把我的图书室和我的书籍赠给您,务求您成为它们的被遗赠人。这份礼物微不足道,但出自我的肺腑,对您也非常适合,因为您是个热爱书籍的人。这是您的朋友的一件纪念物[①]。"

然后,对我们三人一起说,赞美上帝让他在这个关键时刻有他在世上最亲的三人做伴,看到这么四个人意气相投、亲密无间;他说这证明我们完全出于相互的爱才成为莫逆。对我们

[①] 原文中"您的朋友"是拉丁语,"一件纪念物"是希腊语。

——嘱咐后,他这样说:

"对我的财产做出安排后,我还应该想到我的信仰。我是基督徒,我属于天主教,我以前怎么生活,我也必须怎么结束我的生活。请给我找个神父来吧,因为我不愿意不履行一位基督徒的最后义务。"

他的话说到这里为止。他连续说话时脸上那么自信,语言和声音那么有力,然而在我走进他的房间时候,我看到他虚弱,说话慢,字句前后拖拖沓沓,脉搏弱仿佛有低烧,正在向死亡走去,脸色苍白,萎靡不振;此时好像奇迹出现,他又有了新的活力,面孔肤色泛红,脉搏更有力,因而我要他按我的脉,把两者比较一下。

这时,我心如刀割,不知道用什么话回答他。但是两三小时后,为了让他保持巨大的勇气,也因为我一生对他的光荣与荣誉不胜羡慕,希望有更多的人在他的房间陪伴他,见证他的言行竟还是那么坦荡与磊落,我就对他说,他已身患重病,还有勇气对我说这样的话,而我连听的胆量也没有,正为此感到羞惭脸红;在此以前我一直在想上帝没有给我足够的力量去对抗人间的灾祸,也就对偶尔在历史书中读到这些事迹将信将疑;但是我有了亲眼目睹的证明,我赞美上帝,这美德存在于一个那么爱我、我又那么爱的人身上,让这成为我的楷模以求自己也能担当这同样的角色。

他打断我的话,请求我去这样做,要在行动上表现,我们身体健康时在一起所说的话不但在嘴上说,还要深深铭记在心田，时机一旦到来就要付诸实施。这才是我们对学问与哲学做到学以致用。他抓住我的手，说：

"我的兄弟，我的朋友，我向你保证我一生中也像是做了不少事，其艰难痛苦也不亚于做这件事。实不相瞒，我很久以前已作好准备，对自己在这方面的体验熟记在心。但是我活到这个年纪足够了吗？我不久就三十三岁了。上帝保佑我到达生命这个时刻以前一直健康幸福；由于世事无常，这也不会永远继续如此，今后的岁月要应付和遭遇种种不愉快的事情，这也是老年的不幸，我也不能幸免，也就安之若素了。我活到现在生活简单朴实，要是上帝让我活到我头脑里产生发财致富、兴家立业的想法，那时候就不会那么单纯和少用心计。说到我，我可以肯定我是去寻找上帝，进入福地的。"

那时，因为我听到这些话脸上露出焦急的表情，他对我说：

"怎么，我的兄弟！您难道要我害怕吗？我若害怕，除了您还有谁能把它驱除呢？"

傍晚时分，因为公证人要来——事前已经通知他来收遗嘱——我要他写下书面文字；后来我问他是否不要签字了，他说：

"不签。我要自己来签，但是我要，我的兄弟，给我一点时间；因为我身体受尽折磨，已疲劳不堪，不能再做什么了。"

我就改变话题，但是他突然又来了精神，对我说死是不需要多少时间的，请我又问一声公证人是不是笔头很快，因为他口授时很少停下。

我把公证人请来，他立即口授遗嘱，速度飞快，叫人难以跟上。他说完要我给他念，对我说：

"我们的钱财总是好东西，要小心对待！这就是大家所谓的财产吧。①"

遗嘱签字后，他的房间里都是人，他问我他说话会伤身体吗，我对他说不会，但是说得悠着点。

这时，他叫人把他外甥女圣康坦小姐请来，这样对她说：

"我的外甥女，我的朋友，自从我了解你以后，就觉得你聪明颖悟；在我目前这个困难时刻，你一直来为我操劳，事事尽心周到，更看出你的贤德。我真正感激你，向你热烈致谢。此外，为了尽我的本分，我关照你首先要对上帝虔诚，因为这无疑是我们的义务的主要部分，没有这份虔诚其他一切作为都不可能是好的，是美的；这源自本心，随后必然会带来其他的懿行嘉言。在上帝之后，你必须爱和尊敬父母，尤其是你的母亲、我的姐姐，我认为她是世上最善良与最贤惠的女人，我要你把她作为你一生的楷模。不要贪图玩乐。你看到有些女人跟男人轻佻疯狂，必须像瘟疫似的避开；因为开始时并不邪恶，然后渐渐地腐蚀思想，让人好逸恶劳，最后跌入罪恶的泥淖。相信我，少女童贞的最好防卫方法是保持严肃。我请求你，愿意你惦记我，让我经常慈祥地出现在你面前，不是为了责备你，是为了让你悼念我的逝去。——这件事我是绝对不让我所

---

① 原文是拉丁文。

有的朋友做的，反而要让他们羡慕我由于死亡而将享受着的逸乐；我向你保证，我的女儿，如果上帝在这时刻让我选择，或者继续活下去，或者走完我已开始的旅程，我也将无所适从。别了，我的外甥女，我的朋友。"

然后，他叫人把阿尔萨克小姐找来，他对他的干女儿说：

"我的女儿，对您不需要多说什么，您有一位我看来是那么贤淑的母亲，通情达理，完全符合我的门风和愿望，对我从来没有任何不当之处。您在这么一位教师手下得到良好教育。要是说我与您毫无血缘关系，却来关心您和管教您，不要觉得奇怪；因为您的母亲跟我是那么接近，一切与您有关的事不触动我是不可能的。更何妨您的哥哥阿尔萨克先生的事务都是我当作自己的事务那样在操心与管理，可能您当了我的干女儿没有妨碍您的上进。您有足够的财富，又那么美丽；您是大家闺秀，留给您做的就是增加精神的财富，这是我请求您乐意去做的事。我用不着禁止您沾上妇女深恶痛绝的罪恶，因为我不愿想这能够让您听在心里，我甚至相信这个词也会令您骇然。别了，我的干女儿。"

满屋子都是叫声和哭泣声，然而这些一点也没有阻止他滔滔不绝说了很久。但是这些过了之后，他要大家都走出去，除了他的卫队——他这样称呼侍候他的女孩们。然后，他叫唤我的弟弟博勒加尔[1]，对他说：

---

[1] 托马斯·德·蒙田，博勒加尔领主，是米歇尔·德·蒙田的弟弟（1534）。拉博埃西故世后，他二次结婚，娶了拉博埃西的干女儿雅凯特·德·阿尔萨克。他是个胡格诺派。

"博勒加尔先生，我万分感激您为我操心，我向您透露我要对您说的心里话您不在乎吧？"

我的弟弟要他放心之后，他是这样说的：

"我向您起誓，在所有这些要对教会进行改革的人中间，我从来没有想到会有一个人像您这样热情、全心全意、诚诚恳恳投入这项工作中去。我当然相信这只是我们的高级教士的个人罪恶（这当然需要大整改的）和时代的前进突出了我们教会的某些不完善，引起您这样做的。我并不想在此时劝您放弃，因为我从不要求任何人违背自己的良心行事；但是您出身的家庭几代来和睦相处，享誉乡里，这是我在世上最亲切的家庭，从那个家庭，我的上帝啊，走出来的都是善良的人；出于对它的尊敬，出于对您的父亲、您那位恩情难还的父亲、您的好叔叔、您的兄弟的尊敬，我确实愿意提醒您赶快远离这些极端行为。不要如此激烈，不要如此粗暴；跟他们和解，不要拉帮结派；你们结合一起。您看到这些分歧给这个王国带来多少废墟；我还可以肯定以后还会有更大的废墟。您是个明智与善良的人，小心不要在你们的家庭中做不适当的事，不要让它失去至今享有的荣耀与幸福。博勒加尔先生，把我对您说的话往好里去想，实在是证明我对您的一番好意；为此我把这话留到今天才说，可能也因为您看到我目前的情境，会对我的这些话给予更大的分量与权威。"

我的弟弟对他十分感激。

星期一上午，他身体那么差，使他放弃一切求生的期望。

以致他一看见我，就可怜巴巴唤住我，对我说：

"我的兄弟，我那么痛苦您竟没有一点同情吗？您没看到您今后给我的救助只是延长我的痛苦么？"

一会儿他昏了过去；使人几乎把他作为死人那样放弃了；终于用不少醋与酒叫他醒了过来。但是他好久以后才看得见东西；听到我们围着他哭，对我们说：

"我的上帝！谁还在那样折磨我？为什么不让我这样愉快地长久安息呢？别管我啦，我求求你们了。"

然后听到我在说话，他对我说：

"我的兄弟，您也是，您不是愿意把我治好吗？您让我失去的是多大的安逸！"

最后，他人好了一点，要求一点酒。然后，他的精神提了起来，对我说这是世上最好的佳酿。

"不，不，"我这样说为了激发他说话，"这是水！"

"我正是这个意思，"他反驳说，"最好的是水。①"

他的四肢，甚至面孔，都冷得发僵，全身都流下死亡的汗水；脉息弱得几乎摸不出来。

这天早晨，他向他的神父忏悔；但是因为神父没有带来一切必要的工具，不能给他念弥撒。但是星期二上午，拉博埃西先生要见他，他说要他帮他完成最后一次基督徒仪式。这样他听了弥撒，领圣体。当神父向他告辞时，他对他说：

---

① 原文是希腊语，是希腊哲学家品达说的一句话。

"我的精神父亲，我谦卑地向您恳求，您与您教区的人，为我祈求上帝。我在此刻结束我在尘世的日子，若出于上帝非常神圣的旨意，但愿他怜悯我的灵魂，原谅我数不清的罪愆，因为我这样卑贱低下的创造物是不可能执行高高在上、权威无比的主的戒律。如果他认为我还有益于人世，让我留下来活到另一个时刻，那么恳求上帝立即消除我心头的焦虑，开恩指引我按照他的愿望继续往下走，使我变成一个更好的人。"

说到这里，他停顿一下喘口气；看到神父正要走开，他叫住他，对他说：

"我还有这句话要在您面前说出来：我公开宣称，因为我受过洗礼，过完一生，我也愿意在摩西最初在埃及所立的，其后又有教会宗师在犹太接受的，经过历代辗转传扬至法国的信仰与宗教下死去。"

看着他这样子，好像还可以说上很久；但是他说完了，要求他的叔叔与我为他祈祷上帝。他说：

"因为这是基督徒可以相互而做的最好的祭礼。"

他说时露出他的一个肩膀，请他的叔叔把它盖上，虽然旁边有一个仆人离得更近，然后瞧着我说："人情要欠足，这才像个贵族。"①

贝洛先生午后来看他。他向他伸出手时对他说：

"先生，我的好友，我到这里正是来还债的，但是我遇到一

---

① 此语出自西塞罗。原文是拉丁语。

位好债主,他让我免了。"

一会儿,他惊醒过来:

"好吧!好吧!要来就来吧,我等着,精力充沛,屹立不动。"——这话他在病中说了两三次。后来,当我们强迫他张嘴把东西咽下去时,他转身对着贝洛先生说:"活着就是一切吗?"[1]

到了傍晚,他真正开始进入死亡的通道。我正吃晚饭时,他差人叫我,人已形销骨立,用他自己的话来说:已不是人,而是人的影子。[2]他好不费力对我说:

"我的兄弟,我的朋友,但愿上帝让我在生活中看到我刚才思想中出现的东西。"

等待了好一会儿,他不再说话,只是尖声吐出几口气要勉力说话,因为那时他的舌头已经开始失去功能。

"那是些什么呢?"我对他说。

"大事,大事。"他回答我说。

"您思想中出现的东西,"我接着说,"我从来都是有幸跟它们声气相通的。您还是要我来分享吗?"

"我是这个意思,"他回答说,"但是,我的兄弟,我办不到了:它们绚丽多彩,无法形容。"

我们说到这里为止了,因为他已说不下去。刚才一会儿以前,他要跟妻子说话,脸上要装得开开心心的样子对她说他有

---

[1] 原文是拉丁语,《蒙田随笔全集》第三卷第十三章作为佚名的引语用过。
[2] 原文是拉丁语。

个故事要说给她听。他好像努力要说；但是已经力不从心，他要一点酒来恢复体力。但是这也徒然，因为立即昏迷了过去，很长一段时间看不出东西。

他已离死亡不远，听到拉博埃西夫人的哭声，叫她，对她这样说：

"我的同命人，您时间不到就自己折磨起来了，您不愿意可怜我吗？鼓起勇气来吧。我感到的痛苦，其中一大半是我看到您在受罪，而不是我自己在受罪；这是有道理的，我们内心感受的罪恶，这不是我们原来感到的，而是上帝在我们内心引起的某种认知。但是我们为其他人的感觉，那是通过某种审察和理智的功能而有的。但是我要去了。"

他说这话因为心脏已不行了。然而害怕这会吓着妻子，又强自振作，说：

"我要去睡了：晚安，我的妻子；您走吧。"

这是他向她的最后告别。

她走了以后，他对我说：

"我的兄弟，请您待在我身边。"

然后，感到死亡的触角更近更逼人，或者是人家要他吞服的药物热性太足，他说话声音更响亮，在床上重手重脚翻身，以致陪伴的人开始产生一些希望，因为在那时以前，只是他虚弱不堪才让我们觉得对他已回天乏术。这时，他尤其带着极端的恳切之情，翻来覆去要求我给他一个位子，以致我害怕他的判断力已出了问题。即使当我婉转开导他，说他一时被病魔缠

着了,一个神志清醒的人是不会说这样的话,他一听并不以为然,反而嚷得更响:

"我的兄弟,我的兄弟!你是不让我有个位子吗?"

直到他逼得我用道理劝醒他,说他既然还在呼吸和讲话,他就有肉体,从而也有他的安身之地。

"这倒是的,这倒是的,"他那时回答我说,"我是有的,但是这对我不需要的;说到头,我也不再存在了。"

"上帝不久就会给您一个更好的位子。"我对他说。

"我已经有啦,我的兄弟!"他回答我说,"三天前我已忙着要走呢。"

在那些弥留时刻,他经常呼唤我,只是要知道我是否在他身边。他开始有点静了下来,这更让我们相信还有希望;走出他的房间时,我竟然跟拉博埃西夫人为此庆幸。但是一个小时左右以后,他一两次提到我的名字,然后一声长叹后溘然而逝,那是一五六三年八月十八日星期三晨三时,享年三十二岁九月又十七日。

〇三　致蒙田大人[①]阁下

　　大人，根据您去年在蒙田城堡交给我的任务，我给这位杰出的西班牙神学家和哲学家雷蒙·塞邦，亲手度身定制了一套法国式奇装异服，又尽量使他摆脱您初次见他时这身荒唐的装束和怪异的举止，以使我看来他可以风度翩翩出现于任何体面场合。然而眼光犀利与爱挑剔的人还是能够看出他举手投足间有些加斯科涅人的做派。但是这更应该说是他们的羞耻，竟然漠不关心，而让一个初出茅庐的学徒在这项工作上抢先了一着。

　　现在，大人，既然他的一切修正与改进皆有赖于您，说他借了您的名字受到世人的注意与尊重也是对的。然而我还看到，若要与他计较得失的话，还是您欠他的更多，因为他贡献的是精辟的教义阐述，高瞻远瞩、还可说超尘脱俗的观点，您在这方面带来的只是词句和话语，这类货物到处可见不值钱，可能还是愈少说愈受重视呢。

　　大人，我祈祷上帝赐您长寿与幸福。

发自巴黎，一五六八年六月十八日，
您的非常谦卑与非常恭顺的儿子
米歇尔·德·蒙田

[①] 蒙田应父亲的要求，翻译了雷蒙·塞邦的《自然神学》(或称《创造物之书》)，在《蒙田随笔全集》第二卷第十二章《雷蒙·塞邦赞》有所提及。这封信写于巴黎，日期是1568年6月18日，恰是他的父亲逝世那天。

〇四 致亨利·德·梅姆[①]阁下

鲁瓦西和马拉西斯领主

那瓦尔国王查理九世御前枢密大臣

先生,世人最荒谬的疯狂行为中,有一件就是利用自己的聪敏才智去摧毁和冲击世代相沿成习、我们对此感到满足与愉悦的民间看法。因为,原本普天下的一切使用大自然赋予它的方法与工具(以期做出适当的用途),实现其本身的舒适安逸,而今这些人为了表现出自己更加明慧颖异,装入的东西都经过理智精细入微、千转百回的思量,打破头脑的平静沉稳的状态,经过长期的探索,最后让人充满怀疑、不安与躁动。因而真理本身屡次三番提到童年与纯朴,不是没有理由的。就我而言,我宁可更自在,没那么能干;更满足,没那么领悟。

这说明为什么,先生,虽然那些聪明人嘲笑我们对身后事的关心,因为灵魂遥寄天外,不会再感觉此间尘世的事情,我还是认为对于脆弱与短促的此生来说,相信还可依靠名声和美誉得到巩固与延长,心甘情愿去采纳我们与生俱来的这一种令人愉悦和欣喜的看法,而不一心追究怎么样和为什么,这也是莫大的安慰。在我看来已故的拉博埃西先生是我们这个世纪最伟大的人物,我爱他也远远胜过一切;从而我深切感到,如果我意识到而又让他这样渊博的人,让那么值得推荐的记事湮没无闻,如果我若不用这些吉光片羽使他复生,重现于人间,我

[①] 拉博埃西翻译了普鲁塔克的《婚姻规则》,蒙田随书寄去一封给梅姆的信,也权当作题词之用。

就没有尽到自己的职责。我相信他会有某种感觉，我的做法会使他感动和高兴。说实在的，他还是整个儿活在我的心中，因此我不能相信他已埋入厚土之下，完全游离于我们的圈子之外。

先生，每次我对他与他的名字有新的认识，也是对他的第二次生命的累积；此外，他的名字也因接纳它的地方而增加光彩与荣耀，对我不但要尽绵薄之力使它发扬光大，而且还要把它交给德高望重之人保存。而您在他们中间备受尊敬，为了使这位新客人受到您的接纳和青睐，我擅自决定呈上这部小作品，不是认为您可以从中得益，我知道要阅读普鲁塔克和他这类人的著作，您不必借助译著；而是很可能鲁瓦西夫人看到自己的家庭安排得有条不紊，您在生活上显现的体贴，她或许会非常高兴看到自己雍容大雅的天性不但达到而且超过这些圣哲所能想象出的婚姻义务与规范。不管怎样，反正我有义务为君效力，使我引以为荣的是能够提出一些让您和您的家庭见了高兴的东西。

先生，我祈求上帝赐您幸福与长寿。

发自蒙田，一五七〇年四月三十日
您谦卑的仆人
米歇尔·德·蒙田

〇五　致洛比塔尔大人①

法国枢密大臣

大人，对于因命运与时势的推动而执掌国家大事的人来说，我认为最需要操心的是如何了解在你们手下的工作人员。因为可以这么说，没有一个行政部门会残缺不全以致没有足够的人各司其职，只要其编制与人选得到合理的安排；做到了这一点也就不难让一个政体组织完美运转自如。

然而，这是最可喜的，同时也是最困难的，因为人即使具有慧眼也不可能在一片人海中正确选择良才，也不可能深入看透他人的心，了解他的意图与良心——那些才是首先考虑的东西。因而从来没有一个行政部门组织如此周密，让我们经常看不到这些分工失误与用人不当。有些部门内是无知、狡黠、虚伪、邀宠、阴谋、强暴统制一切，若人才选择居然在值得称赞和有条不紊地进行，无疑应该归功于命运；尽管世道变幻无常，这次总算跟理智相遇在一条道上了②。

先生，这样的想法经常安慰着我，因为我深知艾蒂安·德·拉博埃西是当今法国最适宜负责头等国家大事的必要人才之一；然而他一生蛰伏在蓬门荜户中，郁郁不得志，实在

---

① 随同拉博埃西《拉丁诗》一书送达的信。洛比塔尔枢密大臣本人也爱写一些称为"新拉丁"文风的诗篇。
② 蒙田也用这句话作为一篇随笔的题目，见《随笔集》第一卷第三十四章。

是我们大众利益的一大损失。至于他本人又是怎样，我可以告诉先生，他坦荡磊落，蔑视财富，比任何人都活得满足与快乐。我知道他在当地受到可以说是极大的器重，我还知道也没有人像他那样呕心沥血，在三十二岁过世时，已经在这方面获得真正的声誉，这也是前所未有的；归根结蒂，让一位杰出的将领屈居士兵之职，委托一位上乘人才去操劳日常琐事，这不是理智的行为；事实上，他的才华受到限制和使用不当；他除了干完本职工作以外，有许多治国安民的大计遭到忽视，无从施展，不然国家可以得益，他个人也可名扬青史。

先生，既然他并不在乎出头露面——因为美德与野心很少同寓于一身——既然他生不逢辰，在一个那么粗鄙与贪多务得的时代，根本没有人向他施以援手，我恳切希望在他的身后，我略尽朋友的情谊，以使他的高风景行获得承认，并得到当世俊彦的赏识与推荐。

出于这个原因，我有心要把他介绍于世人，也通过他传世不多的拉丁语诗篇把他推荐于先生。这种做法与瓦匠和商人截然不同，瓦匠把房屋的最美部分朝向马路，商人也把货物中最佳的样品展示人前，而他满腹最为人称道的学问，也即是体现他的价值的真正精华，却随他而去了，给我们留下的只是皮壳与枝叶。谁能说出他的深思远虑，他的虔诚，他的正义感，他活跃的思维，他有分量和英明的判断，他的超出时人甚多的远见卓识，他的学问，他做事落落大方，他对弱势群体的怜悯，他对一切罪恶、主要还是堂而皇之借正义之名的不法勾当怀有不共戴天的仇恨，谁就会说动任何仁义之士对他肃然起敬，并对他的殇逝感到莫大的遗憾。而我，先生，远远够不上去完成这件事，更何况他从来没有想过把学问的果实作为传世的依据，他给我们留下来的仅是他偶尔在闲时写的消遣文章。

尽管如此，犹如我们的判断经常用小事来譬喻大事，那些大人物的游戏在明眼人看来只是显示他们发迹地的某个光荣标志；我还是恳求先生哂纳，从这人的作品去认识这人，进而去爱和记住这个名字。他对先生的美德早有定见，先生对他也只需这样做就完成了他生前的宿愿；因为在当今世上得到您的赏识与友谊也最让他称心如意了。

若有人对我那么大胆盗用他人之物而感到气愤，我要对他说的是，在各个哲学门派中，关于神圣友谊的权利与义务方面，没有哪个人能够那么确切地表述与摹写出这位人物与我两人的结交。此外，先生，这份微不足道的礼物也起一举两得的作用，一是慨然表示我对您旷世奇才的崇拜与景仰，再是说明那些泛泛之交、萍水相逢的人，依我的脾性是不在赏识之内的。

先生，我祈求上帝赐您一个非常幸福和长寿的人生。

发自蒙田，一五七〇年四月三十日。
您的谦卑与恭顺的仆人，
米歇尔·德·蒙田

○六　致朗萨克先生

国王级骑士、御前参政顾问，
财政总监、王室百人贵族团团长

先生，我向您呈上由已故拉博埃西先生译成法语的色诺芬《持家之道》一书。这份礼物我觉得献给您是最合适了。首先如您所知，这原出自一位文武双全的英雄豪杰之手，其次生前被您爱戴与器重的那个人赋予它第二种形式。这部书将会一直激起您对他的缅怀与顾念。说得更鲁莽一些，先生，不必害怕自己对他过于感怀，因为您对他的赏识也只是根据公众对他的见闻而已，而我有责任对您说他这人博学多才，您还远远不够全面认识他。

他生前让我有幸结识，成为莫逆之交，日常交往那么密切，可说是血肉相连，以致他脑海中有什么想法、闪念和心思，我无不可以猜知和认定，只是我有时不及他高瞻远瞩。实不相瞒，他是如此一位旷世奇才，为了不致说得漫无边际而不能取信于人，我在提到他时总是有意压制自己，没有把我所知道的事和盘托出。目前来说，先生，我仅仅在此恳求您出于对事实的敬意和尊重，相信和证实在我们居耶纳的长袍法官中可以说还没有出过像他这样的人物。

我献上这部书，是期待您给予它应有的重视，内心燃起旧日的友情，同时我这里也要说明，若不是我才疏学浅，心余力绌，我当然会同样急切向您送上我的著作，对您往日施与我们一家的恩惠与友谊表示我的感激之情。然而，先生，在我对您没有更好的报答时，也只是向您表示我会尽绵薄之力为您效劳。

  阁下，我祈祷上帝保佑您。

您的谦卑的仆人
米歇尔·德·蒙田

〇七　告读者[1]

读者，你阅读已故拉博埃西先生的乐趣全是我带来的，因为我要对你说的是他自己从来不希望有什么写作让人看到，甚至认为不值得写上自己的名字流传于世。但是我却不是那样的大手笔，我在他遗赠给我的藏书室里找到了他的文稿，我实在不愿让它湮没无闻；我这人见解浅陋，但我希望你发现我们这世纪最能干的人经常大肆宣扬的事与这些不能相提并论。有些人在我之前认识他，因为我与他只是在他过世前六年才结交的[2]；我从他们那里听说，他用吉隆德这个名字写了许多拉丁语和法语诗篇，我听过他朗诵其中一些精彩片断。即使那位撰写《布尔日的古代》一书的人[3]也引用他的诗——这个我是认出来了。但是我对这些，还有他的希腊语诗篇后来下落如何都毫不知情。事实上，随同文思上涌，他就把它宣泄在随手拿起的一张纸上，再不费心把它们保存下来。

你可以放心，我已经尽力而为；自从我们失去他七年以来，我所能搜集到的就是你眼前的这些文章；除了一篇《自愿奴役演说辞》和几篇关于一五六二年一月敕令引起的骚乱追

---

[1] 《七星文库·蒙田全集》中，把这篇《告读者》放于注释中。
[2] 在《随笔集》第一卷第二十八章《论友爱》，说他与拉博埃西怡然相伴四年。
[3] 指让·肖摩，他在《贝里的历史》中引用拉博埃西的几首诗。

记。对这最后两篇文章,我觉得它们的写法过于微妙与细腻,因而不宜在当今天下汹汹、动荡不安的时代披露。再见。

自巴黎,一五七〇年八月十日

〇八 致保尔·德·弗瓦先生[①]

国王御前会议顾问，

国王陛下派驻威尼斯共和国市政议会大使

先生，

由于他博雅宏达，也由于他对我的深情厚谊，使我在此向阁下和后世人介绍已故的艾蒂安·德·拉博埃西；突然间令我想到当今时下流行的是把美德与它忠诚的伴侣光荣相割裂，根据个人的私利，不加选择地把光荣任意奉送给任何人，这种不当行为会引起严重后果，应该受到我们法律的限制。因为在职务中指导与制约我们的两根缰绳是惩罚与奖励，这真正影响到我们人的其实只是荣誉与羞耻；尤其荣誉与羞耻直接触及灵魂，绝对是我们自己身受才能体会——而动物感受到的是其他种类的奖赏与体罚了。

此外，还可见到的好事是颂扬美德的习俗，即使对于过世的人也这样做，这不是针对他们，而是通过这个方法激励在世的人去模仿他们，就像极刑与重刑在司法上的施行更在于儆戒效尤，而不是让受刑的人得益。因而，赞扬与指责相互对应，其后果则是相似的；我们的法律禁止损害他人名誉，却又允许

[①] 保尔·德·弗瓦（1528—1584），图卢兹大主教，研究法律与文学的学者，是蒙田的好友；蒙田在《随笔集》第三卷第九章里悼念他的逝世。

把无德无能的人说成高尚，这是很难自圆其说的。这种动辄对某人任意吹捧的有害做法，从前在许多场合都受到限制；这也可能使得诗歌得不到贤哲青睐的原因。无论如何，这个事实是不能掩盖的，说谎这个恶俗，不论以什么面目出现，总是有教养的人深恶痛绝的坏事。

至于我跟您谈起的这个人，他决不会让我犯这样的弊病。因为问题不是我夸得他过分，而是我夸得他不够。他的不幸是他已尽一个人所能做到的坦诚，让我看到他多方面非常值得称道的真实表现，但是我却无才无德把它们如实重述。我说的是自己，他唯有对我敞开他的胸怀，也唯有我才能对他美好心灵中因命运不济而得不到施展的众多才情说个一二。因为世事总是如此，我也说不出道理，真实虽则它本身是好事，可以让人欣然接受，但是要我们对它深信不疑，还是要靠说服工具善于诱导，我觉得自己没有威望让人家接受我的简单证词，也没有口才说得有声有色。以致我几乎接近放弃全部努力，因为我这里没有留下他的东西足以让我向世人介绍他的精神与学说。

其实，先生，他正值英年，身体一直健壮结实的情况下却遭到命运的袭击，他根本没有想过要发表著作向后代证明他在这方面是怎样一个人。即使他想到，他这么豁达的人也可能不会为这件事多操心。最后，我是这样想的，他天禀聪颖深藏不露还情有可原，而我决不可以再把聆听到他的崇论闳议埋没。我在他散落的记事册与文稿、他阅读逸思中的余兴之作中，细心搜集那些完整的作品后，觉得不论是什么，最好尽我能力分门别类，选择我所认识的德高望重、其言辞最让他感到光荣的人，找机会推荐给尽可能多的人记住他。就以先生来说，在他生前或许已对他的事迹略有所闻，但肯定只是肤浅的认识，难以评定他整个价值的伟大之处。后世人觉得我说得对会相信，但是我凭良心向他们发誓，我了解与看到的他大体如此，我就是凭希望与想象也难以超越，更不用说我认为与他工力悉敌的人不会有多少。

我非常谦卑地要求先生不但竭力保护他的名声，还保护这十首或十二首的法语诗篇，它们实有必要得到您的庇荫。因为我要对您实说的是，在他的其他作品之后这部书的出版已经延缓，理由是他们认为这些作品不够晶莹光润，可供大众欣赏。先生可以看出是怎么一回事了。这个评价似乎损害到整个地区的利益，因为在他们看来用大众语言[①]书写的东西不会不显得粗鄙俚俗。您接受祖业，贵为居耶纳第一家族，自己又不辞劳苦使家道兴隆，在一切方面都居首位；不但以您的榜样，还以您一锤定音的权威来说明事实并非如此，这也是您义不容辞的责任。虽然对于加斯科涅人来说用行动比用语言表示更自然，然而有时用舌头与用手臂，用精神与用心灵同样有威力。

就我而言，先生，评论这些事非我所长，但是我听到精于此道的人说这些诗篇不但值得出版问世，而且若潜心琢磨其中美丽丰富的创新，其主题丰满、风骨雄健，在我们的语言中还

---

① 指当时相对于拉丁语的人民大众语言，如早期的法语、西班牙语、意大利语等。

从未见过。当然每位工匠都觉得自己在某一方面的工艺是强项，最幸运的工匠担任最精致的工作，因为一座建筑物中每个细部都是同样需要的，可是并不同样受人重视。语言矫揉造作、艳丽雕琢，可能在其他人身上表现更加出彩，但是想象妥帖，说话机智、诙谐、泼辣，我相信无人能够出其右；而且还有一点也得考虑在内，这些并不是他的工作和研究，他一年中难得一次提笔作文，——他一生给我们留下那么少的东西就是明证。先生可以看到，落入我手中的文稿有成熟的与不成熟的，没有经过选择与整理，甚至还有童年时代的东西。总之，使我觉得他搅和一起的目的只是为了显示他什么都能干。因为实际上，多少次即使在日常交谈中，我们听到他说的话还更值得铭记，更值得敬佩。

先生，以上就是由于一个罕见的缘分使理性与情谊交织一起，敦促我向您推荐这位了不起的好人。如果说我冒昧求教，并纠缠了那么久而冒犯了您，务必记住，慷慨与尊贵的主要表现就是为他人之事挺身而出，不辞劳苦。

在此谨表示愿尽绵薄之力为您效劳后，我还祈祷上帝赐您一个非常幸福与长寿的人生。

寄自蒙田，一五七〇年九月一日
您的谦卑的仆人
米歇尔·德·蒙田

〇九　致吾妻蒙田夫人[①]

我的妻子，您明白这不是一位风雅男子按照当今习俗向您巴结献殷勤；因为他们说聪明人很会勾引女人，娶她则是愚人才会去做的事。

让他们这样去说吧，我本人还是按老一代的简单方式行事——老一代，这从我的头发也可以看得出来。说实在的，新花样[②]直到目前已使这个可怜的国家付出沉痛的代价（我还不知道我们是否已到了最后的要价），我自始至终到哪儿都不沾这个边。我的妻啊，您与我就过着老法兰西的生活吧。

您应该记得我的亲兄弟、我的莫逆之交，已故的拉博埃西先生，临终时把他的文稿与书籍都给了我，这成了我最宝贵的珍藏。我不愿小家子气独自霸占，也配不上要这些东西只为我服务。为此我有心跟我的朋友共同享用。而且我深信没有人比您更亲密，我给您送上普鲁塔克寄给他妻子的《慰妻信》，由拉博埃西译成了法语。我感到不安的是命运使这份礼物对您是如此合适；在我们结婚四年后才有了这个盼望已久的女儿，却只让她在生命的第二年[③]就必须离您而去了。

[①] 这封信随同《普鲁塔克的慰妻信》一文同时发出，蒙田写于他们第一个女儿出生两月夭折后不久。
[②] 指当时的宗教改革。
[③] 蒙田第一个孩子是个女儿，出生于1570年6月28日，两个月后便夭逝。这里说"第二年"或是印错，或是蒙田笔误。

但是，我委托普鲁塔克安慰您，告诉您如何应付这件事，请求您为了我的爱而相信他说的话；因为他向您说出了我的想法；在这方面说出来的道理，也远远比我强。

我的妻子，写到这里我恳求您的好意，并祈祷上帝保佑您。

寄自巴黎，一五七〇年九月十日

您的好丈夫

米歇尔·德·蒙田

一〇　致波尔多市政官先生们

先生们，

我希望库索尔①先生手里掌握那么有理有利的案件，这次出差对城市有所帮助。你们处理出现的事有条不紊；一切进展良好，我请求你们原谅我再请假几天，只要我的事不那么紧急必然会提前回来。我希望这要不了多久。可是我请各位包涵，公务若有需要之处，务必召我回来，不胜感激；你们的库索尔先生也跟我写过信，提到这趟差事。

望不吝赐教，并祈祷上帝赐先生们长寿与幸福。

自蒙田，一五八二年五月二十一日
你们非常谦卑的兄弟与仆人
蒙田

---

① 当时，蒙田第一次担任波尔多市长，库索尔是与市长密切共事的六人小组的一位成员。

—— 致马蒂尼翁大人[①]

法国元帅

大人，三四天前我给您写的信中，我说到的事中有一件是，我不在家时从没收到您的任何信函，您也没嘱咐我要来这里；此后，也没有发生什么事。我刚才见过了小兄弟会[②]的贡萨格将军。他昨天到这里；他身上发烧，今日得到治疗和放血；若不碍事，他对我说明天离开，继续前往西班牙。他带了国王给您的几封信，但是我相信这只是对他的推荐信而已。我也利用自己在这座城市的不多的权力给他提供了方便。古尔格先生对我说他给您写过信，我写这信也是为了非常谦卑地亲吻您的双手，并祈祷上帝赐大人长寿与幸福。

寄自波尔多，一五八二年十月三十日
您的非常谦卑的仆人
蒙田

[①] 雅克二世·德·戈荣，马蒂尼翁伯爵（1525—1597）。法国元帅，后接替蒙田当波尔多市长。蒙田写此信时，他是亨利三世派驻居耶纳的摄政官。从这封信以及后面给他的十五封信来看，蒙田与他密切合作维护国王的利益，在法国分裂的西南地区努力保持和平局面。
[②] 见第113页注释。

一二　致南都依埃大人[1]

国王顾问

大人，您希望从我这里知道国王怎样掌握调节绝对权力的三道闸。以下是我的看法。

首先，关于这三道闸我在前一封信中跟您提过。亲王与君主的绝对权力若违背了理智而滥用，就会被称为暴政，若有了三道闸制约加以文明地使用，就会博得正义、宽容和贤明的名声。我在此再说一遍，国王做什么都不及做好这三件事让臣民那么兴高采烈、安居乐业，给自己带来更多的荣誉和爱戴，从而获得明主、好基督徒、人民热爱的父亲和一位勇敢光荣的王所能得到的所有其他美誉。以上就是我的牢骚与看法。

这里，我祈祷上帝赐大人健康与长寿。

一五八二年十一月二十二日
您的仆人
蒙田

---

[1] 这封信《七星文库·蒙田全集》中不收。南都依埃大人也即是第一封信收件人安东尼·迪普拉。

一三 呈亨利三世国王[1]

陛下,

　　治理王国波尔多市的市长与市政官们,非常卑恭地禀告陛下,不论现在与过去,不论他们自己或是居耶纳司法管辖区的居民,都是您的非常谦卑的天然臣民;他们长期请命于陛下派遣至居耶纳地区和公爵封邑的钦差大臣,陈述他们日夜在苛捐杂税下遭受的苦难与抱怨,他们相信陛下体恤下民运用慈父般的好意,予以谨慎与公平的调整,必然会使国泰民安,让王国内的居民如释重负。

　　然而,上述大臣离去之后,新的情况与灾难又使广大群众蒙受损失,不容置疑的事实经过让大家更清楚认识到一切情况下的革新都是多么有害无益。我们这些市长与市政官在他们第一次上疏与谏议之后,再诚惶诚恐提出某些有关改善国计民生的议题,望陛下明察,通过这些措施,让他们得到王上宽大慈爱而赐予的仁德;这也是他们在上帝之后唯一能够沾润的恩泽了。

　　首先,陛下过去与现在颁布的法令从理智出发,一切税收都必须公平合理地分摊在大众身上,有钱的人多收,少钱的人

---

[1] 这是蒙田与波尔多市政官在1583年12月10日上呈亨利三世国王的一份上疏。

少收；最富有的人要比生活无定、依靠劳力为生的人担负更多的责任，必须承认这是完全合情合理的；话虽如此，但是近几年来，尤其是今年，实际情况是：由国王权威制定的税则，除了个人税、财产税和法官薪俸以外，其他尚有进出口税、科尔杜安灯塔①的专项捐税与修建、司法部门开支、葡萄牙驻军费用、议员名额的删减以及前几年未缴的税款等，这座城市里最富贵人家，诸如全体司法官和他们的未亡人、您的财政官员、选举官员、副司法总管、副总督、副司法总管处的官员、陛下和那瓦尔国王与王后的家臣、掌玺大臣府、货币厅、炮兵部队、城堡里领干饷的军人和军需官……都被宣布为享有特权而免缴；此外，根据今年四月六日庄严颁布的议会法院法令，国王朝廷内的长官和顾问的后裔都被宣布为贵族，免缴一切税收；从而，自今以后，有什么税要缴付，一切都由城里居民中最穷最卑微的群体去负担，陛下若不采纳市长与市政官谦卑地建议的适当方案，这是绝对不可能做到的。

还望陛下明鉴的是，修建科尔杜安灯塔的专用款项不论多少，大部分已经筹集并已交到税务大臣手里；然而直到现在还没有按照工程需要去做，修建和筹备工作都不见动静。尤其这笔专项拨款很可能已被挪作他用，这对群众是极大损害，万望陛下命令国库主管大臣和税务大臣禁止这笔专用款去进行任何其他的修建工作；还有陛下诏令内关于上述款项如何分配的规

---

① 指英国人在十四世纪建于加龙河上的灯塔，后塔毁。亨利三世在 1581 年命令重建此塔，责成蒙田等人建立委员会，筹款建塔。

定，即由议会法院的一位主席、一位国库主管大臣、该城市市长、他若不在由一名市政官代理，按照诏令程序和内容管理和执行，为了贸易不因此受阻，国库收入不因此减少，应该及早入手进行陛下所乐意确定的修建工程。

依据列代非常虔诚的基督徒国王授予本城、后又经陛下批准的特权，在本城注册的全体工艺匠，其技艺的认可与颁证，有关其身份的政策，皆属于市长与市政官的职权；他们历来熟悉这样的做法，直到目前都平安无事，也没有遇到异议。宣誓开张的旅店主和酒店主的行会也是如此成立后，允许在城市里售酒，这是这个行业的主要收入部分①。然而，有些人希望在那些工艺匠中间制造混乱与纷扰，要让这座城市以及城市的居民丧失出售葡萄酒的自由，——酒是他们唯一的收入，没有酒他们承担不起陛下制订的赋税；他们可能已经拟订修改规则，可以让他们的师傅身份随同出售葡萄酒的自由任意买卖，给旅店主与酒店主建立新的身份地位；这是完全违背陛下不久前还重申的特权的内容，也不符合陛下在一五五六年十二月二十一日明确宣布，并经议会法院确认，授权于市长和市政官处理旅店主事项。这种做法将会造成居民的彻底破产与颠覆，除非陛下宽厚予以明确规定，除非这些令人怀疑是用欺骗与高压手段制订的法令予以收回和撤消，像市长与市政官非常谦卑地向陛下陈述与恳求的那样去做。

---

① 据唐纳德·弗莱姆英译本注，当时旅店与酒店首先要出售由波尔多市民酿制的葡萄酒，然后才能出售其他地方的葡萄酒。酒是波尔多市的最重要的经费来源。

国王依靠公义治理有方，所有国家依靠公义维持不坠，因而公义也必须无条件地实施，全力减少老百姓的负担；陛下深知民情，希望铲除主要罪恶的根源，可以颁布一项圣明的敕令，禁止司法官员的一切舞弊行为。然而，由于时局变乱不定，官员有增无减，可怜的老百姓大受其害，尤其近一年来，本城和本司法管辖区的书记官都列为正式官职，提升薪俸。虽然初期尚还显不出对群众利益有很大损害，但是久而久之，每日都可看到，这是那些穷苦老百姓近一段时期以来所受的最大负担与苦难之一。因为原先只要付一苏，而今要付二苏，原来付一位书记官，现在要付三位，即：记录员、书记官、书记官助理。那些穷人没有办法支付那么多的费用，大多数都不得不放弃维护他们的权利，原来应该用于维持家庭或者支付公共开支的钱，就被这样拿来去满足某些个人的贪婪，使群众受损。关于国王城内市长与市政官和城堡武官之间在守卫与巡逻事件上，他们侵占属于城市的几处地方的纠纷上，法国元帅马蒂尼翁先生可能已经完成全部调查报告呈送给陛下，在那份报告内可以清楚说明市长与市政官提出的理由是正当的。如今事件尚未决定，而延期会对国王一直乐意这座城市为他保持的服务与权利带来损害，万望陛下及早对双方制订规则，以便此后各方放手完成自己的职责与任务，让一切工作恢复到原先状态，不损及君王权威和您的这座城市的权益与优势。

先是严重的天灾，然后又是内战的苦难，各阶层男男女女中都有人不得不以乞讨为生，以致在城乡各地到处看到一群群气势汹汹的穷人，已被上帝赦罪的故贤主查理九世颁布的敕令若得以实施，就不会发生这样的事。那就是要求每个教区都有责任赈济穷人，不让他们流落到外地。为了解决每日发生的骚乱和纷扰，望陛下对这份曾被议会法院确认的敕令予以严格的推行与实施，责令所有司法总管和地方法官亲自监督执行。此外，济贫院大部分都是国王设立的救济事业，它们的宗旨是向前往圣雅各·德·孔波斯特拉①和其他寺院的香客提供食品。那些济贫院的院长与主管必须向香客在院内期间提供食宿，不然停止他们的俗权；这样香客才不会在城里天天到处乞讨，引起众人的指责。

我们谦恭地恳求陛下从好处去接受上述谏议，市长与市政官也本着尽自己的职责，诚惶诚恐向王上提出。除了体恤穷苦老百姓的苦衷，为国王鞠躬尽职之外别无他意。他们迫切盼望陛下允诺为他们解除这些苛政的同时，不断地为国家的昌盛繁荣而祈祷，他们与我们同样抱定决心奉献自己的财产与绵薄之力为陛下效劳，使您的城市继续听凭陛下的使唤。

书于波尔多市市政厅，一五八三年八月最后一天
蒙田、达莱姆、加洛潘、皮埃尔·雷尼耶、
德拉佩尔、克拉沃

---

① 西班牙城市，中世纪欧洲重要朝圣地之一，亦名圣地亚哥·德·孔波斯特拉。

一四　呈那瓦尔国王

波尔多市长蒙田先生、波尔多市检察官和行会理事德吕布先生，接受委托为了陛下治理有方和减轻臣民负担，向那瓦尔国王、国王驻居耶纳地区和公爵封邑摄政官送达疏本。

兹向那瓦尔国王禀报，各省市若没有自由贸易就无法保留和维持现状，贸易自由使各省市自由交流，是促成百业兴旺的条件，通过它农民出售他们的庄稼抚养全家，商人进行谷物交易，工匠给自己的产品定个价格，这一切都是对税收的支持，尤其本城居民的主要贸易对象是图卢兹和加龙河两岸城市，既做小麦、葡萄酒、菘蓝、鱼，也做羊毛。本市长和市政官听说有一份报告，马德凡尔登的人借口因响应维和法令派驻城市维护安全的驻军得不到饷银，决心拦截在加龙河上来回行驶的货船，这必将使该地区全面破产①。

恳请那瓦尔领主国王不要下令禁止这些船只和货物进入马德凡尔登和他治下的其他城市；而是根据国王的敕令保留和维

---

① 这份上疏的草稿后来被纪龙德省历史委员会主席多斯盖找到，内容尚有下列这几段文字：
　　"同样，贫困百姓过去受那么大的苦难，他们已处于绝望的深渊，更何况六年城市安全维护费的期限已经到期，恳请那瓦尔国王跟我们的最高君主商议，此后免除贫困百姓向驻兵支付城市安全维护费，这方面苦难最深重的是居耶纳司法总管管辖区的第三等级居民。
　　"最后，鉴于上述情况，恳请那瓦尔国王与我们的最高君主商议，目前驻佩里格最高法院官员大人的薪俸今后不再由贫困百姓支付，他们单独担负这份重担已有两年，这两年原是组织最高法院的年限；这座城市的贫困居民在今后不可能继续支付这笔薪俸，他们原来这样做主要是不愿意中断维和法令的继续实施。"

持任何人之间的自由贸易。

书于波尔多市政会议,一五八三年十二月十日
蒙田、达莱姆、加洛潘、皮埃尔·雷尼耶、
德拉佩尔、克拉沃

一五 致马蒂尼翁大人

法国元帅，于波尔多

大人，昨天晚上我与德·克莱旺①先生到了这座城里；他在我吃中饭时突然来到了罗克福，接下来我们就一路同行。他走错了路，以为在弗瓦可以见到那瓦尔国王，途经利摩日和佩里格。昨天我向这位君王请安。关于您要求的那件事，首次接触还未获得多大希望。他千方百计要得到饷银②。我们今天要看是不是压得下一点要价。

拉瓦尔丹③先生今日离开这里回家；他跟我说会写信给您，巴萨一事闹得满城风雨④；比拉克先生⑤昨天早晨离开了。我在这里也少待为妙。

大人，我非常谦卑地亲吻您的双手，并祈祷上帝保佑您。

自蒙德马尔桑，一五八三年十二月十四日
您的非常谦卑的仆人
蒙田

---

① 克洛德·安东尼·德·克莱旺是那瓦尔的亨利（后为亨利四世）派在亨利三世身边的使臣，在回程中受亨利三世委托，在那瓦尔的亨利与他的妻子玛格丽特·德·瓦罗亚（即玛戈王后）之间劝解。
② 指前几封信提到的这件事。那瓦尔国王的回答是他驻扎城市的士兵没有得到饷银，正在挨饿，波尔多市民应该跟他们扣饷的官员去谈。
③ 让·德·博纳沃瓦，拉瓦尔丹侯爵（1551—1614），蒙田写此信时，他是那瓦尔国王的将官和谈判者，后成为法国元帅。
④ 那瓦尔国王占领蒙德马尔桑，马蒂尼翁占领胡格诺城镇巴萨作为报复。
⑤ 勒内·德·比拉克（1506—1583），红衣主教，法掌玺大臣，后又为枢密大臣，是新教派的死敌。

一六　致马蒂尼翁元帅

大人，本地区前往晋谒那瓦尔国王的那些人已在两天前回来。我还没有见过他们，但是他们带回来的只是和平意向，如同我在信中对您说的那样。没有新的内容，除了星期一将在大圣弗瓦举行有好几位牧师参加的全体特别会议。若明日如我所料将有各阶层的大批男男女女来到这里，我将会向您汇报我听到的情况。我非常谦卑地亲吻您的双手，祈祷上帝赐大人长寿与幸福。

自蒙田，一五八四年一月二十一日。

您的非常谦卑的仆人

蒙田

一七　致杜布依先生[①]

驻巴黎议会法院的国王顾问，于圣特

先生，我与韦尔先生[②]很熟悉，他被囚禁一事，如果在这个世界上有什么案件您能够予以公正审判的话，他的行为值得您秉承温和的天性去做出判断。按照这个世纪的军法来说，他做的事是可以原谅的，还是必要的；以我们的看法还是可以称道的。他做这件事无疑迫于紧急与无奈。除此之外他的一生无可指责。我恳求先生亲自过问此事。您就会发现这件事的实质正是像我对您说的一样，而对此事的诉讼则比案件本身更加恶劣。如果这对事情有帮助的话，我还愿意说他这人在我家抚养长大，跟好些敦厚人家有亲戚关系，尤其他做人一直循规蹈矩，奉公守法，对我非常友好。您若救他一救，我不胜感激。我非常谦卑地恳求您接受这次请托；我亲吻您的双手后，祈祷上帝赐给大人长寿与幸福。

自卡斯特拉，四月二十三日
您的忠诚的仆人
蒙田

[①] 克洛德·杜布依（1545—1594），是亨利三世在1582年派往波尔多的特殊法庭官员之一，蒙田写此信时，他正在离波尔多六十五里的圣特开会。
[②] 至今尚无法确定韦尔先生是谁。因而他的事情也无从揣测。

一八 致马蒂尼翁大人

法国元帅，于波尔多

大人，我刚才收到您六日的来信，我非常谦卑地为此感谢您，通过您命令我回到您身边，表明您对我的参与并没有不乐意。这是我期望从公职中得到的最大利益，我也希望在第一天便来拜望您。

然而，我目前所能对您说的是迪普莱西①先生、德·基特里②先生和他们的大家庭昨天早晨已离开大圣弗瓦。他们带了女眷和随从拖延了他们回到那瓦尔国王那里的归程。

您知道，他们在昂科斯温泉的会谈中，埃佩农③先生决定去巴涅尔，本月十日在波城见他的陛下④，他们在那里秘密会谈。我相信那瓦尔国王从巴涅尔回波城，还会在那里跟他见面，我只是不知道他会不会去内拉克。他正忙于细读北方低地地区向他呈递的请求书，接替亲王⑤来保卫他们的事业，他们对它的发展充满希望。我毫不怀疑那瓦尔王后也会参加这些晋

---

① 让·德·肖蒙，基特里领主，后任国王军队摄政官。
② 让-路易·埃佩农，法国国王亨利三世的宠臣；当亨利三世的最后一位兄弟故世，使那瓦尔的亨利成为法国国王的合法继承人；亨利三世派埃佩农公爵前去劝说那瓦尔的亨利放弃新教，皈依天主教。
③ 指那瓦尔的亨利。
④ 迪普莱西·莫尔奈，法国新教派首领，那瓦尔的亨利的主要顾问，曾给蒙田写过五封信，还提到那瓦尔的亨利也有一封信给蒙田，对他并通过他在善意的天主教徒前为自己的行为申辩。
⑤ 指国王亨利三世的四弟安茹公爵，为新教派的一员领导人物，他死于1584年6月，使那瓦尔国王成为法国王位继承人。

谒活动。

我期待不久亲吻您的双手,还要说的就是我祈祷上帝赐大人长寿与幸福。

自蒙田,七月十二日
您的非常谦卑的仆人
蒙田

一九　致马蒂尼翁元帅

大人，我看这里没有什么值得向您一提的事，然而，您对我百般恩宠，允许在您面前不用拘泥，我大胆向您写这封信仅是向您禀报我的健康在换个环境以后已有一些起色。我一路不停来到这里，路程有点儿长。我发现在我这里附近，来自大圣弗瓦改革运动的几条好汉杀死一个可怜的裁缝，用剪刀刺了他五六十下，没有别的原因，只是抢了他二十苏和一件约值这个数两倍的大衣。

我非常谦卑地亲吻您的双手，祈祷上帝赐大人多福与长寿。

自蒙田，一五八四年八月十九日
您的非常谦卑的仆人
蒙田

二〇　致波尔多市政官先生们

先生们，我收到了你们的来信，将考虑尽早回到你们身边。大圣弗瓦的整个朝廷[1]都由我接待，指名要到这里来看我。这件事过后我将有更多的自由。

我给你们寄上瓦莱亚[2]先生的信，你们可以据此做出决定。我若参与此事除了令我选择为难、主意左右不定以外不会带来什么。这件事恳我谦卑地托付给你们了，我祈祷上帝赐先生们长寿与幸福。

自蒙田，一五八四年十二月十日

你们谦卑的兄弟与仆人

蒙田

---

[1] 那瓦尔的亨利和他的朝臣1584年12月19日第一次来到蒙田，驻跸在蒙田城堡，住了两天。他们全由城堡里的人侍候，夜里国王就睡在蒙田的那张床上。

[2] 没能考据出是谁。

二一　致马蒂尼翁元帅

大人，比松斯先生跟我多次提起蒂雷纳大人对您的看法，以及这位亲王对我的意见都很信任；虽然我不会把官场上说的话作为判断的依据，在午饭时一时兴起给蒂雷纳大人写了一封信。

信内我向他道别，报告我收到那瓦尔国王的信，我觉得他听从良言相信您对他表示的好意；我给吉桑夫人[①]写信说趁大好时机让她的船只乘风破浪，我会努力为您促成这件事；我劝她不要让热情损及王上的利益与财富，既然她愿意为他做一切，要更多看到他的好处，而不是他的怪脾气。说您提到要去巴荣纳，我若认为我参加对事有所裨益，我也会自告奋勇跟您去；说您若去，那瓦尔国王知道您近在咫尺，必会很高兴请您去参观他在波城的美丽园林。

以上是我那封信的内容，没有任何议论。我把他们当晚捎来的回信送过去给您，我若没有误解的话，信一开头就显得潦草，使我觉得这封信给人一种不满或恐惧的感觉。不管他说什么，我在他们要去的地方将与他们相处两个多月；那时会出现不同的声音。

[①] 即《随笔集》第一卷第二十九章提到的科丽桑特·当杜安。她在1567年嫁给蒙田的朋友格拉蒙和吉桑两封邑伯爵。丈夫在1580年过世。守寡后成为那瓦尔的亨利的情妇。

我请您把这封信随同其他两封一起送回。信差是专程来取您的信的。

同时我非常谦卑地亲吻您的双手，祈祷上帝赐大人长寿与幸福。

自蒙田，一五八五年一月十八日
您的非常谦卑的仆人
蒙田

二二　致马蒂尼翁元帅

大人，近来我没有听到什么，虽然在周围见到不少朝廷[①]中的人物。

我相信大家都已离去，除了那位杜费里埃[②]先生留下来支付仆人的薪水。

您若乐意读一读迪普莱西大人后来写给我的一封信，您会看到和解是全面的，充分领会好意，我相信他的主人[③]必然跟他比跟别人有更多的密谈，知道他跟您后来见过的克莱旺先生同样有此心意。

我若必须陪伴您前往巴荣纳，我希望您把你们的会议日期延至大斋节，这样我可以同时进行温泉治疗。

目前我听说，见到妻子颇得民心，丈夫感到无比厌恶[④]。

我还得到消息说市政官已平安抵达；我非常谦卑地亲吻您的双手，同时祈祷上帝赐大人长寿与幸福。

自蒙田，一五八五年一月二十六日
您的非常谦卑的仆人
蒙田

[①] 指那瓦尔朝廷。
[②] 指那瓦尔国王的大使；蒙田在《意大利游记》提及，曾在威尼斯遇见他。
[③] 据《七星文库·蒙田全集》，指那瓦尔的亨利与他的妻子玛格丽特·德·瓦罗亚的和解。据潘加诺版则指亨利三世与那瓦尔的亨利的和解。他的主人指那瓦尔的亨利。
[④] 指那瓦尔的亨利与妻子玛格丽特·德·瓦罗亚。

大人，我为您效劳的热情受到您的赞扬是您对我的莫大恩惠，您可以肯定在居耶纳不会得到更纯朴更诚挚的热情了，但是这不是为了图利。当您必须放弃您的位子，那时也不该有人能够自吹是他从您那里夺走的。

二三　致马蒂尼翁元帅

大人，我差人给您送去我最近写的一封信以及迪普莱西先生的一封信；那人还没有回来。后来有人从弗莱克斯带话给我，说杜费里埃先生和马西里埃尔领主还留在大圣弗瓦，那瓦尔国王派人去召回他留在当地的扈从和狩猎队伍，他留在贝亚恩的日子要比预期的长。根据来自罗克洛尔[①]先生最新善意的指示，他将折回巴荣纳和达克斯，向他们说明国王也积极看待那瓦尔国王进入这些城市一事。以上是他们对我所说的情况。其余地区都平静无事，毫无骚乱。

说到这里让我非常谦卑地亲吻您的双手，祈祷上帝赐大人长寿与幸福。

自蒙田，一五八五年二月二日
您的非常谦卑的仆人
蒙田

[①] 安东尼·德·罗克洛尔，那瓦尔的亨利的大臣。后当波尔多市长和法国元帅。

二四　致波尔多市政官先生们

先生们，你们的代表先生们向你们汇报了这些差使非常成功，你们又写信给我，让我也大大分享你们的喜悦，我希望跟你们一起庆祝这次首战告捷，同时把这件事看成一个好兆头，你们已经顺利地走过了这个年初岁月。

我谦卑地向你们讨教，祈祷上帝赐先生们幸福与长寿。

自蒙田，一五八五年二月八日
你们谦卑的兄弟与仆人
蒙田

二五　致马蒂尼翁元帅

大人，我希望您最近写信跟我诉说痛苦的结石已经安全排出，就像我同时也排出了那么一粒。

如果市政官在预期的那天动身，乘驿车到达波尔多，他们可能已向您汇报了朝廷最新的动态。这里有谣言流传，说费朗①往朝廷途中，离内拉克三里路上被人劫持，给带回了波城；还说胡格诺派差一点同时偷袭泰依堡和塔勒蒙，他们对达克斯和巴荣纳还有其他企图。

星期二，一群游兵散勇很久以来在这里附近转悠，买通了本地一名叫独眼拉西基尼的乡绅，要他帮助去打垮河对岸的另一群游兵散勇，那是在根萨克村里，属于那瓦尔国王的地盘。那个拉西基尼纠集了二三十个朋友，借打猎的名义，携带打野鸭子的火枪，随了两三个这边的流民去攻击对岸的流民，杀死了他们的一个人。根萨克司法部门得到报告，武装乡民追击这些来犯者，抓获了四人：一名乡绅和三个其他人，打伤了三四人，其余人都撤回到河的此岸。根萨克人有两三个伤得很重；这场械斗打了不少时候，很剧烈。这事件还在调解，因为双方都有许多不是之处。

---

① 费朗是瓦罗亚的玛格丽特安插在丈夫那瓦尔的亨利身边的秘书，他携带玛格丽特给卡特琳·德·美第奇和法国宫廷的几封信时被逮捕。此事详情参见第二十六封信。

如果拉罗克领主①——他是我的好友——必须要在卡巴那克·杜·浦什领地打一仗，我希望劝说他离您这里远一些。

在此我非常谦卑地亲吻您的双手，祈祷上帝赐大人长寿与幸福。

自蒙田，一五八五年二月九日
您的非常谦卑的仆人
蒙田

附言：

大人，正当我要封信时，接到了您六日的来信，还有您乐意（由市政局派了一个人）捎给我看的维尔罗瓦②先生的信，为了告诉我他们这次差使获得可喜的成功。拉莫特先生写信告诉我，他有事要跟我说，但不能落笔写下来；若有必要，我可以写信要他来这里见我。我对此尚未做出答复；但是至于您命令我前去看您，我非常谦卑地恳请您相信我没有比做这件事更乐意的了。我决不会闭门独居，也不会彻底摆脱公务的羁绊，竟至无意为您忠心服务或者追随于您的左右。

此时此刻，我已穿上靴子准备前去勒弗莱克斯，和善的费里埃议长和拉马西里埃领主明天将到那里，并计划在后天或星

---

① 那瓦尔国王一边的顾问，波旁红衣主教的侄子。
② 尼古拉·德·纳维尔，维尔罗瓦的领主，在法国四位国王查理九世、亨利三世、亨利匹世和路易十三朝中当国务秘书。

期二前来这里。我希望下周有一天过去亲吻您的双手,若有事不能前来,我会预先告知。我没有得到从贝亚恩来的任何消息,但是普瓦费雷曾去过波尔多,据人说给我写过信,信交给了一个人,我至今没见过他。我对此无可奈何。

二六　致马蒂尼翁元帅

大人，我刚从勒弗莱克斯回来。拉马西里埃在那里，还有议会的其他人。他们说自从费朗事件后，费隆特纳克就为这事来到内拉克。那瓦尔王后对他说她要是认为她的国王丈夫那么好奇，她会把她的信函全通过他的手发出去，她写给母后的信中只是提到她要回法国①，只是因为她犹疑不决，向她征询意见与讨论而已。她不由怀疑大家显然不把她放在眼里，谁都看得清清楚楚。费隆特纳克说那瓦尔国王这样做，只是因为有人引起他怀疑费朗携带了有关他的国家大计的密扎。他们说最有意思的是这些朝廷女子给她们在法国朋友的私信——我要说那些抢救出来的信，因为据说费朗遭捕时，他还是设法把几封信抛进了火堆里，抢出来前已经烧成灰烬——这些劫后余生的信实在叫人看了好笑。

我回家途中在大圣弗瓦见到费里埃先生，他在病中，他决定在这周中找一天来看我；其余人今晚就会到。我预料他不会过来，他年事已高，我觉得离开他时病情很糟糕。不过您若不要求我做相反的事，我还是等他，我由此把我谒见您的旅行延迟到下周初；非常谦卑地亲吻您的双手，祈祷上帝赐大人长寿

---

① 当时法国仅指今日法国版图的北部。

与幸福。

自蒙田，（一五八五年）二月十二日

您的非常谦卑的仆人

蒙田

　　那位费朗当时身上有一千埃居，有人这样说，因为所有这方面消息并不很可靠。

二七　致马蒂尼翁元帅

大人，杜费里埃先生刚写信给我说那瓦尔国王要去蒙托邦。他们这里四周都处于警戒状态，提防据他们说驻在河对岸巴萨台的一些骑兵部队。我若在这封信上封以前得到消息，我会告诉您，当夜差人送去。这可能是那瓦尔国王部队，在这里集结显示力量，我这里也有一些武装人士前往那里。从特朗斯侯爵[①]写给我的信来看，您也会听到如今在这里四处流传的谣言。我读了普瓦费雷的信：没什么事，除了他要跟我说说那些夫人，有些事我必须知道，但是他不能写，也不能延迟他动身时间。

我在此希望不久有幸亲吻您的双手，同时祈祷上帝赐大人长寿与幸福。

自蒙田，一五八五年二月十三日

您的非常谦卑的仆人

蒙田

阁下，我刚才忘记对您说，在根萨克的囚犯——这事我给

[①] 日耳曼-加斯东·德·弗瓦，特朗斯侯爵，蒙田与他家是至好，在《随笔集》中两次不指名提到他，一次在第一卷第十四章说到他的三个儿子在同一天内惨遭死亡。第二卷第八章说到他无法把家庭管得有条有理。

您写过——都已释放,除了蒙拉威尔地区的检察官,他跟别人一起被捕完全出于偶然,他没有参与此事,是为了审理某件案子闯入了那个地方。

二八　致马蒂尼翁元帅

大人，我就在今天星期日上午刚收到您的两封信，按照信中要求，我本会立即骑马赶来，只是埃马尔议长昨天骑了我的马离开这里。今晚我等着马回来，希望明天早晨前去看您。此刻不能出发，是因为到处淹水，从这里到波尔多这条路要走上一天，我将在都尔纳港附近的福布纳过夜，如果您同时动身，就可以在半路相会；我可以在星期二上午到波当萨克，可以听到您喜欢我打听的事。如果您通过这位信差没有改变对我的差使，我就在星期二到波尔多见您，只是到了拉巴斯蒂德再过河。

十一日我在波城听到的消息，那瓦尔国王几天后去了巴荣纳港，从那里到内拉克，从内拉克到贝日拉克，然后又去圣东日。格拉蒙夫人身体还是很差。

此时，我非常谦卑地亲吻您的双手，祈祷上帝赐大人大福与长寿。

您的非常谦卑的仆人（一五八五年二月？）
蒙田

二九　致马蒂尼翁元帅

　　大人，今天早晨我收到您的信，我转达给古尔格先生，我们一起在布尔多先生家吃中饭。至于您记事中提到的那笔钱的押送问题，您看到这是一件很难办的事，我们尽量眼睛要盯紧。

　　我尽一切努力在找您跟我们说起的那个人。他没有来过这里，布尔多先生给我看一封信，那个人在信中说他不能够像预期的那样来看布尔多先生，因为有人关照他您对他有怀疑，他还在考虑。他这封信是前天的。我若找到他，因对您的决心尚不清楚，我可能采用一种较为温和的策略；但是我还是恳求您不要有丝毫怀疑，我对您决定的东西不会有什么拒绝；只要您一声令下，我也不会对事与对人做出选择与区分。我希望您在居耶纳有许多其意志坚定如您我的人。

　　有谣言说战船正从南特向布鲁亚日驶去，庇隆①元帅大人还没有撤走。那些负责报告于萨先生的人说没有能够找到他，相信他就是原先在这里也已经走了。

　　我们都忙于看家与守卫，在您不在时尤其要注意，我不但是为了保卫这座城市，也为了保卫您而担心，我深知敌视为国

---

① 阿尔芒·德·贡托，庇隆的领主，是天主教徒，后来很快承认亨利四世为法国国王。曾是居耶纳的摄政官，后由马蒂尼翁接替。

王服务的人意识到您是个举足轻重的人,没有您一切都会恶化。我担心在您驻扎的地区事情从四面八方落在您的身上,您长时期日理万机,必然有许多难以解决的困难。若出现新的机缘,事关重大,我会立即派人过去向您报告;您若没有我的消息,可以认为毫无动静。我还请您考虑这类行动往往都是出人意料地发生了,若避之不及的话,人家就会不声不响掐住我的脖子。我将尽力四处打听消息,为此我要走出去,了解各方面人物的倾向。直到目前毫无动静。隆代尔先生今天早晨见到我,一起研究了他那个地方的安排,明天早晨我去那里。

信开始写时,我在夏尔特尔听说这座城附近来了两位贵族,自称是吉兹王爷那边的人,从阿让①过来,起先没能知道他们走哪条路。有人在阿让等您过去。莫弗桑②领主一直来到了康特鲁,听到一些消息后又回去了。我在寻找一位罗队长③,马斯帕鲁特写信给他,对他做出许多允诺要拉拢他为自己服务。

南特的两艘战船准备停泊布鲁阿日,这消息是可靠的;船上有两连步兵。梅尔格④先生在南特城内。拉古布领主对梅斯蒙主席先生说埃尔伯先生在昂热这边,住在他的父亲家,正在向下普瓦图过来,带了四百名步兵和四五百匹马,他收编了德·布里萨克先生和其他人的官兵;还说梅尔格先生是来跟他

---

① 那时瓦罗亚的玛格丽特在阿让,卷入亨利·德·吉兹公爵的神圣联盟密谋反对亨利三世的活动。
② 米歇尔·德·卡斯蒂永,莫弗桑领主,那瓦尔王国的一名将领。
③ 罗队长是为那瓦尔打仗的天主教职业军人。后成为蒙田好友。1589年还在蒙田城堡举行婚礼。
④ 菲列普—埃马纽埃尔·德·洛林,梅尔格公爵,是神圣联盟的领袖之一。

汇合的。谣言还说曼恩先生来带领有人在奥凡涅为他们收编的部队,他将穿过森林地带向鲁埃格和我们这边、也就是说向那瓦尔国王过来,这一切都是冲着他来的。

朗萨克先生在布尔,随他一起有两艘武装船只。他负责水兵事务。我把我听到的,还把我觉得不像可能的街头谣言随同真相都告诉了您,这样为了让您听到一切,同时我非常谦卑地恳求您事务允许的话立即速回;我向您保证我们会不遗余力,如果需要会不顾生命,服从国王去保卫一切。

大人,我非常谦卑地亲吻您的双手,祈祷上帝保佑您。

自波尔多,(一五八五年)五月二十二日星期三夜
您的非常谦卑的仆人
蒙田

那瓦尔国王派遣的人我没有见过;有人说庇隆先生见过他。

三〇　致马蒂尼翁元帅

大人，过去这些天我给您写过长信。我再给您寄上两封信，那是我从鲁耶克①先生的一个人手里代您收下的。瓦耶克②先生的周围地区警报频传，没有一天不是人家给我报上五十条紧急情况。我们非常谦卑地恳求您一待自己的事务料理完毕立即来这里。我天天夜里巡逻，穿过武装戒备的城里或者深入城外的港口，接到您的警报以前，有消息说一艘满载武装人员的船只要进港，我已经监视了一夜。我们什么也没发现，前天晚上，我们又在那里直至午夜，古尔格先生同在一起，但是什么也没发生。我需要有自己的兵，于是调用了圣特队长③。他和马塞普④装满三小船人，在城内看守巡逻。我希望您回来见到的城市还是您离去时的状态。今天早晨我派了两名市政官，向议会报告目前流传的谣言和我们知道在这里的明显的可疑分子。

此刻，我希望您最迟在明天到这里，同时非常谦卑地亲吻

---

① 此人身份不明。据一名编辑猜测鲁耶克（Rouillac）或许是拉耶克（Raillac）的误写，他是圣梅扎尔的领主，那瓦尔国王的追随者。
② 路易-里卡尔·德·瓦耶克，神圣联盟成员，他驻守波尔多的特龙佩特城堡，后被马蒂尼翁逐出和逮捕。
③ 一位受马蒂尼翁重用的军官。
④ 文章内写成马塞普（Massep），可能是前文提到的马西普（Massip），波尔多议会顾问。

您的双手,祈祷上帝赐大人长寿与幸福。

自波尔多,一五八五年五月二十七日
您的非常谦卑的仆人
蒙田

我没有一天不去特龙佩特城堡。您会看到平台已经建好。我也天天看到大主教府。

三一 致波尔多市政官先生们[①]

先生们，我在这里从元帅大人给我的消息中偶然得知你们的一些情况。我不惜生命或其他一切愿为你们效劳，由你们做出判断，我出席下一次选举能做什么，是否值得我不顾城市目前的糟糕局面冒险回城，尤其对于像我这样从空气新鲜的地方来的人而言。星期三我会尽我可能走近你们，也就是说到弗依亚，如果瘟疫没有先我而至的话；如我在给拉莫特先生的信中所说的，我在那里将荣幸地接待你们中间的一员，领受你们的指派，推辞元帅大人要我陪伴他身边的好意；我谦卑地向你们请教，并祈祷上帝赐先生们长寿与幸福。

自利布恩，一五八五年七月三十日
你们谦卑的仆人与兄弟
蒙田

---

① 1585年，波尔多瘟疫肆虐，从6月到12月，约有半数居民共一万四千人死去。禁止城外的人返回，六名市政官仅有两名留在城内办事。蒙田7月30日正在利布恩。还有两天他的第二任市长任期将要结束，他那时正与他的继任者马蒂尼翁一起。这封信存于档案中，在1850年首次发表，引起轩然大波，蒙田被许多评论家斥为怯懦、渎职。但是也有不少人评论，"逃离瘟疫肆虐的波尔多"与"不进瘟疫肆虐的波尔多"还是有区别的。征询同事的意见后而行还是理智之举。从档案材料与记述来看，当时波尔多已经封城，禁止一切人出入，他这一行动在当时并没有人对他有所指责。

三二　致波尔多市政官先生们[1]

先生们，你们寄给我的信，以及你们的信差受托带给我的口信，我已转达给元帅大人。他委托我请你们把你们以前留在布尔的鼓[2]给他送去。他还对我说，请你们立即派遣圣奥莱和马特林两位队长前去他那里，并集结尽可能多的水兵和水手。

至于把妇女和儿童作为囚犯这种恶劣和不正义的做法，我绝对不因别人做了主张我们自己也做。这事我也对元帅大人说了，他要我对你们说对这事不得到更多消息以前不要有所行动。

我非常谦卑地向诸位讨教，并祈祷上帝赐先生们长寿与幸福。

自弗依亚，一五八五年七月三十一日
你们谦卑的仆人与兄弟
蒙田

---

[1] 此信写于上一封信的第二天，也即是蒙田第二任市长任期的最后一天。
[2] 据唐纳德·弗莱姆的英译本，不知指"鼓"还是"鼓手"，因法语"tambour"含此两义。若指"鼓手"，则应译为"给他派去"。

三三　致马蒂尼翁元帅

大人，莫里亚克夫人正忙于筹备儿子莫里亚克先生与奥勃特尔先生的一位姐妹的婚礼。据人家对我说，万事已经具备，只差她的长女布里尼厄夫人还与丈夫待在莱克杜尔，没有赶过来。她非常谦卑地恳求您给她的女儿与随从发一张前来莫里亚克的通行证。由于我是她的亲戚，又有荣幸与您相识，她要求我向您提出这个请求，还给了我据她说发自奥勃特尔先生的一封信，我相信也是提这件事。

我非常谦卑与热切地提出这个请求，若这件事没有引起您的反感与厌烦的话。要不然，这封信至少又可使阁下想起我，由于我碌碌无能，再加上长时间无缘与您见面，可能早已记不起我来了。

自蒙田，（一五八五年）六月十二日 ①

我是大人非常谦卑的仆人

蒙田

---

① 这集的信封都按日期先后排列，这封信放在七月份的后面，不知为什么。

三四　致马蒂尼翁元帅①

　　大人，您知道在维尔博瓦树林里，我的行李就在我的眼皮下遭到抢劫；后来，经过长时间七嘴八舌的讨论后，亲王殿下觉得这样抢劫有欠公允。可是我们担心人身安全，不敢逾越，在我们的通行证上把身份写得明明白白。这次抢劫都是由袭击巴罗先生和罗什富科先生的神圣联盟成员干的。因为我的钱柜里有钱，暴风雨就落在我身上。我什么都没能收回，大部分文件与衣服都在他们手里。我们没有见到亲王殿下。托里尼伯爵大人损失了五十多埃居，一把银壶和几件不值钱的衣物。他急急忙忙转道前去蒙特勒索看望哭哭啼啼的夫人们，在那里躺着两位兄弟②和祖母的尸体，昨天又跟我们在我们正要出发的城市汇合。

　　去诺曼底的旅行推迟了。

　　国王派了贝利埃弗先生和拉吉什③先生去见吉兹先生，请他到朝廷来。我们将在星期四到达那里。

自奥尔良，（一五八八年）二月十六日晨
您的非常谦卑的仆人
蒙田

---

① 关于这次抢劫，蒙田在《随笔集》第三卷第十二章《论相貌》中亦有提及，但是细节略有出入。
② 兄弟指亨利三世的宠臣安那·德·儒瓦耶和他的弟弟克洛德，他们二月前在库特拉被杀。哭哭啼啼的夫人指安那的母亲和妻子。
③ 都是亨利三世信任的军官。

三五　致波尔米埃夫人[1]

　　夫人，我的朋友知道我从见到您的一刻起，就打定主意把我的一部书献给您，因为我认为您已给予我的书籍带来极大的荣誉。但是波尔米埃先生的殷勤客气使我无法把书给您，因为他令我感激万分，无法再用一部书所能报答。我还是请您接受它，只当我在得到他的好意之前就已经属于您的了。万望您能够喜欢它，看在对书的爱或对我的爱的份上。我若在什么场合能够效力，还是要向波尔米埃先生偿还我欠他的全部情分。

---

[1] 这封信随同《随笔集》一起寄给玛格丽特·德·肖蒙，她是朱利安·德·波尔米埃的夫人。书信无日期。

三六　致安东尼·卢瓦泽尔先生[①]

您把您辛劳的成果送给了我,这只是对您那份美好礼物的寒伧回礼,但是不管怎样这已是我能献出的最好的东西了。先生,看在上帝的分上,在您闲暇的时刻费心翻上几页,并请把您的看法告诉我,因为我怕自己是愈写愈糟了。

献给卢瓦泽尔先生

(一五八八年?)

---

① 安东尼·卢瓦泽尔曾把自己的一部著作赠给蒙田,这封信是蒙田随同《随笔集》一起寄去的题词。

三七　呈亨利四世国王[1]

陛下，

按照王权赋予的责任，在您随时随地为各种人和各种事鞠躬尽瘁时，知道挺身为平民百姓效力与解除他们的负担，这比处理您的那些重大国事更为重要与紧迫。蒙陛下重视我的这些信，还降旨予以答复，我更愿意这是出于天性的宽仁，而不是灵魂的强制。

很久以来，我看出您生来是坐您当前这个大位的人，还记得在我必须向神父告解时，从来都是看好您的历次成功。现今我更有理由与自由满腔热情地拥护它们。

那些成功在北方助您建业，又在这里使您扬名，业绩与口碑同样深入人心。要说服民众与收拾民心，什么样的言辞也不及您的事业的正义性那么强有力，也不是我们宣扬您的战功所能奏效的。我还要陛下放心，这个地区出现对陛下有利的新动向，因为您在迪埃普的可喜结果，及时激发了马蒂尼翁元帅的坦率热情与缜密心思，我还相信，您每天得到那么多良好与明显的服务，不会不记得我做出的保证与期盼。

我期待于今年夏天的，不是我个人享用的果实，而是我们

---

[1] 指那瓦尔的亨利。1589年亨利三世遇刺身亡，那瓦尔的亨利继承法国国王王位，称亨利四世。蒙田写此信时，亨利四世已当了六个月的法国国王。

全体人民的太平无事，您的事务也一帆风顺，像以往那几件事一样，让您的对手鼓动手下人而做出的空口许诺都成为泡影。老百姓的情绪有起有伏；如果一旦向您有利的方向倾斜，自会顺势一泻到底。

我多么希望国王士兵的个人利益，使他们得到满足的必要措施，并没有使您——尤其在这座主要城市里[①]——漠视善意的劝谏，获得大胜之际，要比他们的保护者更加宽厚地善待反叛的臣民，让人家看到您把他们视同自己人，不是出于假惺惺的权宜之计，而是出于一种真诚的父爱与皇恩。

要推动您手里的这些事，必须使用不同一般的方法，从而经常看到那些重大困难的征服无法用军队与武力做到的，却可以用宽宏慷慨去妥善完成，那才是引导人们走向仁义正统这一边的高明策略。若不得已使用重典与惩罚，那在局势控制之后也应该予以撤销。从前有一位伟大的征服者[②]自负地说，他给予归顺的敌人和自己的朋友同样多热爱他的机会。误入歧途的城市比您治下的城市做法粗暴，相比之下，我们觉得它们得到的印象已显出良好的预兆。我祝愿陛下洪福，减少风险，受民众的爱戴，而不是民众对他诚惶诚恐，必须把自己的利益与他们的利益相结合，我乐于看到陛下节节胜利，这也是朝着更为顺利的和平局面前进。

陛下，您十一月最后一天的来信我只是刚才收到，已超过

---

① 指巴黎，亨利四世尚未包围巴黎，但已进行零星的攻击（1589年11月1至3日）
② 指罗马时期大西庇阿。

了您驻跸图尔时乐意我去见您的日期；我这人碌碌无能，对陛下更出于情义然而无以效力，陛下却让我感到他乐于赐见，对我实在是一种殊恩。非常可喜的是陛下在仪表风度上提高到新职位的需要，而内心的善良与随和则丝毫未变。您不但尊重我的年龄，还照顾我的愿望，体贴周全地指定在日理万机之余稍事休息的地方接见我。陛下，或许不久可在巴黎，那时不会有事务或健康问题阻止我前往了。

自蒙田，一月十八日[1]

您的非常谦卑和非常恭顺的仆人与臣民

蒙田

---

[1] 原信无年份。据《七星文库·蒙田全集》是1589年。据唐纳德·弗莱姆版，是1590年，但加了问号。

三八　致 M[①]

　　先生，其实从年龄来说，我没有必要写这封信向您保证，我赏识您所说的事超过在此所做的表示。

　　您长年以来兢兢业业、全心全意做出良好无私的服务，现在，由于我的境况不稳定，我格外留意不要有愧于我欠您的情。我愿意在此有所表示，兹附上这张票据，您可以随时到艾蒂安先生那里去兑现。

　　我求您把这事作为您对我友爱与眷顾的表示，我也会把它常挂在心怀。写到这里，我祈祷上帝赐您长寿与幸福。

一五九〇年 Ma
蒙田

[①] 受信人不知是谁，日期 Ma，也不知是 Mars（三月）还是 Mai（五月）。看来蒙田写此信时非常仓促，也可能是病痛或其他原因所致。

三九　呈亨利四世国王

　　陛下，七月二十日谕令今日早晨收到，恰逢我患上来势凶险的间日疟，这病从上月以来在本地相当流行。

　　陛下，接受您的指挥在我是非常荣幸之事，我不敢怠慢，急忙给马蒂尼翁元帅三次去信，表示我决定义不容辞去看他，我甚至标出在他同意后我将走去看他的安全路线。对此至今尚无回音，我认为他考虑到我走的路线长而危险。

　　陛下，万望您相信我在不惜生命的时际自然不会舍不得钱财。国王的慷慨赠予不论是什么，我历来接受的礼物不会超过我之所求与我之所值，为他们效力也从来不取报酬，这点陛下也应已有所闻。我能为陛下的前辈所做的事，今为陛下去做更是心甘情愿。陛下，我的富余于愿已足。当我在巴黎侍奉陛下用空我的钱袋时，我会大胆向他陈说，陛下若认为值得把我留在身边多待一阵，我也会比您最低级的官员消耗更少的官饷。

　　我祈祷上帝赐陛下国运昌顺，身体健康。

自蒙田（一五九〇年）九月二日
您的非常谦卑与非常恭顺的仆人和臣民
蒙田

家庭纪事

序　文

Ephémérides，据《罗贝尔辞典》，指"在不同历史时期同一天内发生的事件记录"，类似我们在报刊或电视台栏目上的"历史上这天发生的事"。蒙田有一部米歇尔·伯特尔编写的历代同日大事记，在历史事件以外，还每日留有半页空白，供使用者写上自己的纪事。

蒙田就在这个本子上写蒙田府上的日常流水账，对于研究者来说有一定价值。

这部本子经过四百年的翻阅自然损坏严重。封面只剩下三分之一，只有六十五到四百三十二页还保持不太差的品相。某些纸页还有剪刀裁剪的痕迹，许多篇页失落，有几页被虫蛀水沾损坏严重。羊羔皮书面也破败不堪。

在此摘录下据查证绝对出自蒙田手笔的注文，共三十九条。还有关于蒙田逝世的纪事则是女儿莱奥诺写的。都按日期先后排列。

纪　事

（〇一）

九月二十九日

一四九五年，我的父亲皮埃尔·德·蒙田①诞生于蒙田。

（〇二）

五月十七日

一五三四年，我的弟弟托马，博勒加尔和阿尔萨克领主诞生。

（〇三）

十一月十日

一五三五年，我的弟弟皮埃尔，拉布鲁斯领主诞生。

（〇四）

十月十七日

一五三六年，我的妹妹雅娜诞生，后嫁给莱斯托那领主为妻。

---

① 原姓埃康，原文划去后改为蒙田。

（〇五）

十二月十三日

一五四四年，我的妻子弗朗索瓦兹·德·拉·夏塞尼诞生。

（〇六）

八月二十八日

（一五五二年，我的妹妹莱奥诺·德·蒙田诞生，由我做教父，莱奥诺·德·梅莱做教母[①]。）

（〇七）

八月三十日

一五五二年，我的妹妹莱奥诺·德·蒙田诞生，我与莱奥诺·德·梅莱给她在蒙田行洗礼。

（〇八）

二月十九日

一五五四年，我的妹妹玛丽·德·蒙田诞生于波尔多。

（〇九）

一月十五日

一五五九年，晚上五时至六时之间，我的女婿弗朗索瓦·德·拉图尔诞生于圣东日的拉图尔。昂布维尔领主和夏莱

[①] 这条注文日期有误，原文划去后由第七条改正代之。

夫人为其教父与教母。

（一〇）

八月二十日

一五六〇年，我的弟弟贝特朗·德·蒙田早晨诞生于蒙田，贝特朗·德·塞居尔和勒内·德·贝尔维尔为其教父与教母。他后称为马特科隆领主。

（一一）

九月二十三日

一五六五年，我娶弗朗索瓦兹·德·拉·夏塞尼为妻。

（一二）

六月十六日

一五六八年，今日我的父亲皮埃尔·德·蒙田逝世，享年七十二岁又三个月，长期遭受膀胱结石之苦，给我们留下了五个儿子和三个女儿。他葬在蒙田祠堂。

（一三）

六月二十八日

一五七〇年，弗朗索瓦兹·德·拉·夏塞尼生下我与她的一个女儿，我的母亲和我的岳父夏塞尼主席先生命名她为多内特。这是我们婚后第一个孩子。她于两月后去世。

（一四）

九月九日

一五七一年，下午将近两点，我的妻子弗朗索瓦兹·德·拉·夏塞尼在蒙田生下我的女儿莱奥诺，我们婚后第二个孩子，我的叔父皮埃尔·埃康·德·蒙田，戈雅克领主和我的妹妹莱奥诺给她行洗礼。

（一五）

十月二十八日

一五七一年，根据国王的诏令和陛下的来函，我由特朗斯侯爵加斯东·德·弗瓦授以圣米迦勒骑士勋位，等等。

（一六）

七月五日

一五七三年，早晨五时左右，我的妻子弗朗索瓦兹·德·拉·夏塞尼在蒙田生下她与我的一个女儿，这是我们婚后的第三个孩子。妻子的叔叔韦尔特依神父先生和蒙斯夫人在本地礼拜堂内给她行洗礼，命名她为安娜。她只活了七个星期。

（一七）

七月二十四日

一五七三年，我的叔父，皮埃尔·德·蒙田，戈雅克领主、戴恩-瑟兰长老、波尔多圣安德烈教堂司铎逝世,他立我为第三财产继承人。

(一八)

五月十一日

一五七四年,蒙潘西埃先生从圣埃尔米纳兵营派遣我来处理这里的事,代表他跟波尔多议会联系,议会让我在议会厅发言,坐在会议桌前,居国王派遣的官员之上。

(一九)

十二月二十七日

一五七四年,我的妻子弗朗索瓦兹·德·拉·夏塞尼给我生下一个女儿,我们婚后的第四个孩子,约三月后过世;由于情况紧急,仓促给她行过洗礼。

(二〇)

五月十六日

一五七七年,我的妻子弗朗索瓦兹·德·拉·夏塞尼生下我们婚后的第五个孩子;这是一个女孩,一月后过世。我的弟弟马特科隆领主和我的妹妹玛丽没有进行仪式就给她行了洗礼。

(二一)

十一月二十九日

一五七七年，那瓦尔国王亨利·德·波旁，在我不知情与不在场的情况下，派我到莱克杜尔向他的内阁大臣宣读敕令。

（二二）

八月六日

一五八〇年，格拉蒙先生①在费尔围城中死亡，他是我的知友，他在四天前被武器击中，我当时也在围城地点。

（二三）

八月一日

一五八一年，我在卢卡，被选为波尔多市长，接替庇隆元帅大人；一五八三年连任②。

（二四）

十一月二十六日

一五八一年，国王从巴黎写信给我，波尔多市选我做市长，他看到这项任命非常高兴，敦促我前去任职；他以为我还逗留在罗马，其实我已经离开那里。

（二五）

十一月三十日

---

① 即前文中"大科丽桑特"的丈夫，她守寡后成为亨利四世的情妇。
② 原文为斜体字，系另一人用另一种墨水写上。

一五八一年,我在外旅行回到了家里。从一五七九年[1]六月二十二日到上一年抵达罗马那天,我游历了德国和意大利。

(二六)

二月二十一日

一五八三年,我们又有了个女儿,名叫玛丽,由她的舅父若维亚克领主、议会法院顾问和我的女儿莱奥诺行洗礼。她没几天去世。

(二七)

十二月十九日

一五八四年,那瓦尔国王来蒙田看我,他从来不曾来过这里,待了两天,都是由我的人侍候他,没一个是他的军官。他既不叫人试食,也不用有盖的餐具[2]。跟他一起来的有孔戴亲王、罗昂蒂雷纳、里厄、贝蒂纳和他的兄弟德·拉·布莱、埃斯特纳、阿罗古、蒙塔马兰、蒙塔特尔、莱迪吉埃、波埃、勃拉贡、吕西尼昂、克莱旺、萨维尼亚克、吕阿、萨勒勃夫、拉罗克、拉罗什、德·鲁、奥库尔、伦斯、弗龙特纳克、法巴、维旺和他的儿子、拉比尔特、福尔杰、比苏斯、圣瑟兰、奥贝维尔、亲王殿下的侍从长、他的马厩总管和其他约十名大人住宿在庄内,此外还有管家、青年侍从和卫兵。约有同样多的人

---

[1] 系蒙田笔误,实际是 1580 年。
[2] 这是当时防止放毒的措施。

都去村里住宿。离开这里时，我在森林里放了一头鹿，让他追猎了两天。

（二八）

七月二十九日

一五八七年，弗瓦家族中的古尔松伯爵、杜弗莱克斯伯爵和骑士，三兄弟都是我的好同伴好朋友，三人为那瓦尔国王效忠，在阿让地区蒙克拉博一场激战中全都丧生。

（二九）

七月十日

一五八八年，我住宿在巴黎圣日耳曼郊区，整整三天痛风病发作，那天下午三四点钟之间还在病中，就被巴黎的军官和老百姓抓去当了囚徒。这时候国王已被吉兹公爵逼走；我被带到巴士底狱，有人告知我说这是应艾勃夫公爵的要求，实施报复的权利，他在诺曼底的一位亲戚贵族，被国王关在罗昂。王太后得到国务秘书皮纳尔先生的报告，听说我被囚禁。那时吉兹王爷恰好与她在一起，她又派（国务秘书维勒鲁瓦先生，他也竭力为我说好话斡旋）去巴黎市长那里，经他们二人同意，当天晚上八点钟，陛下的一位御厨总管拿了公爵和巴黎市长的批条，交给当时巴士底狱的监狱长，把我放了出来。

（三〇）

七月二十日

〔一五八八年，我在巴黎，躺在床上，三天前脚痛，可能是一种痛风，那时已有预兆；下午三四点钟之间，我被这城里的军官抓去当了囚徒；吉兹公爵掌控这座城市，已把国王逼走；我是在鲁昂告别陛下回到这里的。我骑在自己的马上被带到巴士底狱。王太后听到老百姓的流言知道了这件事，她正在与吉兹亲王会谈，坚持要他答应把我放回，他给那时管理巴士底狱的监狱长下了一道书面命令，这命令又传至巴黎市长，必须得到他的确认。当天晚上八点钟，王太后的一位御厨总管带来了指示，我出了狱，尤其靠了维勒鲁瓦先生的鼎助，他为此花了不少心血，这是我生平第一次坐牢。埃尔勃夫公爵关押我，是为了对神圣联盟的一位贵族被关在鲁昂一事实施报复的权利。[1]〕

（三一）

十二月二十三日

亨利·德·吉兹公爵，实在是一代英豪，他在国王的私室里被杀[2]。

---

[1] 这段文字被蒙田全部删除，代之以第二十九条，并把日期"七月二十日"改正为"七月十日"。
[2] 法国历史上"三亨利之战"的主角，亨利三世国王代表王室；亨利·德·吉兹领导天主教神圣联盟；那瓦尔的亨利（后为亨利四世王）率领胡格诺派。吉兹公爵有"刀面人"之称，骁勇善战，在巴黎甚得民心，觊觎王位，屡辱亨利三世；那天被亨利三世用计诱至私室，陷入埋伏被乱枪刺死。据雅克-奥古斯特的一部回忆录，说蒙田对吉兹公爵与那瓦尔的亨利都很殷勤。然而据他说，蒙田说过这句话：国家要太平，吉兹公爵与那瓦尔国王必须死去一个才行。还是据他说，1588年吉兹公爵在布卢瓦遭亨利三世国王诱杀时，蒙田也在布卢瓦城里。

（三二）

二月二十七日

一五八九年，贝尔西埃先生、博纳盖领主，娶萨勒勃夫小姐为妻。两天前，我主持他们两人的订婚典礼，出席者有莫特-贡德兰父子、德·蒙特利尔、德·布朗卡斯特尔等先生。

（三三）

四月四日

一五八九年。萨维尼亚克男爵在蒂雷纳城堡逝世。四天前，在佩奇家遭围困时被火枪击中头部。他是我的亲戚与朋友，来往密切，他的妻子由我的妻子抚养长大。

（三四）

七月十六日

一五八九年。鲁队长在这里与塞西纳小姐成婚。

（三五）

五月二十七日

一五九○年。一个星期天，我唯一存活的女儿莱奥诺嫁给弗朗索瓦·德·拉图尔，婚礼在这里举行，出席的有他的父亲贝特朗、我和我的妻子。

（三六）

六月二十三日

一五九〇年，一个星期六，一清早，天气酷热，我的女儿德·拉图尔夫人离开此地，被迎送到她的新家。

（三七）

七月二十三日

（一五九〇年。星期六一清早，天气酷热，我的女儿莱奥诺·德·蒙田、德·拉图尔夫人，被迎送到她的新家。）①

（三八）

九月二十九日

一五九〇年。星期三晚上九时，德·拉图尔领主，我女婿的父亲，在拉图尔逝世，享年据他跟我说是七十一岁。

（三九）

三月三十一日

一五九一年。我的女儿德·拉图尔夫人生下一个女儿，她的第一个孩子，由丈夫的叔叔圣米迦勒领主及其妻子给她行洗礼，在拉图尔起名为弗朗索瓦兹②。

附录：关于米歇尔·德·蒙田诞生与逝世的注文

一五三三年二月二十八日。

"今日午前十一点钟左右，米歇尔·德·蒙田诞生于波尔多和佩里戈尔地区交界处蒙田祖居里，时公元一五三三年，其尊

---

① 这段文字被蒙田全部删除，代之以第三十六条，并把日期"七月二十三日"改正为"六月二十三日"。
② 米歇尔·德·蒙田生了七个女儿，六个都在出生后不久夭折，唯有第二个女儿莱奥诺存活，她留下后裔，直至今天（据1999年版）已是第十一代。

贵的父母为皮埃尔·德·蒙田和安多纳特·德·卢普。"①

一五九二年九月十三日。

米歇尔·德·蒙田领主逝世于蒙田,享年五十九岁半。他的心置放于圣米迦勒教堂,蒙田的妻子、未亡人弗朗索瓦兹·德·夏塞尼把他的遗体运至波尔多,安葬在斐扬教堂,为此向教堂买下那块墓地,建造了一座高耸的陵墓。

---

① 这条与下一条注文不用说是别人所加的,附于《七星文库·蒙田全集》。

书房格言

資料四期

序　文

　　在蒙田城堡塔楼圆形书房的天花板下，蒙田叫画匠在四十五根柱子和两根横梁上，绘制了大量用希腊语和拉丁语写成的格言。

　　其中有的又被其他格言盖上，总共五十七句。它们经受了岁月的销蚀，至今尚能清晰辨别。

　　我们从《蒙田随笔全集》中知道，蒙田自称对自己的记忆没有多大信心，当他要引用某位作者的句子时，必须把原文放在眼前。但是他也喜欢改动原文来符合他要说的意思。因而这些引文有不少往往与原文略有差异，这在《七星文库·蒙田全集》中都予以列举与说明，形成一个颇为有趣的对照。

　　大多数格言都是蒙田在撰写《雷蒙·塞邦赞》时录的，也即是一五七五年间，其中三分之二确实也都应用在上述一文中。

　　五十七句中有十九句直接或间接引自《圣经》（包括《传道书》《伪经》《诗篇》《箴言》《保罗达罗马人书》等），其他来自希腊、罗马时代的作家、剧作家、诗人和哲学家，如爱比克泰德的《手册》、塞克斯都·恩披里可的《皮浪学说概略》、马提雅尔的《警句诗集》、斯多巴乌斯的《傲慢集》、卢克莱修的《物性论》、卢卡努《法萨罗之战》。只有第三十九句属于蒙田同时代的作家米歇尔·德·洛皮塔尔。

  这些格言都是用希腊语或拉丁语写成。因而各种版本中的法语译文都不尽相同。有的还有不小差异。其实这在两种文字的翻译中，即使在中华经典的古语今译中，也是难免的。本书这部分根据《七星文库·蒙田全集》的法语译文译出。

格　言

一、对人来说，知识终极是认识到事情的发生都是有道理的，其余一切不用操心。(《圣经·传道书》)①

二、上帝给人认识事物的兴趣是为了折磨他。(《圣经·传道书》)②

三、空酒囊里装满的是风，没主意的人一脸自命不凡。(斯多巴乌斯)

四、阳光下的一切有同样的命运与规律。(《圣经·传道书》)③

五、最美好的生活就是不思不想。(索福克勒斯)

六、非彼也非此，两者皆不是。(塞克斯都)

七、神在世上创造万物，不论大小，把其观念置于我们心中。(《圣经·传道书》)④

八、因我看到我们人人只要活在世上，终其一生仅是些幽魂或淡淡影子。(索福克勒斯)

---

① 《传道书》中没有这句话。蒙田在《随笔集》第二卷第十二章《雷蒙·塞邦赞》中这样写道："《传道书》说，日复一日，事情出现在你的面前，不论什么滋味，你从好处接受它们；其余不是你能认识的。"
② 《传道书》这句话是这样写的："我专心用智慧寻求查究天下所做的一切事，乃知神叫世人所经练的，是极重的劳苦。"蒙田在《随笔集》第二卷第十七章《论自命不凡》中又这样写道 "据《圣经》说，让人对事物产生好奇，这是神强加于人的一种'劳苦'。"
③ 蒙田在《随笔集》中两次引用这个句子。这里与《传道书》的原话稍有出入，原话是这样写的："在日光之下所行的一切事上，有一件祸患，就是众人所遭遇的都是一样。"
④ 但是《圣经·传道书》中，意义较为接近的只有这句话："神造万物，各按其时成为美好，又将永生安置在世人心里。"

九、唔，世人可怜的精神！唔，盲从的心！在那么黑暗的人生里，那么巨大的艰险中，消逝去我们仅有不多的岁月！（卢克莱修）

十、动辄自吹是伟大的人，第一个挫折就会把他打得趴下。（欧里庇得斯）

十一、天、地与海洋统统加在一起，与茫茫宇宙相比还是微不足道。（卢克莱修）

十二、你见过自比为圣贤的人么？疯子也比他更多理智。（谚语）

十三、灵魂如何与肉体长在一起，你尚且不得知道，神的作为你更不得知道。（《圣经·传道书》）①

十四、这可能存在，这可能不存在。（塞克斯都）

十五、美是值得赞美的。（柏拉图）

十六、人是泥做的。（出典不明）

十七、在你们自己眼里不要把自己当贤人。（圣保罗《罗马书》）②

十八、迷信跟随骄傲，对它敬重如父。（斯多巴乌斯）

十九、上帝不允许他人骄傲自大。（希罗多德）

二十、不要怕也不要盼你的最后日子。（马提雅尔）

二十一、人，你不知道这样或那样适合你，也不知道这两

---

① 这句话已残缺，经推测补全，与《圣经·传道书》原话略有出入。原话是这样写的："骨头在怀孕妇女的胎中如何长成，你尚不得知道。……"
② 原注说此句出自《罗马书》第十二章第六行，但原书中没有这句话。

样对你是否需要。(《圣经·传道书》)①

二十二、我是人,我认为对人的一切我都不陌生。(泰伦提乌斯)

二十三、不要过于自逞智慧,免得显出愚蠢。(《圣经·传道书》)②

二十四、若有人以为自己知道什么,按他所当知道的,他仍是不知道。(圣保罗《哥林多前书》)

二十五、人若无有,自己还以为有,就是自欺了。(圣保罗《加拉太书》)

二十六、不要看自己过于所当看的……要看得合乎中道。(圣保罗《罗马书》)

二十七、以前无人知道,今后也无人知道什么是肯定无疑的东西。(色诺芬)

二十八、活着该称为生命,还是死亡该称为生命,谁知道呢?(欧里庇得斯)

二十九、万事都太难,世人不能理解。(《圣经·传道书》)③

三十、语言有充分余地说好或者说坏。(荷马)

三十一、人类就是对故事贪得无厌。(卢克莱修)

三十二、万物皆虚妄。(柏修斯)

三十三、凡事都是虚空。(《圣经·传道书》)

---

① 据原注,引自《圣经·传道书》第十一章第六行。但《传道书》是这样写的:"早晨要撒你的种,晚上也不要歇你的手,因为你不知道哪一样发旺。或是早撒的,或是晚撒的,或是两样都好。"
② 据原注,来自《传道书》第七章第十七行。但《传道书》是这样写的:"……也不要过于自逞智慧,何必自取败亡呢。"
③ 但《圣经·传道书》(第一章第八行)原话是这样写的:"万事令人厌烦,人不能说尽。"

三十四、保持分寸，遵守界限、按照自然。（卢卡努）

三十五、尘土，你有什么自豪的呢？（《圣经·传道书》）

三十六、祸哉那些自以为有智慧的人！（《圣经·以赛亚书》）

三十七、享受在你眼前的事，其余你又能知道什么呢？（《圣经·传道书》）

三十八、没有一条道理没有它的正反两面。（塞克斯都）

三十九、我们的神志在黑暗中游荡，眼前一片茫然，不能够辨别真伪。（米歇尔·德·洛皮塔尔）

四十、上帝选人像影子，当光明移走时影子也消失了，谁将对他做出判断？① （《圣经·传道书》）

四十一、只有不确定才是确定的，只有人才是最可悲和最自大。（大普林尼）

四十二、在上帝的创造物中，对人来说，风的痕迹是最不可知的。（《圣经·传道书》）②

四十三、每位神，每个人，都有自己的偏爱。（欧里庇得斯）

四十四、若把自己看作是个人物，这种自命不凡的看法会贻害终生。（斯多巴乌斯）

四十五、人不是受事物本身，而是受自己对事物的看法所

---

① 蒙田在《随笔集》第二卷第十二章，也引用这句句子，据说出自《圣经·传道书》，《传道书》确实常把人比作影子，但是没有这样一句话。
② 但《圣经·传道书》中找不到这句话。

困扰。（爱比克泰德）

四十六、人提高自己的思想是好事，但是还是超不过人的思想。（欧里庇得斯）

四十七、何必用难以企及的宏图大业去折腾你的心志呢？（贺拉斯）

四十八、耶和华的判断如同深渊。(《圣经·诗篇》)

四十九、我什么都决定不了。（塞克斯都）

五十、我什么都不懂。（塞克斯都）

五十一、我中止评判。（塞克斯都）

五十二、我观察。（塞克斯都）

五十三、以风俗与感觉作为指针。（出典不详）

五十四、换位推理。（出典不详）

五十五、我不能够明白。（塞克斯都）

五十六、就这么一回事。（出典不详）

五十七、不偏向任何一边。[1]（出典不详）

---

[1] 蒙田在《随笔集》第二卷第十二章《雷蒙·塞邦赞》中这样写道："这种想法可以概括成一个问句：'我知道什么？'我把这句话作为格言，铭刻在一个水平秤上。"